房定桦 ◎ 著

从红帮裁缝到大学校长

父亲的百年人生

上海大学出版社

图书在版编目（CIP）数据

从红帮裁缝到大学校长：父亲的百年人生 / 房定桦著 . -- 上海：上海大学出版社, 2025. 7. -- ISBN 978-7-5671-5334-9

I. I25

中国国家版本馆 CIP 数据核字第 202553C385 号

责任编辑　庄际虹　金　鑫
封面设计　缪炎栩
技术编辑　钱宇坤

从"红帮裁缝"到大学校长
——父亲的百年人生

房定桦　著

上海大学出版社出版发行
（上海市上大路99号　邮政编码200444）
（https://www.shupress.cn　发行热线021-66135112）
出版人　余　洋
*
南京展望文化发展有限公司排版
上海华业装璜印刷厂有限公司印刷　各地新华书店经销
开本710 mm×1000 mm　1/16　印张15.25　字数226千
2025年7月第1版　2025年7月第1次印刷
ISBN 978-7-5671-5334-9　定价　88.00元

版权所有　侵权必究
如发现本书有印装质量问题请与印刷厂质量科联系
联系电话：021-56475919

谨以此书纪念中国人民抗日战争暨
世界反法西斯战争胜利 80 周年

2015年12月父亲母亲一起过生日

2015年12月的全家福

2019年父亲母亲和作者在一起

2025年春节，母亲搂着两个活泼可爱的重孙

父亲和老干部处的同事合影

母亲和她的两位兄长合影

母亲和她的同学们合影

17 岁时的父亲

1949 年 9 月 21 日，父亲与战友合影

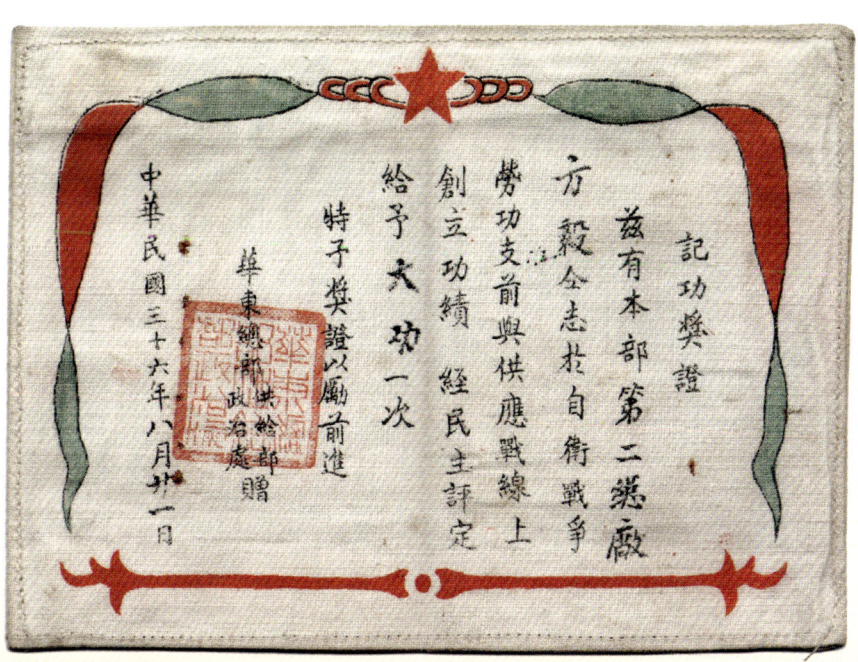

父亲的记功奖证

父亲的转业军人证明书

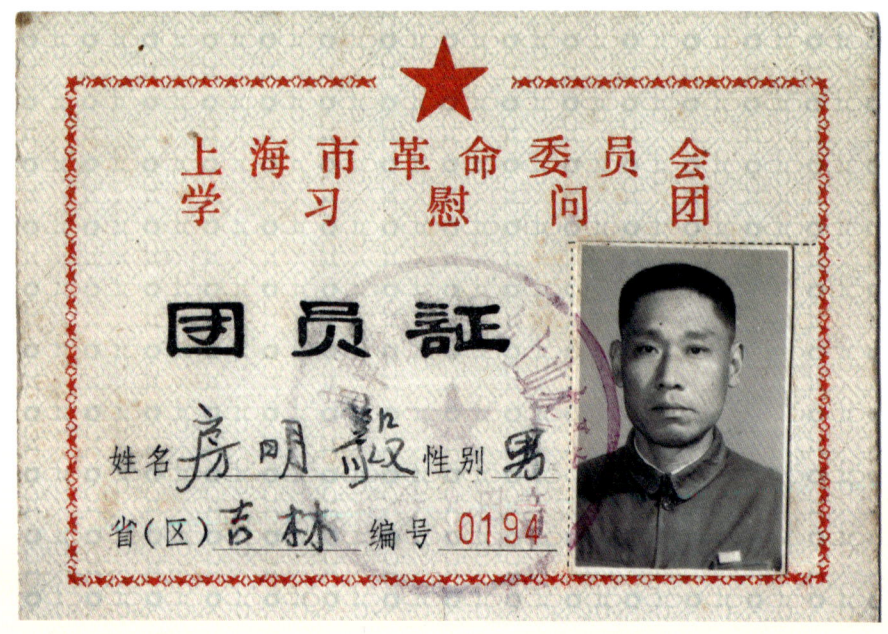

父亲的学习慰问团团员证

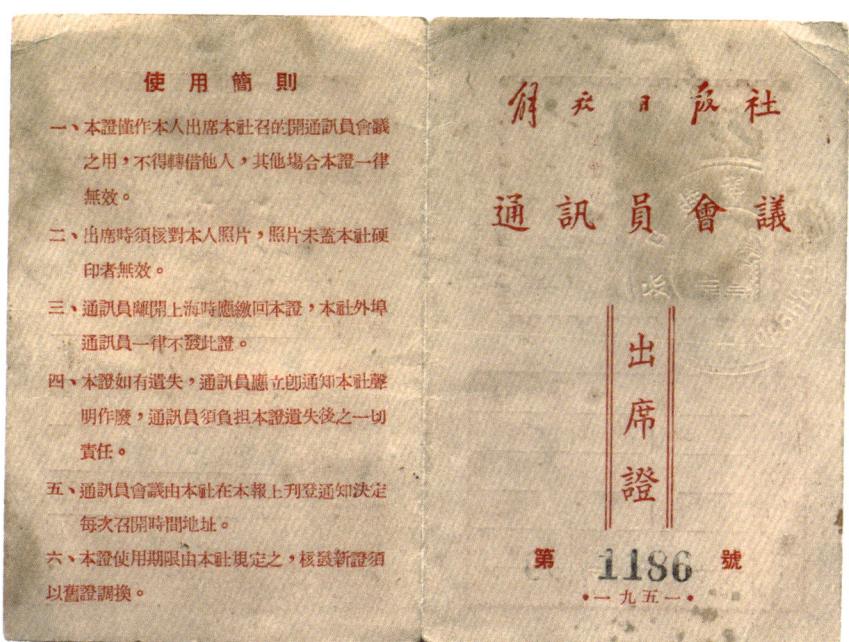

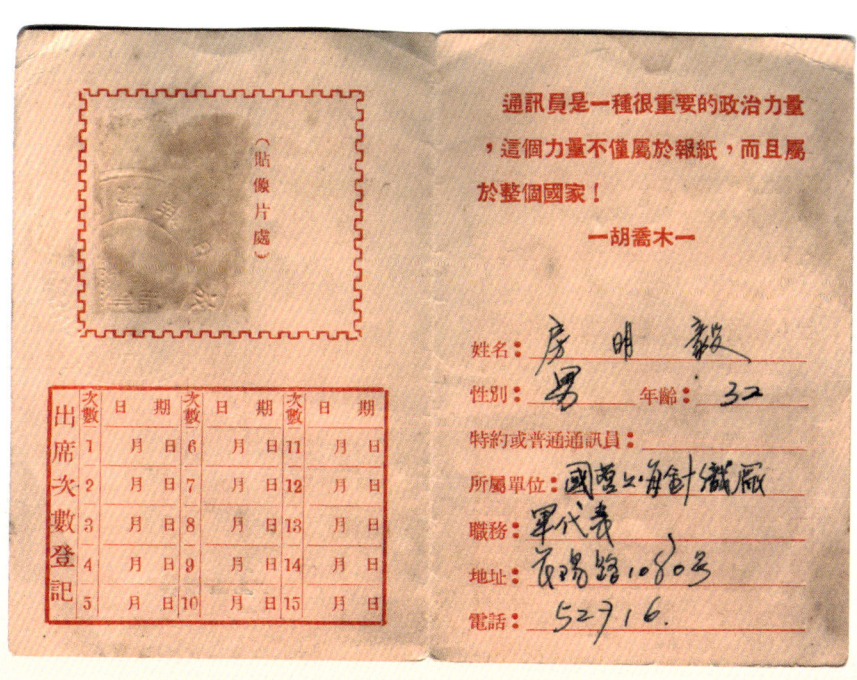

父亲的《解放日报》通讯员会议出席证

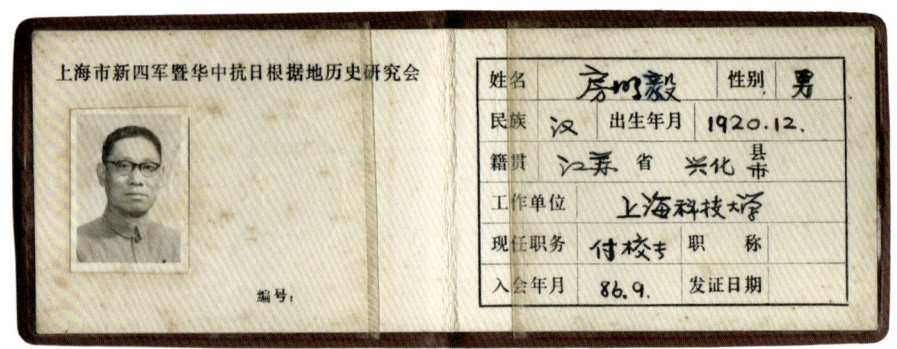

父亲的上海市新四军暨华中抗日根据地历史研究会会员证

父亲的捐款证书（部分）

序言

2021年10月19日，父亲永远离开了我们！给他整理遗物时我萌生了给他写本书的愿望。2022年1月10日（第二个中国人民警察节），我退休了，一下子清闲了下来。我将此心愿告诉了上海大学老干部处的郭亮老师。余志龙处长和郭亮老师给予积极的鼓励和明确的方向。郭亮老师退休后，接替其工作的仲红老师向学校提交申请，校党委书记成丹红批准我去相关部门查档收集材料。

我们能踏入父亲的生命河流了，但又是多么的不易：类似父亲这样久经风雨的人，严守纪律，能不说皆不语，与子女敞开心扉之时少之又少，诸多秘密存放心中，我们只能沿着儿时或节假日与父亲共餐时父亲叙说的点滴记忆，以及父亲的日记片段、偶尔书写的珍贵遗留手稿，从历史记录中，从父亲的战友们老一辈知交的回忆文字里，仔细品读点点滴滴，重新了解父亲，读懂父亲的心迹，体会一个老共产党人的宽阔胸怀和对党的无限忠诚；只能驱车几千里，追溯父亲当年的足迹，收集父亲相关的珍贵历史记录，认真寻访父亲相关的红色感人故事，仿佛看见了父亲他们这一辈人浴血奋战的身影，仿佛听到了父亲生前给我们讲述的烽火硝烟的零星故事……但即便是自己的父亲，尤其是父亲的孩童和青春年华，对我来说，完全就是陌生的，现在却要执意走进。碎片黏合起来的瓷器，形貌模糊，难免有疏漏和错误。

如果有人问，谁是我们心目中最为敬佩的人？我会毫不犹豫地回答："父亲！"这绝不是因为父亲给予我们生命，绝不是因为在半个世纪的人生阅历中,我们孤陋寡闻,没有机会认识和接触优秀的人,而是因为皖南事变后,一大批上海知识青年和爱国人士投身革命、奔赴苏中苏南,参加抗日救亡运动,留下的许多宝贵的红色资源和精神财富中,有父亲的一份。

谁能想到,一个"红帮裁缝"出身的小镇少年,竟能在几十年后成为一所大学的副校长?更让人意想不到的是,战争年代,父亲戎马生涯,身经百战,历经艰险,在抗战血与火的硝烟弥漫中,在解放战争枪林弹雨的生死考验面前,父亲始终英勇顽强、百折不挠、视死如归。和平年代,父亲在特殊时期,忠贞不渝、永葆共产党员节操,蒙受冤屈逆境,纵然"被虐"千百遍,依然对党对国家深情厚爱,坚守信仰。

时光荏苒,斗移星转,冲不淡我们对父亲的无尽思念和景仰。父辈以及那个年代渐渐远去,淹没在历史的长河之中,但精神光辉熠熠。父亲的故事,不仅仅是一个人的传奇,更是一个时代的缩影。它让我们看到,在那个风雨如晦的年代,有这样一批人,他们放弃了个人的安逸,选择了艰苦卓绝的革命道路。他们用自己的青春、热血乃至生命,换来了国家的独立和人民的解放。我们崇敬父辈,他们不愧为中国的革命军人、人民英雄,是最可敬可爱的人。无数个像父亲那样的共产党员,为了党的事业和国家富强,做出了无私奉献;成千上万的革命先烈,用热血和生命在战争中留下了光辉业绩。父辈对待国家利益和个人利益的高尚品质,是我们一生取之不尽的精神财富,如明灯照亮了我们的人生道路,为我们树立了光辉榜样。如今我们生活在和平年代,享受着前人用鲜血和生命换来的幸福生活。父辈的故事提醒我们,不要忘记历史,不要忘记那些为新中国的诞生和发展付出巨大牺牲的英雄们。他们的精神,永远值得我们学习和传承。

我花了三四年的时间,将辛苦查找搜集的资料,静静地整理成文字,就像天天和父亲在一起。父辈的经历和情感,拍打着心灵，冲刷着思绪，我常常沉浸在不可名状的感动中，边写边流泪：仔细想来，父亲的一生没有傲人的学历，没有显耀的地位，不是什么名人、伟人，但父亲曲折独特的经历，特别是他的战争年华，至少让和平年代的我们，尤其是我们自家的后辈能了解到，一位始终不改初心的先辈经历的艰苦卓绝，非常有意义。如果，没有留下他的传记，那么，我们二代走了，去与父母相聚后，我们的子女，三代甚至是四代，可能会出现：一代亲二代疏三代断，摆在福寿园新四军广场里的骨灰盒，灰蒙无祭，甚至……现在留下他的传记，祖上源根，可追思，可祭奠；凝聚代代，先人在。希冀后辈铭记先辈的恩情与品德，传承优良传统，在人生的道路上，无论遇到怎样的风雨和挑战，勇敢坚定前行，用努力和拼搏去书写属于自己的精彩篇章，让家族的荣光永远闪耀。

作为他的儿女，是多么希望他能亲自读一读我写的书啊！可惜天不遂人愿。

本书在编写和出版过程中，得到上海大学出版社的鼎力支持，感谢傅玉芳和庄际虹女士的关心与付出。

本书在整理收集资料中，得到了上海大学老干部处余志龙、郭亮、仲红等领导的大力支持，在此一并表示感谢。

房定桦

2025 年 5 月 30 日

目录 | Contents

第一章　家乡岁月　　　　　　　　　　　　　/ 1
　　1. 难忘慈母　　　　　　　　　　　　　　/ 1
　　2. 教私塾的父亲　　　　　　　　　　　　/ 3
　　3. 魂牵梦萦的中堡　　　　　　　　　　　/ 6
　　4. 清清白白的祖训　　　　　　　　　　　/ 11

第二章　"红帮裁缝"生涯　　　　　　　　　　/ 14
　　1. 拜师"红帮裁缝"　　　　　　　　　　　/ 14
　　2. 练就一口带宁波口音的上海话　　　　　/ 18
　　3. 细节制胜　　　　　　　　　　　　　　/ 20
　　4. 谋生糊口　　　　　　　　　　　　　　/ 23
　　5. 人生的第一张照片　　　　　　　　　　/ 24
　　6. 苦憋愤懑　　　　　　　　　　　　　　/ 25

第三章　参加新四军　　　　　　　　　　　　/ 27
　　1. 人生转折点　　　　　　　　　　　　　/ 27
　　2. 融融日暖　　　　　　　　　　　　　　/ 34
　　3. 曾用名方毅　　　　　　　　　　　　　/ 35
　　4. 起步战地服务团　　　　　　　　　　　/ 36
　　5. 遗失装备违纪　　　　　　　　　　　　/ 42
　　6. 战斗在船上被服厂　　　　　　　　　　/ 46
　　7. 第一次接受正规培训　　　　　　　　　/ 49

8. 入抗大九分校深造 / 50
9. 难忘的除夕和一碗圆子 / 52
10. 进入第6师16旅 / 54
11. 嘤其鸣矣，求其友声 / 57
12. 隐蔽在石臼湖 / 61
13. 在根据地制作被服 / 64
14. 不忘干娘恩 / 68
15. 在宜兴入党 / 72
16. 接受第二段正规培训 / 75
17. 军服上的竹质纽扣 / 78
18. 铁脚板军需官 / 85
19. 带上"小鬼"警卫 / 88
20. 第三段集中学习生涯 / 90
21. 战争剧太假 / 91
22. 红烧肉成就的姻缘 / 92

第四章 革命伴侣：母亲的故事 / 98
1. 不甘命运 / 98
2. 外祖父家 / 100
3. 春风化雨 / 105
4. 边学边干 / 106
5. 跑，不能停 / 107
6. 孜孜以求 / 113
7. 一世机密 / 117
8. 老书记 / 120

第五章 投身新中国建设 / 124
1. "不拿枪的士兵" / 124
2. 军代表和西餐 / 128
3. 废除抄身制 / 131
4. 部队、地方都是革命工作 / 135

5. 不舍得丢弃的棉毯 / 137
6. 到中央纺织工业部干部学校学习 / 138
7. 锯齿形的厂房 / 139
8. 不吃烤麸 / 142
9. 阳光洒进"纺三里" / 143
10. 供给制下的生活 / 146
11. "5个亿的大老虎"子虚乌有 / 148
12. 检视自己在纺织系统工作时的错误 / 149

第六章　进大学工作 / 151

1. 白手起"校" / 151
2. "陶庵留碧" / 155
3. "房老虎" / 157
4. 开拓教学实习基地 / 160
5. 我家有台缝纫机 / 162
6. "备战备荒" / 163
7. 特殊时期 / 165
8. 温暖相伴 / 166
9. 提篮桥的故事 / 168
10. 挂历表情意 / 171
11. 读书干活 / 172
12. 朝鲜族老户长 / 174
13. 溪水的"溪"是这么写的 / 178
14. 土豆色拉 / 179
15. 分寸 / 182
16. 融融亲情 / 183
17. 正月初二生日 / 187
18. 长长的红围巾 / 189
19. 为招生工作把关 / 191
20. 担任大学副校长 / 192

第七章　晚年的父亲　　　　　　　　　　　/ 194
　　1. 桑榆未晚　　　　　　　　　　　　/ 194
　　2. 消失的可可奶香　　　　　　　　　/ 198
　　3. 大蒜爸爸　　　　　　　　　　　　/ 199
　　4. 自己动手　　　　　　　　　　　　/ 202
　　5. 爱听京剧　　　　　　　　　　　　/ 202
　　6. 养花养虫怡情　　　　　　　　　　/ 203
　　7. 四代同堂　　　　　　　　　　　　/ 205
　　8. 最后的岁月　　　　　　　　　　　/ 207
　　9. 倒计时的日子　　　　　　　　　　/ 208
　　10. 向陈毅军长报到　　　　　　　　　/ 210

附：《开国将士风云录》记载　　　　　　　/ 212

附：《上海大学》校报有关报道　　　　　　/ 214

第一章　家乡岁月

1. 难忘慈母

父亲房明毅出生于1920年12月4日，2020年12月4日，是他百岁生日。

百岁，多极致的吉祥话语，多遥不可及的人间向往，在我们的父亲身上实现了！

父亲百岁之后，恰逢建党100周年庆祝活动：那天，华东医院东楼16楼的2号病房内一片喜气洋洋，护士们早早地在父亲床头贴上了大大的"寿"字。父亲在家人的陪同下，戴上了上海大学校领导和老干部处特地送来的大红色的围巾，满面笑容，精神矍铄。父亲户籍所在地上海市徐汇区斜土街道肇一居委会书记、主任早早送来了象征幸福长寿的鲜花和蛋糕、贺卡。家人、同事、朋友欢聚一堂，祝福父亲生日快乐，身体健康，快快乐乐每一天！

父亲收到了上海市政府赠予的百岁生日贺卡，贺卡正面是龚正市长的签名，背面是"寿"字。贺卡分量很重，包含了党和政府对老人浓浓的关爱之情和衷心的祝福。

这张贺卡外观透明，像玻璃，实质由不锈钢材料制成。不锈钢材料具有耐腐蚀、坚固耐用、易于清洁等优点，它本身并不透明，但是，它是一种利用氧化物层反射和折射光线，产生透明效果的不锈钢，被称为"透明不锈钢"。透明不锈钢的表面会形成一层非常薄的氧化层，在光线的作用下，呈现出透明或白色的效果，在保持不锈钢常规特性的同时，增加了独特的视觉效果。上海市政府给百岁老人赠送的贺卡的材料质地坚硬而透亮，形象地表达了百岁老人长寿、光荣、透明的品质。此外，贺卡的造型也具有中国传统文化的特色，寓意着老人长寿和家庭幸福美满。

父亲拿到贺卡，激动地点了点头，开心地说道："谢谢你们来看望我，我非常高兴！"

天气虽然寒冷，但这份炽热的爱、这份感动、这份温暖实实在在围绕在父亲身边。

父亲在世时，总是在母亲自己定的12月11日生日，和母亲一起过生日，他从不在12月4日自己生辰过生日。家人要给他在他生辰日这一天庆贺生日，父亲总是回答：生日生日，是母亲的受难日呀，这一天要好好感谢一下自己的妈妈。

父亲这样说，源于他童年深刻的记忆。

祖母姓张，是中堡附近村里农民的女儿，勤劳，贤淑，坚毅。为了糊口度日，常常出门替人家缝补浆洗，挣点工钱，换点红薯、剩饭回家来当饭吃。父亲排行老三，他的两个哥哥均幼年夭折。父亲出生时，老辈人迷信，为好养活，给他起了贱名"三呆子"。父亲记得，小时候他每次能做的，只是在祖母拖着疲惫不堪的身子回家以后，小心翼翼地捧上一碗晾好的开水，让她喝。

贺卡的正面

贺卡的背面

1925年父亲5岁时,祖母又怀孕了,是一对双胞胎,但难产。当时,中国农村的医疗条件相当落后,穷家妇女生孩子很少到医院,大多是请个接生婆到家里,在床上铺上席子生孩子。父亲说,他隐约记得,当时祖母不断呻吟,声音极其可怕,豆大的汗珠不时涌出来,忍受着难以形容的煎熬……折腾了很长时间,祖母终于生下了双胞胎,均是男孩,但生下即亡,祖母随即也因大出血而撒手人寰,这对于一个家庭来说无疑是晴天霹雳!

那时父亲刚刚才5岁,就成了没有娘的苦孩子。父亲说,在那一刻他仿佛懂事了,深深地烙下了母亲受难的情景。时光荏苒,对父亲来说,那情景依然戚然、恐惧,充满裂痕。父亲特别爱他的母亲,每每提及,总会流露出伤感,尤其到了他的暮年,回忆孩提时代的生活多了,他常常看着我说:"都说孙女像奶奶,你们奶奶死得太早了……"就说不下去了。"小时候太穷了,连张照片都没留下。"我长得非常像父亲,据说父亲长得非常像祖母。在家族的血缘纽带中,外貌的遗传就像是一场奇妙的接力赛,有时候,孙女和奶奶之间那惊人的相似度,仿佛跨越了岁月,直接复刻出一个"小翻版"。不容置疑,我们兄妹仨,父亲最喜欢我。

30岁时的英俊父亲

2. 教私塾的父亲

兴化中堡镇的房氏,明洪武年间从外地移居迁来后,贩私盐,做生意,逐渐成为中堡镇的望族,子辈知书达理。中堡镇东西两侧分别有两支房氏传承,俗称"东头房家"和"西头房家"。父亲这一脉,属于"西头房家"。

老辈人说房姓犯火星,房家后代名字中禁忌带"火",最好加"木"。因此,房家给孩子取名极其考究。

族谱上西头房家指定了辈分秩序:"国可文庆定永立春秋"。从这个辈分的排列,可以看出当初"国"字长辈对家族的殷切期望。

我们三兄妹是"定"字辈，分别是定坚、定楠和定桦。父亲是"庆"字辈，名庆惠。我们的祖父是"文"字辈，名文湘。父亲的祖父，是"可"字辈，有五兄弟，他排行老大，也即大房。

1850年以后，鸦片流毒甚广，全国的烟馆数以万计，几乎遍及每个城市和乡村，受害者众多。房家五兄弟也因此分家析产，嫡庶平分。于是，从枝成叶，从源到流，一个兴旺的大家族，各家后辈有了不同的境遇：父亲的祖父是大房的，他抽上了鸦片烟，将家产挥霍一空。五房的祖父则将所得发扬光大，当上了税务官，成了乡里的"首富"。五房的儿子后又当上了乡长，威风凛凛，大家尊为"五老爷"，"五老爷"娶妻又纳妾，妻子是童养媳，妾有几个，其中一妾是拖带了一个儿子过来的，儿子还是跟原来父亲姓王。"五老爷"还收养了一个女儿，起名"文兰"。至于其余三房，诸多史实已蒙上迷雾，笔者未能考证，委实遗憾。

我们的父亲出生时家里穷得一贫如洗，上无片瓦遮身，下无立锥之地，栖身之所仅草屋一间，勉强遮风挡雨。

我们的祖父房文湘是落第秀才，教私塾。家贫，不能上洋学堂，父亲只能在祖父的亲传下，时断时续学习。

私塾是私家学塾的简称。1910年后，清政府颁布的《改良私塾章程》，调整私塾的课程、教材、教法，促使私塾向近代小学靠拢。新中国成立前，儿童在小学的就读率大致为20%。学生入塾后由塾师个别教授。

父亲有祖父这样的私塾先生，是"近水楼台先得月"。在祖父的精心教育下，父亲打下了较扎实的古文和习字基础。

据父亲回忆，祖父称得上是老学究，学识渊博，琴棋书画样样精通。他只教授10多位学生，每人坐一张课桌，一对一指导，非常严谨。学生都会感受到祖父老师无时不在的威严。祖父是全科老师。教授最厉害的是书法，主要是颜体和柳体的楷书。那时不允许用描红本，可以参考字帖，但是，要看老师写，学老师的字法，要求学生写出自己的风格，要青出于蓝而胜于蓝。私塾学堂老师除了教授天文、地理、历史，还教授数学，教授音乐五音。祖父在私塾学堂的最经典模式：一手握着书本，一手抓着戒尺。打戒尺的功夫可能也是老祖宗代代相传的，被受罚的学生看见戒尺已经胆战心惊了，祖父还要装腔作势用戒尺拍一下桌子，大声喝令道：把手伸出来！学生不敢不伸出来。

但调皮的父亲犯了错,祖父对这唯一的儿子往往是把戒尺高高举起,轻轻地放下,用戒尺末端点到父亲手掌心,点到为止,从来没有疼痛感、没有留下痕迹。

私塾学堂的知识终生受用。父亲告诉我们,他年幼时,先识"方块字"(书写在一寸多见方纸上的楷书字),识至千字左右;6岁开始,祖父教读《三字经》《百家姓》《千字文》。教法为先教他熟读背诵,然后在适当的时候由祖父逐句讲解。父亲会背《三字经》《百家姓》《千字文》《大学》《中庸》。除读书背诵外,祖父还教父亲习字,从扶手润字开始,描红,再写映本,进而临帖。他粗解字义后,则教以作对,为作诗做准备。"四书"读完后,即读"五经",兼读古文,如《东莱博议》《古文观止》等,并开始学习作文。

父亲的履历表上,他将自己的文化程度填为小学或初中,实际上按照现在的标准,父亲应该具备"大专"文化程度。因为党培养了他,党组织给了他多次进学校学习的机会。仅战争岁月就有过几段学习经历:1942年8月,父亲被选派到旅属教导大队;1943年1月至5月,进入抗大九分校学习;1945年1月至6月,父亲在苏浙军区苏浙公学学习;1948年5月至10月,父亲又在华东第三野战军随营军政干部学校九大队学习。和平

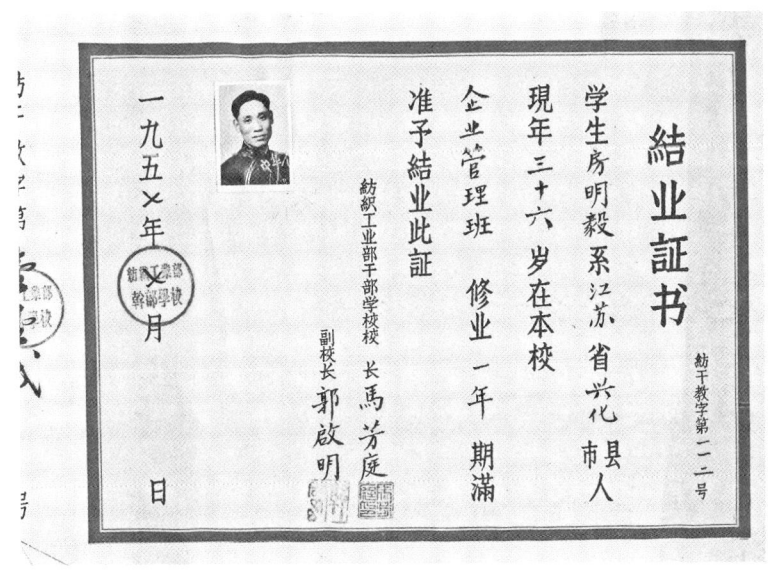

父亲的纺织工业部干部学校结业证书

年代，1956年6月至1957年7月，父亲曾在中央纺织工业部干部学校学习企业管理知识，获得了校长签发的《结业证书》。

父亲国学基础扎实，继承了房家学问功底。他晚年仍能背上多句《百家姓》《千字文》《大学》《中庸》，会吟诗，还喜用狼毫笔写漂亮的小楷毛笔字。他告诉我们，祖父教他如何识别狼毫笔的优劣。好的狼毫笔用黄鼠狼（鼬鼠）尾部的毛制成，润滑而富有弹性，以我国东北产的"关东辽尾"品质最佳。每一根黄鼠狼尾巴只能制作一支狼毫笔，因此极其珍贵。买不到那么好的狼毫笔，又嫌弃磨墨麻烦，他就用钢笔式毛笔写字，一边挥毫泼墨，一边感叹时代变换，新品层出不穷。

试想，他儿时如果能有更好的读书环境，怎么不能成长为国学名家呢？可惜我们兄妹仨，虽有良好的学习环境，但选择不一：大哥是英语教授，二哥是工人，我当了警察，与国学压根不沾边，不能承上启下。

3. 魂牵梦萦的中堡

父亲对亲人、对家乡、对祖国柔情似水，到了晚年，思乡之情愈加浓烈，每每说起他的家乡，总会潸然泪下。

父亲这一生走南闯北，他思念的家乡是哪儿呢？

我小时候，曾多次听父亲说过，房家族谱记载，房氏家族来自河北清河堂。"天下房氏，无出清河。"而后迁移到山东。始祖房公正武，来自山东省济南府余化县，明洪武年间迁往苏州阊门三堂街。明清时期苏州阊门一带曾是繁盛的商业街区，明人郑若曾记载"天下财货莫盛于苏州，苏州财货莫盛于阊门"，赞美当时阊门一带的繁荣气象。阊门乃苏州古城之西门，通往虎丘方向，俗话说"七里山塘到虎丘"，山塘街的七里正好从阊门开始。老祖宗房正武曾是那里的商贾大户，生意做得风生水起。而后官府将苏州阊门人口大规模迁徙至苏北，房家老祖宗房正武随往，定居江苏兴化中堡镇。

河北清河堂、山东济南、江苏苏州、江苏兴化……老祖宗转了一大圈。

小时候，我问过父亲，我们的家乡究竟是哪里呢？后来我也曾去寻找过，而父亲则始终心心念念的是江苏省兴化市中堡镇。虽然他仅仅在那里生活了13年，但魂牵梦萦了一辈子！经历了特殊时期后，父亲刚复职，他曾写信给江苏省兴化市中堡镇人民政府，愿意为改革开放初期的家乡建设出力；离休后，他数次独自一人，回老家探望；暮年又携家带眷自驾游回中堡镇，一路风景，一路美食，一路感悟。

中堡四周湖、荡、沼、泊星罗棋布，河、沟、港、汊密如蛛网，地势低洼，水涝频繁。千百年来，勤劳智慧的中堡人民除了用高筑庄台、夯实房基的办法之外，还在四周筑以土圩（墙）阻挡洪水。古时，围有土墙的城镇或村庄称"堡"。"中堡"由此而得名。

中堡是一座久负盛名、物产丰饶、充满商业活力的古镇。清代，因扬州盐业兴旺发达，一批盐商大贾云集扬州，给扬州的经济带来空前繁荣。为此，朝廷将负责盐务管理的"两淮盐运司"设在扬州。扬州盐商的大部分食盐包装材料蒲包和草绳都出自中堡。

父亲，是一个把根扎在故土的人。他生前常说："对家乡没有感情、没有怀念，是不可想象的。"虽然家乡已经没有了至亲，但说起家乡，往事历历在目，打开了话匣子的父亲，就像喝了家乡的黄酒，滔滔不绝，如数家珍。

兴化市处于江淮流域里下河地区腹部，是江苏省历史文化名城。文物证明早在4 000多年前的新石器时代，先民们已在境内从事生产劳作，繁衍生息。今兴化市境，春秋、战国为吴楚之地，秦为九江郡地，汉至隋唐历属临淮、广陵、江都。兴化建县始于920年，五代杨吴武义二年（920），析海陵县北境置招远场，旋改为兴化县，取"昌盛教化"之意，故有"昭阳古邑""海陵旧址"之称。中华人民共和国成立初期，父亲曾担任《解放日报》通讯员，笔名"楚村"，源自此。

父亲少年，就是在兴化这块浸润着中国文化的土地上成长起来的。兴化这座地处里下河地区的水乡，地理上是"洼地"，文学上却是"高地"。

位于兴化市域东北侧的新垛镇施家桥村，是文学家施耐庵的最终栖息地。600多年前，归隐乡野的施耐庵正是在兴化潜心著书，写出了千古名著《水浒传》。在第十六回《杨志押送金银担 吴用智取生辰纲》中，施耐庵写道"只见两个虞候和老都管气喘急急，也巴到冈子上松树下坐了喘气"，其中的"巴"意为"攀爬"，是典型的兴化方言。另外，"阮氏三雄"阮小二、阮小五、阮小七的原型也正是兴化沙沟阮氏居民。在兴化出生、在兴化成长的，还有笔墨功力深厚，艺术造诣高深的郑板桥。郑板桥的诗书画世称"三绝"，在中国书画史及诗坛"领异标新"，其如兰之高洁、竹之不屈、石之坚韧的"板桥精神"，至今泽被后人。当代，又涌现了以茅盾文学奖获得者毕飞宇为代表的一大批作家。对于一座县级市来说，已经走出30余名中国作家协会会员，有4人5次荣获鲁迅文学奖，1人荣获茅盾文学奖，这样的获奖纪录堪称奇迹。2011年，兴化市被中国小说学会命名为首个"中国小说之乡"。据说如今的兴化，每天晚上有上千人在写作。文学从小众走向大众，潜移默化涵养着兴化的城市气质。

父亲爱读武侠小说。武侠小说给了他一个梦，一种英雄情结，这种英雄情结始终植根在他骨子里。父亲的家乡中堡自清代中期民间年年举办"都天会"和"东岳会"的庙会。庙会活动时，参会人员列队到所指定庙宇集中，燃放鞭炮鸣锣击鼓。然后有戏文故事"唐僧师徒"西天取经和"白蛇传""三国人物刘关张赵马黄"、"济公活佛"等表演。祖父也给幼年的父亲讲述武侠小说中的故事。父亲对秦琼、武松等英雄人物情有独钟。他喜欢打抱不平，梦想成为英雄，以个人的力量改变环境。

父亲钟爱美食，因为兴化是真正"民以食为天"的美食之乡。家乡的美食是父亲的眷恋。他常说，尝遍美味珍肴，不如家乡的饭香。兴化饮食属"淮扬菜系"，烹调以炖、焖、煨、焐、蒸、烧、炒见长，特色菜肴有：炒乌鱼片、醉蟹清炖鸡、醋熘鳜鱼、蟹黄包子、沙沟春卷、兴化熏烧、戴南香肚、安丰三腊菜等。

父亲爱吃兴化大闸蟹。其中红膏大闸蟹是兴化大闸蟹的典型代表，除具有江苏蟹"青壳、白肚、金爪、黄毛"的共性特点外，还具有"膏红、肉鲜"的个性特征。

父亲还爱吃兴化大青虾。青虾虾肉嫩而鲜美，营养丰富。兴化沙沟鱼圆制作方法分红白两种。可水氽，可油氽。鱼丸氽入油锅后，稍滚即浮，圆圆滚滚，色泽金黄，里面肉色雪白，油而不腻。其风味特色一是细腻，二是鲜嫩，三是有韧性。

当年，父亲家境拮据，备尝艰辛。为了安葬祖母和双胞胎叔叔，祖父只得卖了草屋。从此，相依为命的父子，家中无房，辗转中堡的东岳庙庙堂"寮房"住宿。

父亲不信佛，但中华人民共和国成立后每次回乡，总要去寻觅中堡的大庙,因为那是他儿时住过8年的"居所"。

历史上中堡镇曾拥有"都天庙""东岳庙""火星庙""关帝庙"等4座大庙宇以及"华神庙"、"东庵堂"、"西庵堂"(即"华严寺")、"东水庵"、"西水庵"、"城隍庙"(因清朝中堡镇设过巡检司)、"祖师庙"、"三官殿"等十多座小庙宇。但中华人民共和国成立后中堡镇已经发生了天翻地覆的变化,很多庙早已不复存在。

父亲回忆,他幼年常常在庙前凭栏,久久望着庙里的泥塑菩萨展开想象的翅膀,期望自己将来能改变生存环境,成为英雄,住上青砖红瓦房,骑上高头大马。

父亲跟着爷爷在庙里住,求得和尚布施一粥半饭。但当年庙里的和尚自己不开伙做饭,他们依靠的是乡民布施,且严格遵循"过午不食"的修行规矩,一天只吃两顿。年幼的父亲耐不得饿,爷爷就让他独自求助亲戚解决温饱。父亲最常去的就是宗亲"五老爷"家。"五老爷"的妻子是童养媳,当时还没有孩子,怜惜没有娘疼爱的父亲,总是热情招呼;"五老爷"有个没有出阁的妹妹,看见父亲吃完了第一碗饭还想再盛一碗,便朝着父亲瞪眼。

父亲小小年纪尝尽了世间人情冷暖,以至于后来经常和我们感叹"门前放根讨饭棍,亲戚故友不上门","门前系着高头马,不是亲来也是亲"。

父亲生前最遗憾的事是和祖父仅仅共同生活了13年,时间太短。他每每想起心生酸楚。他少小离家,到上海做"红帮裁缝",学徒打工8年,其间仅逃难回乡一次,和祖父团聚了几天。参军后,为避免祸及家人,父亲和祖父从无联系,整整8年!听乡亲聊起,在家的祖父一天要在街口望几次,看到邮差就上前,然后失望而归,泪水长流。祖父盼儿眼穿,患了眼疾,无钱医治,无人照料,吃了不少苦,受了不少委屈。

新中国成立后,中堡镇的私塾有的被并入小学,有的主动关门。到了20世纪50年代,中堡镇的私塾基本绝迹。祖父房文湘不能教私塾了,无奈只能去木行当店员,帮人记账。他年老眼花,几次做错账,被斥骂辞退。渐渐地他找不到工作,失了业,又缺乏其他谋生技能,只能靠乡邻接济度日。

上海一解放,天翻地覆,父母在上海安了家,立即写信回乡联系祖父。祖父欣喜若狂,赶来上海探望,他终于找到离家八个年头、一直无法通邮的父亲。祖父当时喃喃地说"以为庆惠（指父亲）早没有了","见不着了","回不来了"。他紧紧握着父亲的双手，止不住泪水潸然。

1951年，我的大哥出生，祖父抱着孙子，开心得不得了！祖父想留在上海，依靠儿子儿媳赡养，怎奈当时实行供给制。供给制的津贴费和实物配给中，没有赡养长辈的内容。父母不具备赡养爷爷的能力。父亲生前屡屡说起当时祖父双眼噙泪、又无可奈何的情景，想起来心里总是隐隐作痛。无奈，祖父携带着父母用节省下来的津贴费找人做的棉衣以及毛巾布、棉鞋等，怏怏地回了乡。

1952年，祖父年仅50余岁，在贫病交加中离开了人世。

父亲请假回乡给祖父送葬。彼时，父亲已经作为军代表在上海接管纺织厂。按照乡俗，他当了官回家乡属于荣归故里、光宗耀祖。家族中，亲戚们认为应当风风光光、大张旗鼓地给祖父办丧事。他们认为，我们祖父生前生活困顿，经常不能饱腹，应该有隆重的仪式"超度"。父亲坚决不同意。父亲说他已经加入了中国共产党，选择了自己的信仰，而且当时自己享受国家供给制待遇，口袋里确实没钱，共产党的官不是家族亲戚们理解的当了官就能发大财的。

亲戚们悻悻然，但还是理解了父亲——这位出身中堡的新中国成立后职位最高的官。

当时实行土葬，父亲囊中羞涩，没钱给祖父买棺材，房姓家族中一位和祖父"文"字同辈兄弟拿出了自己的寿材，让祖父顺利下葬。

父亲晚年，每次回乡都准备一笔钱"偿还"当年资助他办丧事的家族成员。他觉得自己永远还不清这笔人情债。因为在他心中，家乡亲人的情债，重如泰山。

在父亲刚离世的那些日子里，我们兄妹回到了他的老家——江苏省泰州市兴化中堡镇。我们去了镇派出所寻找房家户籍老档案未果，又到处找寻镇上的老人打听消息。父亲是镇上的名人，镇里的老人都知道：当年那个叫"三呆子"的少年，早早离家去上海谋生，后来跟着部队走了，在上海当了官。

我们要拍一些照片送给父亲。天开始暖和了，春风徐徐从街巷穿过。我们轻嗅着苍古的土墙、老树，寻觅着父亲孩童时的身影和气息。我们寻找当年庙里的那些小菩萨。父亲说，他儿时的玩具就是这些……他离休后回过几次故乡，还和当年的那座东岳庙拍过一张合影。东岳庙改了名，居然还在，定定地立着，风霜雪雨也没把它沦为废墟，它可是比人的生命坚韧倔强得多。父亲一生都爱唱歌。恍惚间，我看见少年模样的父亲在庙里庙外穿梭，边跑边唱……不知道他小时候唱的是什么歌，只记得我们小时候，常听父亲唱那支《新四军军歌》："光荣北伐武昌城下，血染着我们的姓名……"

中堡镇中学退休的房校长还在。他捧出一本房氏族谱，说当年他的祖父就在里面给他们讲家族的故事。他说他的祖父说我们的祖父很可怜，孤身一人在家乡盼着儿子回归，哭瞎了眼睛……那晚我们一起在月亮下聚餐喝酒，家乡的月亮似乎比上海的月亮大一点，月色洇染在我们身上。

每每回忆至此，常常难以原谅自己。父亲在世，我们与他谈心交流，仅满足于听父亲讲他自己的故事，放过了那么多寻根问祖的机会，错失了对家门历史的深入了解。这是我们一生无法抹去的隐藏在心中的悔恨。我们兄妹三人，均生于上海，成人后大哥走南闯北，二哥和我长期在上海工作，很少去父亲出生的地方，根本就没有家乡的概念。等我们想到了，父亲已经不在人世。父亲的家乡仅仅是父亲的，父亲把他对家乡的爱和回忆一起带走了！

在父亲的家乡，我们兄妹几个只能住在旅社过夜。我家在中堡镇始终无房产。新中国成立初土改时，孤苦的祖父成分被定为贫民，加上父亲已来信告知自己在部队南征北战，中堡镇政府给祖父享受革命军人家属待遇，为祖父分了一处住所。祖父过世后，家中房屋无人打理，墙体开裂倒塌，久而久之，周边邻居扩建房屋，现在已杳无踪迹。

父亲，在您的家乡旅社的那一夜，我又梦见您了——看见您背着小包袱，下了船，在码头上疾行。都说故乡是一壶酒，在古寺的香炉上温着，只有深夜惊醒的人才闻得到。酒杯碰在一起，都是思乡紫梦破碎的声音。

4. 清清白白的祖训

家传祖训，做人必须清清白白干干净净。"这是你爷爷反复念叨的。"父亲晚年时一再告诫我们。这也是老祖宗房彦谦对其子房玄龄的教诲"人皆因禄富，我独以官贫。所遗子孙，在于清白耳"的延续。

兴化房氏家族源于山东。

据《房氏家谱》记载,"房"姓诞生于距今 4 700—4 300 年前,起源于祁姓,出自陶唐氏,是尧的后代,以国名为氏。尧的儿子开始被封于丹水,尧没有把帝位交给丹朱继承,而是禅让给了立有大功的舜。这是禅让制的肇初,也是"公天下"的开始。

舜继位以后,改封丹朱于房(今河南省遂平县),为房邑侯。其子陵,袭封后以封地为姓,史称房陵,后代遂为"房"姓。房陵亦成为房氏始祖。其裔孙雅为清河(今河北省清河县东)太守。房氏家族开始定居于此,并成为一个望族。山东德州武城县,古称"贝州、贝丘",西汉之后有相当长一段时间,清河郡大郡治设立于此,房氏家族作为清河郡世家大族,在此地非常繁盛。

嗣后,唐朝开国宰相房玄龄曾任清河郡守。自此清河郡成为房姓人最重要的郡望,留有"天下房氏,无出清河"之说。

房玄龄不仅是以智慧和功业名垂后世的历史名人,也是房氏家族最具代表性的先贤和典范之一,房氏族人不论是否为其后人,也不论身在何方,无不以房玄龄为家族的榜样和骄傲。

房玄龄之父房彦谦,字孝冲,于东魏武定四年(546)生于齐州(今济南),弱冠之年即通五经、善文章、精书法。房彦谦为官清廉,所得俸禄大多周济了亲友和百姓,以至于史书称其为"家无余财"。他曾对其子房玄龄说:"人皆因禄富,我独以官贫。所遗子孙,在于清白耳。"他高风亮节的品格与他的人生经历有关,虽然他出自名家士族,但幼年时生父就亡故,15 岁过继给叔父,继母去世时,他绝食五日,以示孝心。在家中,凡有时鲜果蔬父辈不吃,他绝不先尝,其孝行名扬乡里。北齐时曾投于广宁王高孝珩门下,任齐州治中。隋朝立国后,他入朝为官,隋文帝时曾任监察御史、鄀州司马,隋炀帝时,曾任司隶刺史、征辽监军等职。他清简守法,敢于上谏,朝廷巡查考绩时,曾被评为天下第一。他为官"公正廉明",堪称隋代第一廉吏。房彦谦于隋大业十一年(615)去世。唐代,朝廷追赠他为徐州都督、临淄定公。房彦谦夫妇灵柩于唐贞观五年(631)归葬齐州赵山山麓房氏族茔(今位于山东济南历城区彩石街道),其墓碑为初唐名臣李百药撰文、著名书法家欧阳询书丹,为历代珍视的古代碑刻瑰宝。1956 年,房彦谦墓被公布为山东省第一批文物古迹保护单位,1977 年,房彦谦墓被公布为山东省第一批重点文物保护单位。

山东济南房彦谦文化公园中的房彦谦墓

近年来,山东济南以房彦谦墓为中心辟建房彦谦历史文化公园。我曾踏上寻根之旅,专程朝拜。

房彦谦之子房玄龄是大唐"贞观之治"的主要缔造者,唐凌烟阁二十四功臣之一。房玄龄善谋,杜如晦处事果断,因此留下成语典故"房谋杜断",后世以他和杜如晦为良相的典范。唐太宗李世民曾给房玄龄画像题字:"才兼藻翰,思入机神;当官励节,奉上忘身。"明弘治十一年(1498)所刻《历代古人像赞》中在玄龄公画像左上角题有对联一副"辅相文皇功居第一,遗表之谏精忠贯日",这是后人对大唐贤相房玄龄一生功绩的高度概括。中国人历来重视孝道,而礼敬、崇尚家族先哲名贤,就是履行孝道的最重要的方式。

房玄龄以正直清廉、多谋善断、匡扶盛世的形象为后人永远铭记。房玄龄墓位于陕西咸阳礼泉县城。陕西省礼泉县、河北省清河县、河南省遂平县和全球房氏后人捐助对房玄龄墓进行了保护性修缮。

历史轮回时至今日,房氏的家风遗迹永世留存。

第二章 "红帮裁缝"生涯

1. 拜师"红帮裁缝"

除了迷恋自己的家乡,父亲念念不忘的是缝纫机。因为他当过八年"红帮裁缝"。

1934年,父亲满13岁了。13岁,对现在的孩子来说,还是天真烂漫的年龄;但按照旧时说法,男孩子13岁进入了舞勺之年,就应该设法寻求维持生活的门路谋生了。

家中仅靠爷爷教私塾的微薄收入难以维持生活。自小志向远大的父亲不甘心重复祖辈的生活,一心想着要外出闯荡。

当时,父亲的表叔顾庆堂在上海打工,其子在上海学裁缝。裁、缝是成衣工序。中国民间历来称做衣服的人为"裁缝"。裁缝在封建社会一直被视为鄙陋薄技,为富贵者不屑,是社会底层的一种职业。穷苦子弟因为生活无着不得已才去学裁缝手艺。

房家的子辈知书达理,祖上崇尚"学而优则仕"。祖父有顾虑,认为手艺人地位卑贱,但父亲决意去上海闯荡。祖父转而思忖,"积财万千,不如一技在身"。当裁缝好歹也是谋生之道。谋生职业不分高低贵贱。只有气馁的人,没有入错的行。于是,祖父和表叔祖父合计后决定送父亲到上海学裁缝手艺。祖父说学裁缝,要挑当时社会高档的能赚到钱的学,就替父亲确定了学"红帮裁缝"。

"红帮裁缝"有一条长长的历史轨迹。在老上海,提起当年那些在上海滩扬名立万的"红帮裁缝",很多人立即会想起宁波人。"红帮",其实是"奉帮"的谐音,这个"奉",指的是宁波奉化。时至今日,在上海街头的高端西服定制店里,"红帮裁缝"依然占据着主流。

"红帮裁缝"是怎么形成的呢？

清末民初，通商口岸宁波传入了英国的制衣技术，很多当地裁缝开始给洋人做西装。后来，上海滩的"西装热"吸引了大批宁波裁缝前来"讨生活"。

帮，源于行。行，原是古代买卖交易的场所。在这种场所中交易的人们，渐渐按相同的交易内容，结伙成群，名之为"行贩""行贾"。各种商业、手工业者以职业为依据，结伙成群，形成各自的帮口、帮派。

当时，随着生产规模、生产方式、经营理念的发展和更新，裁缝逐渐由背着剪刀尺子包袱走街串巷寻求生意的流浪者，变为开店铺、办作坊、使用缝纫机械，走上机械化道路的裁缝业主帮，形成所谓"洋广衣业"。

清道光二十二年（1842）鸦片战争后，清政府与英国签订《南京条约》，开上海、广州、福州、厦门、宁波为通商口岸，称为五口通商。

"西风东渐"，为了适应当时的潮流，一些头脑敏捷的宁波本帮裁缝审时度势，捷足先登，最先发现了为西方人服务的先机，逐步停做传统中装。起初，他们三五成群，肩背装有工具和碎料的包袱，用半生半熟的洋泾浜英语，与洋人交流，为洋人修补西服。精细的手艺、修补如初的衣服，博得了洋人的好评。一时修补不了的衣服，带回家继续修补洗刷，熨烫后改日送回。在修补的过程中，又借助国外流入的西装样本，学习各部位的裁剪和拼接方法，分析面子、里衬和垫肩的制作诀窍。还有部分本帮裁缝去国外学习，积累经验，将国外技术与传统的手工相结合。久而久之，本帮裁缝掌握了西服缝制的步骤和工艺，形成了中国特色的西服工艺。他们又购买从美国进口的胜家牌或国内组装的"无敌牌"缝纫机，专做洋服，专为洋人服务。

1843年11月，襟江带海、拥有开阔腹地的上海对外开埠，逐渐成为东方大都市。一方面，外国商人等纷至沓来；另一方面，国内的洋行买办、银行高级职员、富家子弟、社会名流等追随时尚，社会上出现了一股"西装热"。

宁波自从辟为通商口岸以后，风气开放较先，又与上海近在咫尺，这股"西装热"自然影响到了宁波。宁波裁缝纷纷涌入上海滩。

宁波奉化县裁缝众多。奉化县的"奉"与"红"声韵相近，"红"

即宁波奉化县的"奉"。浙江宁波地区的鄞县、奉化、定海、镇海、慈溪、象山六县的"洋广衣业"开始进入上海谋生,被称为"宁帮洋广衣业",裁缝师傅即被称为"宁帮裁缝",并成为上海西服制作业的主要帮派。

由此,上海西服制作裁缝应运而生。一时间,开张的西服店号如雨后春笋。据资料记载,从光绪二十二年(1896),自浙江奉化人江良通在静安寺路407号开设上海第一家西服店"和昌号"起,到1950年的50余年间,上海的西服店多时达710余家,而宁波人开的就有420多家,占总数的60%。

奉化人开设的西服店及奉化籍的西装裁缝为示与"宁帮"的其他帮派区分,他们自称或被人称为"奉帮裁缝"。奉化人脱离"宁帮"而自立帮派首先引起"宁帮"的不快,于是"奉帮"被叫作"红帮",其含义就超离"奉化"的地域范围而成为一切西服制作业的统称。同时,原先的以上海籍裁缝为主的"洋广衣业"称"本帮",也被用谐音读作"白帮",又被讹为中式服装的裁缝。"红帮裁缝"之称相对于"本帮裁缝"而言:主要制作西服的裁缝叫作"红帮裁缝";制作长袍、马褂、对襟衣等中国传统服装的裁缝被称为"本帮裁缝"。

由于西式服装的加工工艺和技术较高,在民众中有较大的信誉,后来,不论是西服裁缝或中式裁缝均以"奉帮"或师承"奉帮"自称,"本帮"或"白帮"则很少使用。

"红帮裁缝"的学徒一般从十三四岁开始拜师学艺。1934年7月,父亲跟着表叔顾庆堂从乡下坐船,来到上海元芳路(现商丘路)兴昌服装店——一家宁波人开的裁缝店做学徒。

元芳路系清同治三年(1864)筑,在虹口区南部。民国32年(1943)依河南商丘地名改名商丘路。它北起周家嘴路,南至东长治路(原南起东大名路),步行只需10分钟。别看这条小马路长465米,宽只有15到20米左右,却承载了父亲脑海中特殊的记忆。

父亲晚年,他反复看电视剧《狄仁杰》。

"元芳,你怎么看?"

"大人,此事必有蹊跷!"

这是《神探狄仁杰》中狄仁杰与李元芳的经典对白。

两个人在剧中，一文一武，相得益彰，破获了很多大案要案。

父亲学着电视剧中的台词，考问我剧情发展走向。当时我很不以为然。在寻觅父亲历史时，才恍然大悟：父亲是因"元芳"两字勾起了他少年时代熟悉的地名的回忆。

父亲拜师学艺的上海兴昌服装店，是一家正宗的红帮裁缝店。裁缝师傅、伙计和学徒济济一堂。店里前店后场，从接生意到取成衣，流水作业，一条龙服务，井井有条。

行有行约，店立店规。红帮技艺以父子、师徒为传承方式。拜师要有荐头人（即介绍人）。荐头人一般是业主或师傅的亲友、同乡，也是徒弟的确切保证人，是徒弟的学徒期担保人。当时父亲表叔家的儿子大庆子、二庆子已在上海闸北做了裁缝学徒。表叔顾庆堂谙熟门路，他掏钱托这家裁缝店的宁波同乡作了荐头人，为父亲学徒期担保。

父亲回忆，进店之前，他还和师傅签订了拜师协议，施行了隆重的拜师礼——红烛高烧、磕头为礼。他年龄小，不明白协议中条款的含义，反正跟着表叔，表叔叫干啥就干啥。拜师之日的宴请送礼，也是表叔掏钱完成的。后来明白了，协议中，店主（师傅）与荐头人、学徒父母画押。协议中规定学徒期限、生活待遇以及不许中途自废、不能东逃西奔，寒暑、忧疾不与师傅相干等等条款。学徒期规定三年为限。三年出师，还要帮一年，才能离开师傅，自己单枪匹马闯荡江湖。

当时的学徒生活十分艰苦。学徒要边学手艺边替师傅做家务。父亲不仅要为师傅、师娘淘米烧饭，还要白天生煤炉、抱孩子、买点心、烧开水、倒痰盂、洗衣服……杂务样样都要做，什么都要干。晚上睡在裁衣作板下，席地而卧。凡事都要缄默，唯唯诺诺，师傅、师娘说一不二，言听计从。过了一年，才给师傅做下手活，如提熨斗、送茶水，学缝纫机。因为年龄小手脚笨拙，干活或操作一不小心，就要挨师傅、师娘拳打脚踢，斥责罚跪，"竹笋烤肉"（裁缝行话，意即用竹尺打人）。父亲说他天天如履薄冰。

红帮裁缝师傅对制作西服和踩缝纫机技术要求颇高。所谓严师出高徒。父亲全身心投入，不是他有多喜欢裁缝手艺，而是他必须寻找一份谋生的职业，养家糊口。虽然他选择这份工作是被迫的，但也造就了独属于他的传奇人生。

2. 练就一口带宁波口音的上海话

当年的红帮裁缝学徒分"学店堂"和"学工场"两种。"学店堂"的重在门市接客,"学工场"的主要是缝纫、熨烫、整理。量身设计和裁剪缝制密切配合,成品与客人身体的契合度,是很多大牌成衣都比不上的。

"学店堂"门市接客实际上就是学营销。这对父亲这个"小苏北"来说,是个严峻的考验。起初,他听不懂也不会说上海话,与顾客沟通有语言障碍。

过去宁波人有句老话:"天下三主,顶大买主。"红帮裁缝在讲究技艺的同时,十分重视无微不至的服务。除了一般商人都会注意的和气生财、笑脸相迎之类生意经外,红帮裁缝还有许多独到之处。

他们非常重视做顾客的第一笔生意,特别尽责,特别精细。为的是让顾客满意,形成稳固的客户关系。顾客增加了,生意也兴旺了。例如,顾客来店定做衣服,要记住顾客的姓名、地址、职业等信息,做到胸中有数。等顾客再次来时,在接待时就可以谈及上一次衣服的款式、面料等,同时介绍区别于上次衣服的花色料子。这样,顾客认为裁缝店家记住了自己,既高兴又佩服,又可成交新的生意了。顾客进店后如遇突然下雨或雪,当顾客起身离店时,一定要撑开雨伞,送客上车。顾客与太太同来店堂,更要以礼相待。往往做衣服方面,女的比男的办事更有发言权。太太若带了小孩一起进店,对小孩也要好好伺候,如送糖果和小礼品。小孩留住了,大人生意也做得成。对外国客人,最好能用外语说些日常用语,哪怕是单词。顾客一张口,能得到回音,相互交流,顾客会感受到亲和力,觉得受到尊重。

量体裁衣、度身定制是红帮裁缝的特色。按红帮裁缝传统,要做好每件定制西服,必须经过量体、裁剪、定样、试样、缝制、检验6个环节,并严格把握每个环节。

比如量体(量尺寸)。量体前,首先请顾客选好衣料,选定款式,穿着衬衫,放松皮带,自然站立,正常呼吸。量体时,要随时询问顾客的习惯和爱好,如长度、宽度等,有无特殊要求。父亲说,西服上衣一般测量衣长、胸围(或腰围)、肩宽、袖长四个部位尺寸。胸围的放松度根据穿着习惯、季节和爱好加放,如遇凸肚体型,需加量腰围和肚围尺寸；如挺胸体或弓背体，可在腰部系上一条带子，前后分水平，分别测量前后腰节长度。颈部特粗或特细的，则要加量小肩宽度。挺胸、凸肚、弓背、凸臀、手臂弯度，均要从侧面仔细观察；肩部则要从背后观察。要把这些体型特征和顾客要求详细记录在订单上，作为裁剪和缝制时的依据。对于特殊顾客的测量结果，不但有具体数据的记录，还有生动的行业术语。比如对于驼背称之为"小牛肩"，溜肩称之为"美人肩"等等。

再比如试样，就是将壳子经顾客试穿后检验其合适程度。先出毛壳，请顾客试穿，成为光壳后，再次试穿。有的需试样3—4次，试一次，修改一次，边试边改，直到满意为止。好的西装，首先肩颈部位要服帖，不管是坐着、站着还是走动时，西装和马夹的领子都紧紧贴住衬衫，不会滑动，包括袖子，手臂抬起来举过头顶，肩颈部位还是不动。

这些过程都需要用确切的语言，与顾客反反复复地沟通交流。

父亲说，为了摆脱语言交流的困难，他一遍遍练，刻苦练习，特别是和师娘（老板娘）接触时，哪怕挨骂，也认真仔细听，心中暗暗模仿。到营业打烊后，就拉着师兄弟聊天，说错话不怕他们笑。

持之以恒，久久为功。父亲终于练就了一口带宁波腔的上海话（这也为他日后在部队被党组织选拔进入上海工作打下了基础），还会几句洋泾浜英语、日语。他在店堂里迎来送往顾客，聪明内敛，心静目明，大小事务了如指掌。因此博得了师傅和师娘的认可与夸奖。

父亲说，师傅的高明之处他只学到了皮毛。

师傅在量体裁衣时，除了一眼能看出客人的身体特征、肩宽以及手臂长短粗细等，还能觉察出细微的不同之处……甚至有些客人都不需要量体，师傅就能目测出他们的身体尺寸，还能摸透客人的心性气质，再参照个人爱好，设制出充分个性化的服装。他做出的西服不仅合身舒适，而且能掩盖穿着者的身材缺陷，让他们穿上西服后，都能风度翩翩。

红帮裁缝也讲究裁衣，裁剪之前，必有设计。设计—裁剪—缝制，既能看清人的身材各部位尺寸，更能看出人的心性气质、思想修养，再结合个性，进行设计。这样做出高度个性化的服装，才是"红帮裁缝"大师之作。

也因此，现如今的上海定制一套西装最便宜也要六七千块钱，且多年来一直保持着稳定的客源。

3. 细节制胜

"学工场"主要是缝纫、熨烫、整理。由于西服制作难度大，红帮裁缝学徒必须苦练基本功，譬如针对西服面料厚、辅料硬的特点，要练习"热水里捞针""牛皮上拔针"等特殊功夫，以提高运针的速度和力度。

父亲说，他非常珍惜学习机会，按照裁制西服的工序，一道道循序渐进地刻苦钻研。

父亲说，制作高档西服，很少用缝纫机，绝对要用手一针一针地缝，针脚均匀。这样才能不管气候干燥还是潮湿，不论是浅色面料还是薄型面料上，都看不出针脚线。

这是红帮裁缝的真本事，单凭这道工艺就可以考察裁缝的功底深浅。

当时在专业训练上第一关是用针。父亲从小顽劣调皮，帮师傅、师娘干干粗活家务还可以，缝衣捏针的细巧活，对他来说太难了。起初，他笨手笨脚，针都拿不住。后来在师傅的督促下，他咬牙战胜自己，心无旁骛，渐渐熟能生巧，最终运用自如。

我初中暑假，在家学做衣服。父亲手把手教，特别教了锁纽扣眼，没想到父亲锁的纽扣眼那么整齐精致。父亲说他师傅教他细节制胜。衣服上的纽扣眼，好比人的眼睛，"扣眼如人眼"，人长得漂亮与否，与眼睛大小有关联。一件衣服，尤其是上衣前襟上的纽扣眼，精致的扣眼能起到画龙点睛的作用，粗糙的扣眼会导致满盘皆输，衣服可能就毁了。以前较有名气的红帮裁缝店，特别讲究锁扣眼。锁扣眼出了偏差，师傅看到必定火冒三丈。父亲锁扣眼前，先在离扣眼线左右 0.3 厘米处分别缝上两条与扣眼线平行的线钉。这两条线要拉直，但不能拉得过紧，以防扣眼边部起皱。然后开始围绕衬线从左边到右边打套结，以两条线钉为衬垫锁缝的扣眼，不但牢固，面料不易起皱，而且立体感强，视觉效果极佳。

父亲当时练基本功的第二关是缝布条。在一块巴掌稍大的布料上，用各种钢针不穿线，练习缝、板、撬等针法，以求均匀、牢固并练速度，一直练习到捏针的手不出汗才罢休。父亲说，练习缝补时，人必须站立。不仅手指要灵活，全身的肢体都要协调，吸腹，胸部略向前倾，双手悬空操作。他当时练习时，师傅教了一个小窍门：在旁边放一桶冷水，缝时出手汗，就将手浸入水中，这样既可避免出手汗，又不会弄脏布料。

父亲不放过每一个细节的学习。有一次学装袖子，正值农历除夕，其他师兄弟都回家过年了，他独自留在师傅店里，将袖子拆了又装，装了又拆，反复七八次，直到将袖子缝制得圆顺挺括才罢休。此时，天已破晓，新年的第一缕阳光穿透云端，照耀大地。

父亲学踩缝纫机，也经历了一个由生疏到熟练的过程。他反复练习转、停、快、慢、手脚并用，直到不用手只用脚踩也能随心所欲。

父亲说他学徒时除了基本功扎实，还学到了西服制作的"四个功""九个势"和"十六字标准"。

（1）"四个功"即刀功、手功、车功、烫功。"刀功"指裁剪水平。"手功"指在一些不能直接用缝纫机操作或用缝纫机操作达不到高质量要求的部位，运用手上功夫进行针缝。"车功"指操作缝纫机的水平，要达到直、圆、不裂、不趋、不拱。"烫功"指在服装不同部位，运用推、归、拨、压、起水等不同手法的熨烫，使服装更适合体型，整齐、美观。

（2）"九个势"即肋势、胖势、窝势、凹势、翘势、剩势、圆势、弯势、戤势。如袖笼山头必须做到圆顺，袖子要做成有弯势，后背要有戤势使两手伸缩方便，子口要有窝势，不向外翘，前胸要有胖势，肩头要有剩势等。

（3）"十六字标准"即平、服、顺、直、圆、登、挺、满、薄、松、匀、软、活、轻、窝、戤。"平"指成衣的面、里、衬平坦、不倾斜，门襟、背衩不搅不豁，无起伏。"服"指成衣不但要符合人体的尺寸大小，而且各部位凹凸曲线与人体凹凸线必须相一致，也就是俗称的"服帖"。"顺"指成衣缝子，各部位的线条均与人的体型线条相吻合。"直"指成衣的各种直线应挺直，无弯曲。"圆"指成衣的各部位连接线条都构成为平滑圆弧。"登"指成衣穿在身上后，各部位的横线条（如胸围线、腰围线）均与地面平行。"挺"指成衣的各部位挺括。"满"指成衣的前胸部丰满。"薄"指成衣的止口、卜头等部位做得薄，给人以飘逸、舒适的感觉。"松"指成衣不拉紧、不呆板，给人一种活泼感。"匀"指成衣面、里、衬统一均匀。"软"指成衣的衬头挺而不硬，有柔软之感。"活"指成衣形成的各方面线条灵活、活络，不给人呆滞的感觉。"轻"指成衣的穿着感到轻松。"窝"指成衣各部位，如止口、领头、袋盖、背衩，都要有窝势。"戤"指成衣的宽舒度，伸手时不扳紧，手放直时戤龙不绉。以上16字相互联系，统一在一件服装上，就能显示出红帮特色工艺的特点。女式服装上还体现镶色、嵌条、绲边、切图、绣花等工艺特点，使女子服饰造型上更优美，有时代特色。

父亲还曾专门给我示范，在缝制时怎样用顶针箍：把顶针箍套在中指的中间一节，运用时腕指用力，肩膀不动。我心悦诚服。

彼时，裁缝行当一年两年不可能熟练掌握，师傅也不一定热心辅导和盘托出。学徒刚进店时只能在从事各种杂务活的间隙和空闲时间在旁边看师傅做衣服。大概需要一年的时间才能了解缝制西服的基本方法，然后帮着师傅做一些简单辅助活计。徒弟辅助工作干得越来越多、越来越熟练，达到胜任基本工序以后，才可以在师傅的指导下开始系统工作并逐步过渡到独立工作。

父亲眼头活络，行事机灵，勤听师傅谈论，多看裁剪举动。他一眼观四方，不懂就提问，日积月累，暗暗"偷"关子，琢磨生意经，以超人的毅力和记忆力，掌握了西服裁剪的诀窍。学徒三年出师了，按照规矩，他行了满师之礼。然后帮师一年。

做裁缝学徒的同时，父亲还有了意外收获：蛋炒饭绝技。他传授给我们时说，这是从师娘那儿学的，蛋炒饭就是要准备隔夜饭，热锅冷油，倒入米饭，炒制过程中还必须放少许水，既省油，米饭也粒粒分明……

天道酬勤。他学会了缝纫西服，有了特长。此外，他做的中式盘扣精美绝伦（父亲说是师娘特地额外教的）、锁的纽扣眼有板有眼，尤其踩缝纫机熟练得很。

战争年代，他凭借此一技之长，做军服、检验军服和领导被服厂工作。和平年代他进入纺织条线，触类旁通，对纺织面料独有见解。离休后，他为自己制作了几套西服，自诩比外面服装店的成衣讲究，不管是站立、行走、静坐，衣服都符合三个标准：好看、舒适、合身。

晚年，他还津津乐道："我年纪大了不能为国家做贡献了，但还可以摆个缝纫机摊养活自己呀！"

4. 谋生糊口

1937年8月13日，日军大举进攻上海，淞沪会战爆发。在淞沪事变来临前夕，上海的南北向马路上，尤其是跨越苏州河的桥梁上，蜂拥着密集的人流。人们纷纷逃离将要变为战场的苏州河北岸，往南避入租界，或穿越租界避入南市——上海的老城厢，并从那里继续往南，逃向农村。如此撤退持续了好几天。

逃离沪北地区的难民不约而同选择去外地避难。父亲是其中一员，他坐船躲回了老家，在老家兴化华美服装店工作了半年，但所获薪酬太低，养活不了自己。在祖父的催促下，他又返回上海谋生。

回沪时，他目睹闸北及整个沪北地区几乎被炮火夷为平地，遭到毁灭性破坏。一些小路，大多杂草丛生，遍布瓦砾，泥泞不堪，路灯离得老远才有一盏，一到晚上更显得极为阴暗，一闪一闪宛如鬼火。路边常有倒毙的饿殍和用芦席包裹的弃婴尸体，走在路上，一不小心就会被这些绊住，加之野狗窜来窜去啃食死尸，惨不忍睹。满目疮痍，路上行人身上的衣服破烂不堪，让人看了心酸，甚至有的灾民在冬天的时候也衣着单薄，难以蔽体。这样的生存环境哪里需要技术精湛的裁缝？

为了生活，为了一日三餐，父亲努力挣扎在生活的边缘，虽然回报难如人意。

这一阶段，父亲16岁至21岁期间，靠自己的技艺和诚实的劳动，疲于奔命，四处打工，曾辗转多个场所工作，换取低廉的报酬。

1963年他曾这样填写他的《干部履历表》：

1938年3月至6月，在师傅家。

1939年3月至6月，在北京西路艺新服装厂。

1939年6月至1940年2月，在安庆路德润坊开林服装厂。

1940年2月至5月，在黄河路珊家园欧化服装厂。

1940年6月至8月，在西藏南路潘瑞记衬衫厂。

1940年8月至1941年1月，在北京西路良记服装厂。

1941年1月至10月，在安庆路德润坊开林服装厂。

1941年10月至12月，在新闸路胶州路口海联里丽服装厂。

父亲说，他打工做得最多的是衬衫。当时衬衫是西服的陪衬物，穿西服一般都穿衬衫。衬衫厂规模比西服裁缝店大，入职人员多，工作相对容易找。

素来忍饥挨饿的他终于有了饱腹的感觉。那阵子打工，他拿到过最高一个月3块银元的工钱。领薪水那天，父亲犒劳自己，会买一只鸡或者一个蹄髈一顿吃完（晚年，他食欲衰退，还经常自诩："我年轻时的饭量是一顿一只鸡或一个蹄髈。"）。

他觉得最令他享受的是泡澡，且一生不变。他说那时年轻，感冒发烧，"到混堂（公共浴室）大池子里泡一泡，大汗淋漓后百病皆除"。

这种在公共浴室泡澡擦背放松的感觉，成了他终生追求的享受内容。20世纪50年代在上海纺织厂工作期间，他得空就经常去南京路第一食品商店后的上海老字号"裕德池"。他说泡澡堂子，泡水要泡得足，然后必须找个搓背师傅搓背。父亲平易近人，那些师傅搓着搓着，和他分享起了各自老家的难忘的故事、美食。对父亲来说，洗澡不仅洗去了身上的污垢，更洗去了沉甸甸的责任感导致的心头那种压抑、不安与焦躁。这成了他人生中最美好的回忆之一。

父亲去泡澡的日子也是我们最幸福的一天。我们经常能品尝到他浴后从第一食品商店买回的扬州（应是镇江）肴肉，听他讲讲扬州"水包皮"和"皮包水"的故事。

晚年，父亲在女婿陪同下，还常去上海肇嘉浜路青松城老干部活动室，泡个澡，让女婿搓个背，回味回味当年的感觉，惬意得很。

5. 人生的第一张照片

父亲17岁那年春节前，他去闸北，向表兄大庆子借了一件双排钮的西装。他兴冲冲戴上领带，梳了三七开的分头，去照相馆拍了人生的第一张照片：西装半身报名照。

俗话讲，"三春靠一冬""一冬还要加夜工"。服装业春节是旺季，有钱人逢年过节习惯上除旧布新，要穿新衣裳，裁缝店订货数量激增。时间不等人，那天夜里父亲门户大开加班加点干了通宵。没想到干完夜工，累睡着了，一梦醒来，发现借来的西装连同一块未曾裁剪的毛料不翼而飞！父亲说，为了赔偿这块毛料，他勒紧裤带忍饥挨饿整整三个月，才省下钱还上债。

大庆子的西装则始终没有还上。他躲着大庆子，不敢打照面。

令人啼笑皆非的是，"文化大革命"时，因为这张照片，父亲被指责当年不是在上海当工人，实质西装革履，是上海十里洋场的"小开"。父亲解释，旧上海找职业，必须有一张衣冠像样的报名照，而且一般都是西装照片。旧上海穿西装不完全是有钱人，所谓"西装瘪三"比比皆是，况且自己的西装是借用的。当年自己在上海，多次失业，挣扎在饥饿死亡线上，为了糊口求职，不得不多方递交申请照片和材料。

17岁时的父亲

6. 苦憋愤懑

1937年11月淞沪会战结束后，国民党军队西撤，日军占领了华界。由于外交的原因，上海的英法两个租界得以幸存，但四面都是日军侵占的沦陷区，仅租界内是日军势力未到而英法等国控制的地方，尚未沦落，与外界形成隔绝状态，故被称为"孤岛"。国民党和共产党都转入地下斗争。当时"孤岛"的空气沉闷压抑，不少人对时局前途迷茫、悲观。

那时，日本兵在"孤岛"出入口，四处设卡排查行人。外白渡桥的桥头是他们经常设岗点。经过那座桥，日本鬼子要求每个过往的中国人向其鞠躬。父亲认为那是奇耻大辱，平时情愿绕很远的路，也不从那里走。但有一次还是遭遇上了。他不愿意鞠躬，脸上立马被日本兵狠狠打了一巴掌！面对荷枪实弹的日本兵，父亲敢怒不敢言，心中激起了极度的愤懑。

父亲说他曾看到一个矮矮的日本小孩站在马路中间大骂，听不懂他骂什么，但神情举止趾高气扬，把路上的中国人甚至车子都骂停了……他觉得日本人太霸道了！和不少热血青年一样，他听到的是祖国国土一天天沦丧，目睹的是日本鬼子耀武扬威残害同胞，内心充满对日寇的仇恨，朴素、感性的家国情怀,对人间正义的追求,让他觉得在上海继续待下去,要憋死了!

孤独的父亲,盼望有组织的生活,他曾于1941年1月参加了上海南京路江西路口"华联同乐会",成为临时会员;同年10月,从自己羞涩的囊中,拿出过两次会费,参加过工会。

父亲在"华联同乐会",经常参加读书会的时事学习,讨论社会问题,求知若渴的他饱览群书,读了许多进步的书籍,如毛泽东的《论持久战》《论新阶段》,艾思奇的《大众哲学》《西行漫记》以及《中华运动史》等;还学唱了一些抗战救亡歌曲,如《义勇军进行曲》《毕业歌》《大路歌》《松花江上》等。他接触到了先进的思想和新鲜的事物,受到了革命思想的影响。

根据相关资料,20世纪20年代末到30年代初,红帮西服店的数量迅猛增加,红帮裁缝这个行业群体也日趋成熟。为了维护整个行业的共同利益,在国民政府的大力倡导下,各地西服业资方纷纷建立西服业同业公会。这些西服业同业公会的人员构成、管理机制、功能作用等方面已不同于旧式的封建行会、公所,具有显著的现代性,是"资方集团"。上海西服业从业职工相对应成立的"西服业职业工会",则是"劳方组织"。二者在组建之后均加强了各自阶级的组织整合,使劳资关系更具有阶级政治的特点,为劳资协调提供了组织基础。

同乐会是年轻的红帮裁缝联络感情,切磋技艺及进行正当娱乐的业余活动组织。它得到了当时上海市西服业同业公会的支持。同业公会为同乐会"拨款资助"并给予活动场地、活动设施的支持。同乐会设立了技术、语言、戏剧、音乐、运动、旅游等6个活动小组。技术组专门探讨解答西服技术方面的疑问,运动组组建篮球队和乒乓球队。这是父亲打工之余经常光顾的两个团体。但是当时参加同乐会的人员鱼龙混杂,因此父亲活动范围又由此同乐会,扩展到了"华联同乐会"。

父亲就是在"华联同乐会"遇上了新四军来沪扩军的李鹰。

第三章　参加新四军

1. 人生转折点

每个人，都是一颗独立的星球，在黑暗寂寥的空间，燃烧、运行、勾画出属于自己的小宇宙。聚散明灭，流转不息。父亲那个时代的前尘往事，漫漫烟云，很多都已化为碎片。但经得起考量的历史，必有它不衰的主题。

当年的父亲已经完全可以凭借裁缝手艺自食其力了，但是，父亲作为一个平凡的人，和不少热血青年一样，他听到的是祖国国土一天天沦丧，目睹的是日本鬼子耀武扬威残害同胞，他不甘于当亡国奴，他想上前线杀鬼子。

父亲95岁时，我问："红帮裁缝手艺足可糊口，为什么去参军呢？"他亲笔写下："要做一个中国人，这是一个基础！"

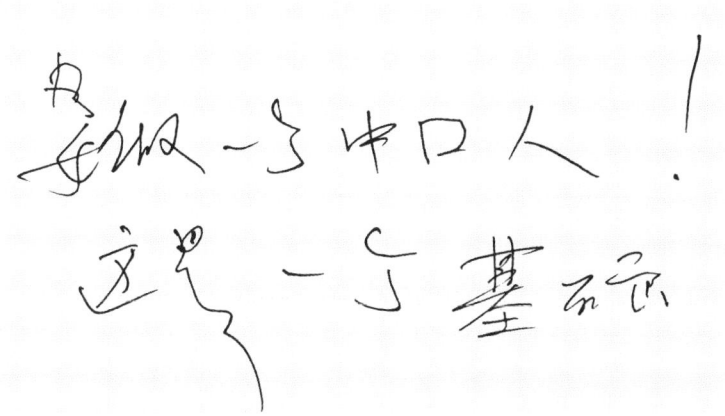

95岁的父亲手书"要做一个中国人，这是一个基础！"

1941年的12月，一个月，短于一春一秋，因为这个信念，赋予了父亲远远长于那段历程的光辉。

抗战时期，上海的租界被称为"孤岛"，是由于租界内由美、英、法国势力管理，日军不敢轻易进入。父亲当时工余，经常在租界内的"华联同乐会"活动，工作则一直徘徊于租界边缘的安庆路、新闸路胶州路一带的服装厂。

那年12月初，太平洋战争爆发，日军突袭珍珠港，日本坦克开进了曾暂时处于非战状态的租界。

月中，在"华联同乐会"等组织，父亲听到一个惊人的消息：租界也不安全了！有人看到，男青年在上海租界马路上行走时，居然被侵华日军强掳上卡车，押送上船运出去当苦工。查究原因，随着战事不断扩大，日本大量适龄男性被征召入伍，国内的劳动力严重短缺，工厂、矿场、港口等重要生产场所人手告急。为解决这个难题，日本侵略者采取"以战养战"的政策，实施了大规模的劳工强征。

父亲宁死不愿被奴役！

祖国的命运和自己的前途在哪里？国民党的腐败、黑暗和消极抗战，使父亲深感失望。在那个民族危难时刻，每个正直、有良心、有骨气的中国人，无不忧国忧民，无不在选择自己的道路。他觉得报国无门、抗战无路，工余愈加积极参加"华联同乐会"等团体活动，读书读报，寻找希望和光明。

父亲在"华联同乐会"遇到了新四军来沪扩军人员李鹰，正如大旱之时迎来了甘霖，欣喜若狂！

皖南事变后，重建的新四军扩充兵员，派出了各路人马，其中就有李鹰。他们深入社会各界，在日寇眼皮底下动员青年参军。

李鹰是广东中山人，高中文化，个子不高，圆圆脸，待人热情、诚恳。他1925年8月13日生，时年仅16岁，却少年老成，特定的历史条件形成政治上的早熟，接受党的影响和教育，早早走上了革命道路。他与父亲一见如故，几番深入交流，就成了莫逆之交。父亲信任李鹰。

李鹰介绍父亲去读书会听课。

当时上海刚刚沦陷，国民党政府向西撤离，失去了对上海的有效控制，"孤岛"的政治气氛较为自由。上海许多报刊发表了大量有关新四军对敌斗争的报道，如《文汇报》的《新四军挺进江南声势浩大》等；《申报》的《新四军克复扬中》等；《大美晚报》的《新四军控制沪宁线各村庄》等；《每日译报》先后刊登了毛泽东的《论持久战》、周恩来的《论保卫武汉及其发展前途》等文章；《译报周刊》出版了《新四军特辑》和《新四军小丛书》，比较全面地介绍了新四军的组成和战斗情况。

父亲在读书会读到了这些报道，又从前来授课的爱国人士处，进一步了解到新四军抗击日军的神圣历史使命。那些报道和讲述让他如醉如痴，原本内心萌动的"不当亡国奴，上阵杀鬼子"的念头愈发强烈。

他强烈地向往着参军，狠下决心，必须走，哪怕再苦再累，也要去战场闯荡一番，去寻找抗日救亡的出路，圆儿时的英雄梦。

父亲向李鹰诉说了想打鬼子的心愿。去哪个部队呢？李鹰向父亲伸出四指："这是百姓自己的部队，官兵平等。"李鹰说他们是中国共产党领导的真正抗日的队伍。

那是一个让人神往的世界。父亲心领神会。

李鹰告诉父亲，要从军抗日，必须寻找理想的抗日军队。这样的抗日军队对待士兵不会有打骂，不会欺负百姓。父亲怦然心动。当年民谣《白菜心》节奏明快，朗朗上口，脍炙人口，极具号召力和凝聚力，传遍大江南北，"吃菜要吃白菜心，当兵要当新四军"，这首唤起民众参军的歌谣早就进入了父亲的脑海，深深打动了他的心。

李鹰问父亲，在上海已经有了养家糊口的职业，为什么要去当兵呢？父亲理直气壮地回答，国家危亡，人民受难，救国人人有责，要当腰板挺直的中国人。

李鹰是新四军的一名普通战士，经历坎坷。上海解放后，李鹰在上海图书馆工作，担任某一部门的副主任。1980至1983年间，我们跟着父亲拜访李鹰叔叔，而后在上海图书馆阅览室出入，总见他笑呵呵，为读者提供方便。

父亲感恩李鹰，经常念叨：李鹰家住上海绍兴路、李鹰的妻子是严凡同志，退休前在上海旅游工作委员会工作……

2000年9月5日李鹰逝世，2012年严凡逝世，父亲都没及时得到信息，没有去送他们最后一程。父亲为此耿耿于怀。他独自徘徊于黄浦江边，在凄冷的寒风中站了整整一天，他说李鹰的影子在他的眼前挥之不去。

1984年父亲与李鹰（右一）

当时，父亲坚定了当兵的信心，李鹰就开始联系交通。

李鹰联系的是新四军驻沪办事处安排的秘密交通西线。

与父亲这批同去苏中根据地的男女青年共7人，其中有男青年余仁。余仁比父亲小一岁，当时在上海大同大学就读。余仁后来在《战地红蕾》一书中发表过名为《踏上光明路》的回忆录。据余仁回忆，他们7人中，还有曾在南通师范学校就读的仲文。仲文也在《战地红蕾》一书中发表了名为《国破家难全》的回忆文章。父亲原先与他们素不相识，心知是同路，却不敢招呼，仅在到达时与余仁有过简短的交流。他们在战地服务团共同战斗过一段时间后，就奔赴各自的战斗岗位，再无交集。2000年，父亲在阅读中国工人出版社出版的《开国将士风云录》时在第822页找到"余仁"的名字，专门作了标记。余仁后来在新四军一师一旅等单位任会计等职，离休前曾任上海建材局财务处处长。

据余仁和仲文的回忆，他们这批去根据地的7人，领头的是当时在《上海周报》工作的党员周天泽。

1941年12月24日，他们一行人赶到爱多亚路（今延安东路）外滩天文台码头集合点。在周天泽的带领下，7人分成3个小组上船。那天清晨，风刮得很急，一声紧似一声，呼啸中夹杂着阴沉沉的雨雪，嗖嗖地从半空袭来。他们在风雨雪的裹挟中上了船，却因风大雪猛不能开船。下船时遇到了日本兵岗哨。一个日本兵用枪托敲他们的头，侮辱他们，查他们身份。他们强忍着，搪塞过去。

第二天（12月25日）夜晚，他们一行人中，有的身穿大褂、头戴礼帽，扮成商人模样，有的做学生装束。父亲则还是工人打扮，带上了一点简单的行李（其中有那张人生第一张相片），他们一起又踏上了那条驶往苏北的轮船。

这是父亲人生的转折点，是一个值得纪念的日子，从这一天开始，他正式踏上了革命征途。

他们买的是轮船统铺的票。统铺就是没有铺位的。挤得满满的乘客们按先来后到选择位置，随便找一个地方就席地而坐或卧。统舱内，空间拥挤、通风差，空气中充斥着机械设备和运输物品产生的柴油味、食品和农产品（特别是肉类和鱼类）的腥味，以及人的汗味、衣物气味、排泄物味等等，复杂气味混合在一起，几乎令人窒息。船开航前，带枪的日寇伪军前来巡视检查，走一趟看看没有什么油水可捞，就回去了。他们7人分散而坐，不敢交谈，互相用眼神交流。

经过一夜的航行，26日清晨，他们到了如西县长江北岸的张黄港。上岸时码头上也遇日寇伪军检查。他们不放过每一个下船的旅客，气势汹汹地用刺刀尖挑着旅客们随身携带的衣物，要求旅客出示"良民证"。当时风雪大，日本兵好歹马马虎虎地让大家都通过了。

按照预定计划，父亲他们跟着交通员步行到了江苏省靖江市西来镇，这个镇是敌我拉锯的争夺地区。

交通员带他们到镇公所找一位"姚镇长"。镇公所是个两面政权，明着给敌人办事，暗中为新四军服务，许多上海青年参加新四军都是从此经过的。姚镇长是一位体型胖胖的中年人。他常年战斗在敌人心脏、为新四军工作。姚镇长和他们简单交谈了几句，确认了身份，就示意他们从后门出去。

走出后门，他们看到，几位身着便衣、看起来很精干的青壮年，推着几辆独轮手推车等在那里。

他们把行李放上独轮手推车，得知下一站就是几十里外的新四军兵站,骤然觉得轻松了。本不相识的同行人这时不约而同互相打量起来,莞尔一笑:啊!果然都是从上海来参加新四军的!大家开始聊了起来。父亲这才知道,上海来的一行7人中,和他一个组的另一名男青年叫"余仁"。

后来,他们辗转到了如皋县李家营,赶上了不断转移战场的新四军战地服务团。

幸亏有这样的交通线,父亲踏上革命征程一路顺畅。

82年后,我们曾寻觅父亲的足迹,来到如皋。从苏通大桥行驶至如皋,车程仅90分钟,再也不是父亲当年"乘坐驶往苏北的小船席地而坐的一夜无眠"了。沪通高铁通车后,更是将如皋纳入了高铁时代上海半小时经济圈。

如今的如皋,由南通市代管,其长寿的历史可以追溯到6 000年前,被国际自然医学会评为世界六大长寿乡之一。如皋市树是银杏。

当年父亲从军路上,小船抵达的首站江苏如皋张黄港,位于长江北侧,是长江泥沙淤积成的江港。

1985年父母离休后,到如皋故地重游,在如皋市区西郊东方大寿星园最具长寿文化特色的"百岁桥"留影。

彼时，父亲通过张黄港交通站赶到如皋县李家营时，只见到处张贴着抗日救国的标语："吃菜要吃白菜心，好男要当新四军！""打倒日本帝国主义，坚决抗战到底！""拿起锄头种好地，拿起枪杆打敌人！""拥护减租减息运动，团结起来打敌人！"

打了胜仗的战地服务团，七八十个年轻姑娘小伙子席地坐在打麦场上唱歌，一位年轻的女同志正挥臂指挥。父亲他们一到，这些人一见如故，齐齐拍手迎接，真诚高唱："欢迎我们的新同志啦，来呀么嗨！"

这么好听的歌曲，父亲从未听过；这种生动活泼、朝气蓬勃的场面，父亲从未见到；这么自由的土地，父亲从未踏上！父亲在这里吃了第一顿玉米糁子饭，虽然一吃起来，一粒粒的难以下咽，但那时光那饭，金黄的颜色，比蛋炒饭更吸引人……

部队的同志来自全国各地，虽然语言和生活习惯有差异，但都是为了抗日救国走到一起来的。官兵之间很融洽，长官和士兵有说有笑，互相平等相待、坦诚相处，穿得都相当朴素，单从表面上看分不清谁是当官的。父亲记得当时在打麦场指挥唱歌的年轻女同志，是服务团的指导员，叫吴福同（吴彤）；记得当时服务团的战友"小广东"袁敬敏、"金嗓子"洪婉、大队长束月娥（束颖）……所有服务团的同志，都有一张朝气蓬勃的笑脸，个个热情活泼、意气风发，时时处处洋溢着革命的友谊。

"光荣北伐，武昌城下……孤军奋斗，罗霄山上……纵横驰骋，江淮之滨……深入敌后，百战百胜……为了社会幸福，为了民族生存，巩固团结坚决的斗争！……前进，前进，我们是铁的新四军！前进，前进，我们是铁的新四军！"

这是一群革命的文艺战士，都是为抗日救国志同道合的仁人志士。父亲如沐春风。能成为他们中间的一员，高唱着新四军军歌，开始人生新的征途，他感到无上的骄傲和光荣。

"打日本鬼子"，这是他当时的梦，也是他从军的简单信念。父亲当时政治意识不强，只是满腔热血，一心一意要"打鬼子"。

究竟该何去何从，究竟该怎么为国效力，当时摆在父亲面前有两条路：一是去国统区大后方加入国民党军队；二是去敌后投奔到新四军的战斗序列。在这关键时刻，父亲破釜沉舟，毅然选择后者，只是因为进入了一个温暖的革命大家庭。

2. 融融日暖

新四军，全称"国民革命军陆军新编第四军"，是中国共产党领导的坚持华中抗日斗争的人民军队。新四军从1937年10月建军开始，到1947年1月番号改变，列入中国人民解放军的序列为止，共存在了9年4个月时间。

1941年1月，国民党顽固派制造皖南事变后，新四军军部和皖南部队遭受严重损失。1941年1月20日，新四军在盐城重建军部。1941年12月，父亲进入新四军第1师第1旅。叶飞时任副师长兼1旅旅长。自此，父亲始终认为自己加入的是"叶飞同志的部队"。百岁时，他还感慨："今生有幸，遇到了那么好的领导！"是他们，是他们代表的党组织，培育他，坚定信念，走向胜利。

父亲说叶飞首长是位接触一次就会让人终生难忘的人。他们经常见到叶飞穿着一身灰军装，外面套着黑色皮革的夹克衫，瘦瘦的，非常和善，没有一点首长架子。他经常鼓舞士气，没有任何扩音设备，他大声地、断续地，在全场寂静的环境中讲话，那带福建口音的话语多么有力！听他讲话，不能不让人充满前进的力量，感到在他领导下去战斗，一定能取得胜利！

叶飞的夫人王于耕也是父亲在新四军战地服务团的战友。这位新四军当年的才女，新中国成立后著有《往事灼灼》，父亲有幸获得一本。

父亲是那么地崇敬叶飞，以至于我和二哥的名字，也是他效仿出生在

房明毅同志：
　　受叶飞同志及其子女委托，寄赠王于耕同志遗著《往事灼灼》（精装增订本）一册，以志纪念。

1994年5月父亲收到《往事灼灼》一书，这是书中所附的一张纸条

抗战时期的叶家子女的名字给起的，分别是"楠"和"桦"。

当年从上海进入新四军部队的战士文化程度高、见识广。部队专门制订了培养计划，说知识分子到部队先当兵锻炼，然后选拔当干部；工人呢，组织纪律性强，懂得合作，懂得机械，重点培养。那个年代，父亲有私塾文化底子，算是"知识分子"了，加上他又是根正苗红的工人，因此受到了党组织的特别关注和重点培养。

父亲自小丧母，参军前的人生道路，不知有多少艰难困苦，甚至遭遇挫折和失败。在危困时刻，党组织向他伸出温暖的双手，解除他生活的困顿；党组织为他指点迷津，让他明确前进的方向；甚至有前辈用肩膀、身躯把他擎起来，让他攀上人生的高峰……他最终战胜了苦难，扬帆远航，驶向光明幸福的彼岸。善良的他，怎么能不心存感激呢？

感恩的关键在于回报意识。回报，就是对哺育、培养、指引、帮助乃至救护自己的人心存感激，并通过自己十倍、百倍的付出，用实际行动予以报答。父亲就是这样做的。

3. 曾用名方毅

父亲名明毅，字庆惠。他的人事档案里，有过自己多个曾用名的记载：房庆惠、方毅、房毅。

人名，是伴随我们一生的称谓，是一个人区别于他人的符号，每个人都有一个自己的名字，它是我们的身份标识，是我们与世界互动的桥梁。取名是很庄重的一件事，名字承载着期待和祝福。改名更是大事，绝不是改一两个字那么简单。"行不更名，坐不改姓"，这句话常用来表示光明磊落。然而在战火纷飞的年代，这样的常规往往会被打破，原因有两点：其一是以名明志。不少革命前辈以改名这一形式，让他们寄寓高远追求的名字，成了一个个响亮的符号。很多革命前辈还通过改名以自励、自勉，表达投身革命的坚定意志。其二是隐蔽身份。不少人投身革命后改换原来的名和姓，是为隐瞒原来的身份，免得连累家人。

改名从一个侧面反映了革命斗争的复杂性和曲折性。

当时父亲在新四军第1师第1旅入伍登记时，提交了自己的照片，本想用自己的名字房庆惠登记入册。负责登记的同志询问后得知父亲在家乡

1947年父亲所获记功奖证

1941年父亲入伍时的照片

还有至亲（祖父），特地提醒父亲：虽然远隔千里，但为了避免牵连家人，连累家人被国民党政府迫害，尽量不要使用真名实姓。于是父亲改名为方毅。战争年代组织表彰他的功勋，授予立功奖章，也是授予"方毅"的。

解放战争后期，他发现上级领导人中，有名叫方毅的，自己与领导重名了，遂改名房毅，后又改名房明毅。可惜的是，名字改来改去，在部队战友的记忆中，就很难将人和名字对起来了。

4. 起步战地服务团

父亲的往事浩瀚如海，唯独8年军旅生涯，像沐浴了晨光的浪花，色彩斑斓，令人眷恋。他在苏中三分区参军，1943年2月离开苏中进入苏南，跟着部队驰骋于大江南北；1945年抗战胜利后，北撤到了山东，又在河南运筹军需，从华中野战军，到华东野战军，再到第三野战军。

父亲刚参军时，在第1旅政治部战地服务团服役。

战地服务团的成员大多是来自上海、广东、浙江、港澳等地的知识青年。1941年12月太平洋战争爆发后，各路扩军同志归队，服务团空前壮大，异常兴旺。青年文艺工作者和学生大量涌入苏中抗日根据地，经过专门培训，开展各项活动，极其富有生气和活力。战地服务团创作抗战歌曲、编演抗战新剧，通过文艺形式将党的抗日方针政策传遍东南各地。

他们经常在如西、泰兴、泰州、靖江四处活动，那都属于苏中军区三分区的范围。服务团有时和一旅政治部在一起，有时单独活动。每次行军几乎都要穿越敌伪的封锁线，离敌占据点近的数里路，远的不过十几里。为了反清剿、反扫荡，他们就像梅花桩那样，到处游击，到处穿插。白天埋伏，晚上行军，一晚跑几十里路，到了一个村庄宿营，就挨家挨户敲门，叫醒老乡让他们进屋，借稻麦草在地上，打统铺睡觉。草铺暖暖的，有点弹性，散发着干草的芳香，大家倒下身去，马上进入梦乡。可也经常遇到这样的事，刚睡着，班长就把大家叫醒了："有情况，快起来，战斗准备！"一不准点灯，二不准高声，大家默默地打好背包，捆好铺草，迅速跟着班长到村里的晒场上集合，接着不声不响又开始行军。到哪里去，不知道，只知道一个跟着一个走，在十字路口，如果有两处有白纸压在路口，那就是此路不准通行，后面的队伍毫不迟疑地向没有压白纸的路行进。走在队伍的最后一人，会收起压在路口的白纸即"收路标"，不让敌人知道动向。这样一夜转移两三次的情况常有。

行军时太费鞋，没有鞋穿，他们大多穿草鞋。好多同志把自己的毛衣拆了，打了一双又一双用毛线做鞋帮的草鞋。花花绿绿的，男同志不好意思穿，但如果鞋破了，准会有同伴偷偷塞过来这样一双草鞋让他替换。那些毛线鞋帮，衬托着灰军装，是一道风景，但不保暖又硬。天寒地冻，不少同志脚板裂了口子，硌得很痛。没药医治，他们点起一支蜡烛，将滚烫的蜡烛油滴在裂口处，痛得嘴里倒抽气，疗效居然"还不错"。

行军脚上打血泡是家常便饭，少的两三个，多的有五六个。部队规定到了目的地，不管如何疲劳，必须烧水洗脚，好活血消除疲劳。老兵久经锻炼，到了宿营地，很快就处理好跳起来活动开了。新兵则不然，看到脚上这么多水泡,手足无措,一屁股坐到地上再也站不起来了。遇到这种情况,干部和老战士就会送来热水,让新兵把脚泡在热水里,小泡由它去,大的泡先把针烧红消毒,再用针尖挑破它。父亲说,他们团里的老兵第一次为他挑泡放水时,那认真、仔细的样子,他一直记忆犹新。放了水,脚掌觉得轻松多了。天长日久,父亲就练出了一双"铁脚板"。

苏中的农村比较穷苦,宿营地老乡家又小又挤。战士们的草铺常紧挨着猪圈。猪粪的臭、猪尿的骚、猪食的酸,熏得这些年轻人难受,但没有一个人打退堂鼓。大家牢记一个信念:"为了打走日本鬼子,为了穷人翻身过好日子,再苦也心甘情愿!"

现在的战地服务团纪念馆,设在安徽泾县一座五间两厢民间敞厅屋,门前有"佑启人文"石质题额。当年周恩来同志曾在团部门前与军部领导人多次合影留念。

这个战地服务团有过多任团长。父亲进入这个团体时,时任战地服务团团长的是方林。

方林,原名万云鹏,江西人,南昌师范学院毕业。戏剧、音乐、美术、文学样样擅长,持一口江西口音普通话。

父亲说,1941 年 12 月初见方林,正是苏中平原的严冬季节。方林身穿棉军服,居然赤着脚。那脚上有冻伤的紫血痕,还有渗血的裂口……逢到天晴太阳当空,方林赤膊,穿条短裤,躺在农家打谷场上晒太阳,称日光浴强身治病,引得不谙人事的孩子们围观。

方林虽为团长,一点没有团长架子,和战士们一起睡稻麦草或高粱地铺,一起喝糁儿粥。父亲记得每次出发,方林总是那么从容,沉着自信地走在队伍最前面,团员们毫无顾虑紧随其后……

父亲回忆,当年在烽火征程第一站,他身穿灰军装、脚着布条做的草鞋,打上了绑腿,束紧了腰带,结识了年轻的战友们。那时战地服务团宛如一片充满战斗青春与生命活力的海洋,随处都能感受到青春的气息和滚滚的抗日热浪。20 岁左右的男女青年,大家团结得像兄弟姐妹一样,无论是跋山涉水行军,还是日夜赶排节目,总是你帮我,我帮你,心往一处想,劲往一处使。不管有无敌情,每天都过着热火朝天、一心一意干革命的战争生活,短暂而有意义……

当时他 21 岁,他们的大队长束颖才 18 岁。父亲说,当年的束颖,热情活泼,黑里透红的皮肤,一对剑眉,一双不算大却灵活有神的眼睛,有一股男孩子的刚毅,还剪了男孩子似的短发……穿一身洗得干干净净的灰军装,细腰扎一根皮带,打着人字形的绑腿,脚穿一双缀着红线的布草鞋,英姿飒爽。

束颖原名束月娥,1923年生,江苏丹阳人,1938年1月15岁就参加了革命,1939年6月加入中国共产党。中华人民共和国成立后曾任南京市公安局人事处副科长,广东省监察厅人事处副处长、处长,北京市文化局群众文化处处长等职。1982年离休。她是中共江苏省委老干部局离休干部、武夷山籍开国将军孙克骥的夫人,2017年2月20日在南京逝世,享年94岁。

父亲在战地服务团的战友杨瑛比父亲小2岁。1999年父亲曾带我专门拜访了杨瑛,要求我向杨瑛学习,做称职的公安新闻发言人。

杨瑛,1922年生,原名盛静文,浙江嘉兴人,和父亲同年参加新四军,1944年起从事新闻工作,后进新华通讯社工作,曾任上海分社社长、党组书记,曾被选为上海市新闻工作者协会副主席、上海市女记者联谊会名誉理事长,2020年9月30日在上海逝世,享年98岁。

2012年父亲与杨瑛合影

照片背面有杨瑛亲笔书写的字

2012年父亲与杨瑛（右二）等人合影

父亲一直觉得很幸运，他晚年在无锡华东疗养院疗养期间，居然重逢了杨瑛！两人手握清茶畅聊当年往事，感慨万千。

彼时，父亲所在的战地服务团战友们大多来自上海，文化程度高，专业能力强。根据个人特长、爱好，他们分为戏剧、歌咏、漫画木刻、文艺通讯和总务5个组。他们开展战地勤务和文艺宣传工作，如战前文艺鼓动，战火中火线文艺宣传、贴标语、火线喊话、救护伤员，战后的战俘工作、庆功演出，等等。团员各有分工，也团结协作，随时互相配合，开展多种服务活动。

父亲没有艺术特长，他在总务组，干些搭舞台、写标语之类的杂活。许多次演出，他认认真真负责拉幕。晚年时，他回忆当年的拉大幕，还说拉大幕要把握分寸，注意技巧：大幕拉开太早固然不行，拉上太迟也会让演员狼狈不堪，大出洋相。

战地服务团的团员，无论在哪个组，都认认真真地学习。学习政治，让团员们眼界开阔。父亲说他们读了毛泽东论述中国社会和中国革命问题的著作，听了部队首长的报告，听后还组织讨论，觉得句句说到社会要害，说到了自己心里。学习业务，也是每个组的必修课。他们每天出操后，要练习发声，类似戏曲演员的"吊嗓子"。每天要练唱各种抗日歌曲。

父亲描述过当年听哨音进行的一个普通早晨的课程。

哨音一响，他们就从地铺上跳起来，打好背包，整理好内务。约10分钟后，第二遍哨音响起，大家连跑带奔出操，接着开始报数，跑步。半小时后，三个一群，两个一对，来到小树林里，人手一根筷子，对着小镜子，张开嘴巴，把舌头压下去，让喉咙放开，发出洪亮而共鸣的声音。这是为了唱好抗日歌曲，练声而作的基本功。

哨音又响，他们三三两两拿着毛巾，洗脸刷牙（当时刷牙最好的是蝴蝶牌牙粉，多数同志用盐刷牙）。

不一会儿，吃早饭的哨音响了，炊事班将大桶早饭送了过来。每个人用自己的搪瓷饭碗或杯子舀了饭菜，有的站着，有的蹲着，大家围在一起就地吃，还互相比赛快速吃饭。

这一时期的学习，给父亲留下了深刻记忆。父亲晚年，还经常给我们演示怎么样胸腹联合呼吸，注意运用腹部呼吸，避免用本嗓，发出腹腔音，给我们唱《新四军军歌》和其他歌曲……

父亲说当时战地服务团唱起歌来总是全团大合唱，每次行军前或开大

1985年6月战地服务团团员晚年重逢，前排左三是父亲。

会，部队和旅部机关总是要拉服务团唱歌。专业训练过的战地服务团人强马壮，唱起来声势浩大，并且曲目繁多，能唱个不停，总是作为压轴节目。

革命歌曲是团结动员群众、鼓舞部队士气的有力武器。当年新四军驻地地处敌后，对敌斗争非常艰苦，如刚解放一个新的地区（敌伪占领区），开始群众受敌欺骗宣传蒙蔽，怀有畏惧心理，战地服务团的歌声容易拉近距离，消除误会。

以后的岁月里，当年乡村的月夜、战友的歌声，常常浮现在父亲脑海中。他时常会唱起《新四军军歌》《黄桥烧饼歌》和岳飞的《满江红》……

收到战地服务团战友们写的回忆录《战地红蕾》，父亲如获至宝，一再嘱咐我小心保存。

5. 遗失装备违纪

世界上没有完美的人，知错认错是唯一可以弥补人性缺陷的智慧之举。父亲刚参军时就犯错，父亲的干部人事档案里，有这段记载。父亲当年战地服务团的战友在《战地红蕾》一书中也回忆了参战靖泰战役的往事。

战地服务团随主力部队出发了，那天正是1942年2月4日。夜里天特别黑，又值三九寒天，冰冷刺骨。战士们都背了背包，穿着厚厚的棉衣，在敌顽据点之间进行穿插，一夜秘密急行军，内衣都湿了。

队伍静悄悄地前进，走过一片开阔地，前面就是一个村庄，又是一片开阔地，又是一个村庄。村前村后一大片竹林。村里都是一条条弯曲的时隐时现的田间小路，有许多小路傍着河流，连接小路的是桥，桥特别狭窄。

父亲所在的队伍停在村外。大家先蹲在路边休息，气氛紧张又神秘，静悄悄地谁都不大声说话，只听见远近的狗在不停地叫唤。停了好久，父亲觉得前边有好多人在活动。突然"轰轰"两声响，大约是手榴弹的爆炸声，隐约听到前边有人在大声地问口令，又有人在快步跑动，接着听到轻机枪一阵阵地呼啸，步枪紧密地点射。接着传来一阵阵的口令，命令后面的人紧紧跟上，但是队伍好像只在原地散开。枪声紧一阵、稀一阵。

随即父亲他们接到命令：分散安排到各团去"扫尾"善后，做战勤工作。他们有的率领老乡抬担架，有的动员老乡帮助做饭、烧水。父亲被指派到二团政治处帮助收容俘虏。

天渐渐亮了起来，父亲当时是新兵，初来乍到，毫无战斗经验，第一次面对死亡的恐惧。他感觉枪声好像在四面八方寥落地响着，搞不清是自己人打的枪还是敌人射击声。他擅自离开自己的岗位，不继续收容俘虏，另行投入组织担架救助伤员的行列。

这一天好像特别的长，天空阴沉沉的，到晌午下起雨来，而且雨势越下越密。因为靠江边，地势低，河汊多，泥土特别滑腻，下午时分，走路竟像在泥浆里迈步，一脚滑过去，一脚又滑过来，站不住，不知跌了多少跤，到傍晚人已成了半个泥猴了。父亲不敢放下背包，恐怕上级一声令下须立即出发，他觉得背在背上的背包，越背越沉。

傍晚，他们接到命令：往如西方向撤回。父亲和担架民工一起，在泥浆里蹒跚，艰难行进。蓦地他打了一个趔趄，滑进了冰冷刺骨的河里。水深及胸，他拼命挣扎，在民工帮助下，终于爬上了岸。但是慌乱间，他把部队发下的装备全遗留在了河里！为了赶上担架队伍，他来不及打捞，咬着牙，浑身湿漉漉地飞奔入列，继续前行。

这场战斗对于父亲这样初上战场的青年来说，确确实实是一次洗礼。父亲违纪了。

战地服务团规定，每天睡觉前有5分钟民主生活会。会上大家盘膝坐在稻草铺上，遵循批评与自我批评、联系群众、联系实际三大原则，进行表扬批评，互相帮助。有话则长，无话则短。频繁的检讨会，对加强革命的组织性、纪律性，督促新兵适应艰苦困难的游击环境，成为守纪律有觉悟的战士，起到了催化作用。

平时检讨的都是微不足道的小事，譬如重申什么是群众纪律，及时还草还物，检查集合、起床动作快慢，要求行军时应互帮互助、舍己为人等等。

这天晚上，检查的是战时纪律。对照纪律规定，父亲这员新兵既没完成上级交给的处置俘虏的任务，也没有遵守战时坚决执行上级命令的纪律，还违背战士对被服、装备公物必须严格遵守保管爱护的制度，失落了装备。大家对父亲进行了批评。父亲说，那次批评终生难忘，受益匪浅。

父亲知道他这次犯的错是大错。他痛定思痛，深刻反省，认真写下检查，在检讨会上朗读，寻求大家批评。在检查书中，他痛惜自己丢失了部队发给自己的珍贵装备，认识到了为回击国民党顽固派的挑衅、粉碎日寇的扫荡，应当不屈不挠，坚持斗争；自己思想意识不坚定，当兵就应以服从命令为天职，以自我牺牲为使命。

这份检查沉甸甸的，居然从战场到和平年代，跟随父亲终生，归入了上海市委组织部管理的父亲个人档案中。

这在父亲漫长的革命生涯中，是一个终生引以为遗憾的错误。父亲后来回忆此事，对于自己在部队艰苦的条件下，居然丢失了装备，尤其觉得痛彻心扉！父亲将此归为"思想意识不坚定"，需要牢牢记住，因此日后给大哥取名为"定坚"。

父亲回忆说，刚到部队时，还有很多不适应。比如晚上睡觉时，衣服、鞋子随手放，半夜一吹紧急集合号，手忙脚乱，这也找不到，那也找不到；背包不会打，被子胡乱团做一团，一背就散。在革命大家庭里，处处有温暖。不会打背包，老兵手把手教。起初看着老兵打背包时熟练又敏捷，没几分钟，就打出既结实又方便的背包，暗暗惊叹。很快自己学会了，又觉得轻而易举。

在这样的情况下，扎绑腿也是家常便饭。父亲说他后来扎的绑腿不松不紧，恰到好处。

什么是绑腿呢？绑腿，一般是使用长度在一米半到两米之间，宽度约

2023年仲红摘录父亲干部人事档案

10厘米的布条，缠裹小腿。在历史照片和影视剧中，经常能看到打着绑腿的军人形象，不仅红军、八路军、新四军指战员，就连国民党兵和日本兵都打着绑腿。

其实打绑腿这种行为古已有之，从前乘坐车马很慢，还都是达官贵人的特权，普通百姓出行绝大多数情况都只能靠两条腿。长时间走路，一天下来，血液下积，双腿就会酸痛不已，翻山越岭或在崎岖路面行走的话，这个问题就会更严重，以至于直接影响第二天赶路。如果在小腿部缠上布条，就可以阻止血液快速下流，有效减轻腿部的酸痛，利于长距离行进。在灌木荆棘丛生，虫蛇鼠蚁遍布的地方，绑腿还能防止腿部被划伤或叮咬，这些伤害虽然轻微，但在缺乏医疗条件的情况下也可能危及生命。因此，很多农民和山民，都打着绑腿。

在军队中，由于要求长距离行军，绑腿自然是步卒行伍不可缺少的装备。

当年21岁的父亲，在战斗中成长，很快过了三关。

一是行军关。长时间在坑坑洼洼的乡间小路、田埂或在泥泞的山道上走路，走夜路、走长路。几乎每天都要行军，少则一二十里，多则八十一百多里，从傍晚一直走到天蒙蒙亮。尤其是雨雪天行军，泥泞的小路，有的人连连摔跤，跌倒爬起，再跌倒再爬起，不知要跌多少跤，弄得一身泥巴。雨大时，被子、棉衣全淋湿，到了宿营地，得把衣服被子烘干才能休息。有时，为了抓紧时间，只能盖上半干半湿的被子。战争环境艰苦紧张，因为时常有敌军偷袭，晚上睡觉不脱衣不解绑腿。天没亮，就要起来做战斗准备。老百姓能提供门板，有些稻草垫垫，就觉得幸福至极。遇上风雨、下雪，道路泥泞难行，如果鞋子不用草绳连底带鞋面一起绑紧，一脚踩在泥里，鞋子就会陷在泥里拔不出来，只能光脚走。

父亲年轻，行军时健步如飞。

二是生活关。部队伙食平均每人每天9分钱（柴米油盐菜包括夜里点灯用油），吃的是山芋、玉米、小米、高粱、赤豆等杂粮。初吃山芋、赤豆，觉得好吃，时间久了胃就觉得不大适应了。有时吃面食就算不错了，馒头、面条、面疙瘩经常轮换着吃，有时改善一下伙食，各班自己去伙房领面粉，自己动手包饺子吃，那是最大的乐趣。难得有荤腥，就可以猜到即将有战斗了。偶尔遇上粮食接济不上，那就饿肚子。过春节，中午加餐，有大块红烧肉，大家乐呵呵地谁也不想家。

父亲从小生活条件虽然拮据，但是家传清洁干净的卫生习惯。在上海做裁缝打工期间，为避免引起顾客反感，更是注意个人卫生。而战争期间，行军打仗不可能有什么好的卫生条件，不能勤换洗衣服被单、勤洗发，且部队大多是年轻人。由于正常人体表的温、湿度正是虱子的最适宜温、湿度，虱子一般情况下不会离开人体。一行军，因活动出汗或发热了，虱子易从体表爬到衣服外面，通过人直接接触或衣服的接触，向外传播。因此几乎人人有虱子、个个长疥疮的。父亲笑呵呵地告诉我们，战斗空隙，难得在太阳底下，他们就脱衣捉虱子，戏称"革命虱"，"没有虱子说明没有参加革命"。

三是生死关，这也是最艰巨的一关。有党员干部和老兵作表率，如何利用地形地物、如何接敌、如何相互掩护……几仗打下来，就学会了出生入死。面对着身边战友受伤、牺牲，在瑟瑟发抖的畏惧中，锻炼自己，选择勇往直前，逐渐战胜恐惧，从容面对，不断在战斗中成长，在战斗中保存自己、消灭敌人，坚持到底，成为一名真正的战士。父亲和他的战友们成为铮铮铁汉，在侵略者炮火下树立起了头可抛、血可洒的气概与尊严。

6. 战斗在船上被服厂

和父亲一起参军的7人中，仲文原在上海演过戏，编入了战地服务团戏剧组；余仁在上海学校学的是会计知识，像父亲一样，不会演戏，被暂时安排在总务组，一个月后被调到第1师第1旅供给部当上了会计。

父亲从军后，一再要求直接上战斗部队。他渴望战场的厮杀、拼搏，他一再表示愿意驰骋疆场绝不畏缩。组织上赞赏他的态度，但考虑得更深更远。他们认真审核了他的申请，发现父亲在家中是独子，且当过8年裁缝，不宜上前线冲锋陷阵，适合发挥他的长处，从事制作衣被的后勤工作，为革命做出特有的贡献。

事与愿违，父亲郁闷，但经过首长再三做思想工作，他明白了，伟大的民族解放战争，需要有人冲锋陷阵，也需要有人为前线将士提供粮草装备,部队中各种各样的工作都应该有人承担,这样才能赢得战争。他欣然去了供给部被服厂。

当时第1师供给部部长孔峭凡1900年11月生人,比父亲整整大了21岁,犹如长辈。他出生于湖南省平江县爽口乡一个富裕的农民家庭,1926年9月入党,是老资格共产党员、老战士。孔峭凡政委知道父亲有过8年裁缝经历,如获至宝,亲自送到被服厂安置。

当时,新四军活跃于华中水网密布地区,面临日伪军频繁扫荡。为保障部队物资供应,被服厂采用流动或半流动方式运作,缝纫工具都较轻便,适于拆分,方便肩挑。一旦接到日伪军企图"扫荡"的消息,就进入紧急备战状态,分散隐蔽。除动员全厂力量外,还需要当地共产党组织召唤百姓协助。父亲说,由于部队前期群众工作到位,被服厂所到之处,都受到热烈拥护。只要被服厂需要,不论是白天还是夜晚,百姓招之即来,为工厂包装设备和物资井然有序,然后运到可靠之处隐藏。日伪军离开后,百姓又把物资设备如数搬出,让被服厂马上恢复生产。

被服厂的工人则多数是当地被雇请到部队服务的"外工",军籍"内工"较少。雇请来的师傅有的带缝纫机。他们拿计件工资,还有一些津贴费。军籍"内工"是供给制。父亲是军籍"内工",一上手,就显示自己比雇请来的"外工"更高超的裁剪和缝纫技术,连女工们负责的锁扣眼、钉纽子,父亲干着都比她们速度快上几倍。父亲旋即升任工间间长。

被服厂内,不论是"内工"还是"外工",都是自愿参加革命的,纪律性强,自觉性和积极性都很高。为进一步调动工人的生产积极性,父亲向领导建议,实行赏罚分明、超产有奖的制度,"内工"与"外工"同吃同住同劳动。工余,他把从战地服务团学来的歌曲分享给大家,组织大家开展文娱活动。这些方法行之有效,促进了"内工""外工"之间的团结。他们互相关心,亲如一家,继而齐心协力,生产的军装、军帽、军鞋、绑腿、皮带以及棉衣、棉裤等,产量翻倍,源源不断送往新四军前方各部队。

父亲勤奋好学、聪明机智,孔峭凡看在眼里喜在心头。他爱才惜才,经常抽空找父亲谈心做思想工作,提高他的政治觉悟。在孔峭凡的言传身教下,父亲炽热的爱国热情和抗战必胜的坚强信念有了进一步提升,树立起跟着共产党、革命到底的信仰。在孔峭凡身边工作的这段时间,父亲迅速成长。父亲后来给我讲起孔老，言语之间满是敬畏之情（父亲在《干部履历表》中这一时期的证明人就填的是"孔峭凡"）。

新四军第1师是父亲踏入新四军的第一站。他先后在第1师第1旅政治部战地服务团、供给部被服厂、教导队战斗过。

那么第1师的被服厂为什么会设置在船上呢？当年新四军面对日伪军的封锁和围剿，部队需要频繁转移。为了确保后勤供应，部队采取了灵活多样的生产方式。在苏中河湖密集区域，常常利用芦苇荡、船只等作为掩护，形成"水上根据地"。船只是重要的转移和隐蔽工具。船上被服厂便应运而生。

父亲在世和我们共餐时，曾反复讲过一件事情：他不仅在陆地上踩缝纫机，还在海上赶制过被服。由于敌伪"扫荡"频繁，新四军在敌后游击战中经常处于流动状态，第1师供给部分为两部分：一部分随大部队走；一部分留守。负责留守的孔峭凡他们，创新性地开展游击战后勤，在船上设置被服厂，将设备、人员转移到船上，形成临时生产点，在流动中继续生产和供应被服。于是父亲和他的战友就在船上隐蔽埋伏起来，一方面保存物资，一方面争取时间赶制被服。日伪军一"扫荡"，他们就坐船下海"埋伏"，在海上用缝纫机做被服；日伪军一离开，他们马上上岸回来加紧赶制被服，配合部队进行"反扫荡"。

彼时孔峭凡领导的供给部整个后方生产都在海上进行。被服厂用缝纫机在海上加工服装，然后送到岸上给部队穿；印钞厂在海上印钞票，由财政部部长宋毅负责送到行政公署；政治部的印刷品、宣传品则由海上的印刷厂印刷。海上劳动条件非常艰苦，有些工人晕船，但他们革命热情高涨，每天坚持工作十几个小时，全力以赴支援前方作战。

不过，被服厂面临诸多挑战。船上的空间毕竟有限，被服厂需要在狭小的舱室内运作，工作难度大；且海上环境恶劣，湿度高，温度变化大，缝纫机、布料易受潮，设备故障率增加，布料质量下降，影响生产效率和产品质量。

父亲游泳水平不高，按他自己的说法，他只是在祖父的监督下，在河里自学了"狗爬式"，确保不会淹死。当时不仅有胆量有勇气上船，而且在船上积极工作，是受到中国共产党领导下的抗日武装在极端困难条件下生存智慧的感染。他们的船上被服厂是新四军在极端困难条件下坚持抗战的缩影，体现了新四军灵活机动的战略战术和顽强的战斗精神。这种因地制宜的方式，不仅为部队提供了基本物资保障，也为后来的游击战后勤工作提供了宝贵的经验。

7. 第一次接受正规培训

父亲在被服厂表现出色，1942年8月，被选派到旅属教导队一中队学习，并担任文书。

教导队的学员以战斗连队调来的骨干班排长和优秀战士为主，还有一些从地方直接招来的知识青年。学习内容主要包括军事、政治、文化3个方面。

军事方面，学习游击战术（进攻、防御、撤退、遭遇），熟记毛主席的游击战十六字口诀，结合简易沙盘进行研究，然后到野外演练；练习三大技术（射击、投弹、刺杀）和队列训练等。

政治方面，学习抗日民族统一战线政策、政治工作三大任务和社会发展史等，进行民族气节教育、土地政策教育、共产主义理想教育、形势教育、国际主义教育等等。

文化方面，要求每人能识500—1 000字，能写短文，能阅读旅部办的《挺进报》，能唱抗日救亡歌曲及地方歌谣。

学员除完成学习任务外，必要时也要参加作战和发动群众的工作。

如此培训出来的战士，真正是有文化、有理想、有头脑、有技能的新人，成为部队的基础骨干。

当时部队供给标准很低，每人每天1斤半粮，8钱油，但主要是杂粮，比如黄豆、山芋，这些食物填不饱肚子还爱放屁，一到培训上课时，大家经常以此来开玩笑。每人每月1元津贴，常常无钱发。战士们仅有一套衣服没有替换的。父亲说，夏天跳到河里洗澡，洗了衣服晾晒在河边石头上，光着身子躲在河里，等衣服干了才能上岸。

部队生活艰苦，但精神非常愉快。全体集合时，只要没有敌情，都要唱上几首歌，而一唱歌就要"拉歌"。说到"拉歌"，这是人民军队独有的一种歌咏形式，是在没有敌情的集会或行军时，各单位之间相互要求对方唱歌，往往是一排拉二排，二排拉三排，拉来拉去，歌声越唱越响亮。这种"拉歌",体现了人民军队生龙活虎的革命乐观主义精神,而且能增进兄弟单位或军民之间的团结和友谊,培养部队的集体荣誉感,振奋军心,鼓舞士气。

部队还经常开晚会。只要有可能,每周都要开一次晚会,晚会上有干部战士的大合唱,有班与班之间的歌咏比赛,还有唱家乡戏和民间小调的、说笑话的,五花八门,各显其能。这样的晚会,让指战员们能更好地融入革命大家庭的氛围之中,增强了部队的凝聚力。

8. 入抗大九分校深造

1943年1月,父亲23岁了,他跟着教导队转入中国抗日军政大学(简称"抗大")九分校学习,并在一大队一中队任文书。

抗大是我党在全面抗战时期领导的唯一军校。全面抗战时期,抗大为全国抗日前线培养和输送了20万名人才,积极促进了抗战的胜利。1941年1月新四军军部重建后,新四军把培养干部放在重要位置,着力开办抗大分校。

在父亲几十年革命生涯的脱产学习中,在抗大九分校的学习,给他印象最深,得益更大。系统的理论学习、严格的组织生活和紧张的军事生活,都让他终生难忘,激发了他的革命热情和战斗意志。

父亲回忆,当年他们没有固定的校舍,更谈不上上食堂吃饭,进宿舍睡觉,有时为了粉碎敌人"分进合击"的妄想,避开敌人的正面偷袭,一夜会转移几处宿营地。农民的打谷场是他们的课堂,每个人不超过3公斤的背包(内装有被子与换洗衣服和鞋子)是他们最舒服的"软座"凳子,可以在泥地上写字的树枝是最简单的书写工具,门板当黑板,自己的膝盖是课桌。行军时前面同志的背包上挂着字牌,供后面的同志认字。途中休息时就用树枝在地上练字。难得有几支铅笔,如果哪位学员拥有一支钢笔(任何形式的)就算拥有"奢侈品"了,引得大家羡慕。在他们每个人的家当中,还有一支没有几发子弹,连来复线都磨光了的老套筒步枪。

尽管如此,年轻的他们仍然是斗志昂扬,既要完成军事、政治、文化的学习任务,又要对敌人展开反"扫荡"、反"清乡"斗争。

"黄海之滨,集合着一群中华民族优秀的子孙。人类解放,救国责任,全靠我们自己来担承。同学们，努力学习，团结、紧张、严肃、活泼，我们的作风；同学们，积极工作，艰苦奋斗、英勇牺牲，我们的传统……"

父亲晚年，依然会唱起这首雄壮豪迈的抗大九分校校歌。这是他们抗大学员每天集合时必唱的一首歌。大家喜欢它，因为它是我们中华民族危难之时发出的反抗呼声，是我们中华民族自强不屈的声音。

每当父亲唱起抗大校歌时，常常使他情不自禁地想起当时的情景。

"那年我23岁，我们白天上课，晚上走路。在启东海复镇，住在通海垦牧公司，住了两三个月，那是抗大九分校比较安定的时期……"这是父亲的一段回忆。

在抗大九分校学习的那段时间，是父亲革命生涯中，斗争最复杂、环境最恶劣、战斗最频繁、物质最困难、生活最艰苦的一段岁月。恶劣环境的考验，锻炼了他坚韧不拔的革命意志；艰难生活的磨炼，培养了他艰苦奋斗的工作作风，树立了奋斗终身的革命理想。

2022年9月，我们曾依循父亲在抗大九分校战斗生涯的足迹，来到江苏启东海复镇和吕四港。

当年抗大九分校的安营扎寨之处，而今是东南中学，地处张謇当年创办的通海垦牧公司中心位置。

据当地资料，张謇是晚清状元，1926年去世。1915年张謇组织制订开垦滩涂计划，并赋予实施。大片滩涂得以开发，后来在此基础上建成大丰县。大丰县最显要处塑有张謇像。

现今的东南中学校园秀美。校园内遒劲的苍松翠柏，端庄的古槐巨杏，荡漾的小池碧波，相映成趣的鹤塑与凉亭，耸立在办公楼前

抗大九分校纪念馆

的红红的生命之火的雕塑，不仅孕育着浓郁的审美情趣，更展示了东南中学的勃勃生机。据说，有一位江苏电影制片厂的摄影师漫步于此，不禁惊诧不已："想不到农村竟有如此美丽的校园，这里从任意角度取景，都是一幅精美的风景照。"

校史室里，东南中学发展源远流长，粟裕纪念室中革命先烈浩气长存，院内的摆设展示着革命先辈艰苦创业的风范。而校风碑上闪光的"勤奋、团结、求实、创新"的校训，灯箱上催人奋进的警语，折射出东南人的精神面貌。

校园内参天的银杏树，见证了那段烽火岁月的历史。

当年抗大九分校学员从海上突围的吕四港镇，现在是启东市第一大镇。吕四港是全国六大中心渔港之一，属国家一类开放口岸。相传八仙之一的吕洞宾四次来此，故得吕四之名，因古代在这里栖息着大批丹顶鹤，又名鹤城。

漫步街头，近处是倔强的礁石，远方是无尽的大海，耳畔响着悠扬的古韵，面前拂过咸湿的海风，还有北纬30度最肥美的吕四海鲜，如梭子蟹、鲳鳊、黄鱼、带鱼、海蜇、文蛤等，各色各样，鲜美无比，甚至可以亲临市场码头，成筐选购。何等惬意！又有谁会想到当年的峥嵘岁月？

9. 难忘的除夕和一碗圆子

2023年12月4日，时值父亲103岁诞辰，我跟随上海新四军历史研究会六师（苏南）分会副会长范晓影以及部分新四军后人，到江苏扬中市祭扫英烈，追寻父辈战斗足迹。

有的地方只要去过，就永远不会忘记。扬中，父亲怀念了一辈子。

以下是父亲回忆录原文：

> 那天天灰蒙蒙的，大雪纷飞，凛冽的西北风吹在裸露在外的脸、手上，像刀割一样。我们每个人都想方设法把自己的衣领裹得严实些。有的同志为了御寒，把仅有的薄棉被也披上了肩。
>
> 我们沿着如皋、泰兴、靖江三县敌人的据点边悄悄地穿插行军。来到江边候船，远远地望去，每个人都神情严肃，好像队伍已经冰冻

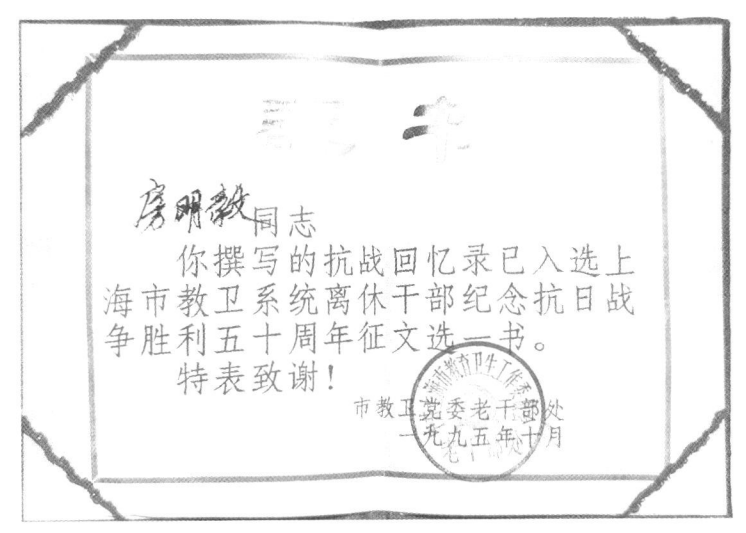

父亲文章入选证书

了。但细细一看,学员们个个目光犀利得像鹰一般,神情专注,好像上了膛的炮弹,绷紧了弦的箭矢,准备立即投入战斗。

船来了,是木帆船,这是当地人民最好的运输工具了。上船必须经过一段淤沙地,船老大让我们用跳板上去,但一个马夫同志因为不熟悉淤沙又急于渡江,把马牵上船后就陷进淤沙,马越是挣扎,船下沉的速度越快。在短短十分钟内,一匹好端端的马就遭灭顶之灾损失了。幸而马夫同志听了船老大的招呼,滚动自己的身体,总算没有沉陷下去。

由于人多船少,一部分同志先上了船,这时我们队伍里有人轻轻哼起歌:"……当雾弥漫着江面,微风吹起了波纹,当这里沉沉的雾夜内我们要渡过长江……""敌舰上下游弋,敌舰上下游弋又算得了什么?长江是我们的,我们千百次地自由来去!……要取得更大的胜利……"这首歌是当时苏南、苏中抗日军民爱唱的歌,它正反映了抗日军民的心声,是我们渡江的真实写照。

我和另一部分同志当天渡不了江,就到扬中县桥东门一个小渔村隐蔽了起来。这一夜正是农历除夕,虽然生活艰难,但群众还是希望有个太平年、丰收年。有的群众在门上贴了红对联,有的在守岁。为了不惊动当地群众,我们静悄悄地进了村,在群众的屋檐下悄悄地坐下。虽然大家肚子饿得咕咕叫，冷得浑身发木，但是没有一个同志去碰群众家的门，只是静静地坐在自己的背包上一动不动，纷飞的雪花在我们身上积存下来，远远地望去，雪白雪白的，就像一个个大雪人。

　　天渐渐亮了，雪也越下越小了，群众开了门，发现门口是一个个穿灰制服的大兵，有的帽子上还戴有"青天白日"的国民党帽徽，吓一跳；再看看这些大兵纪律严明，秋毫无犯，和蔼可亲，身上、头上沾满了雪花，还笑盈盈地叫自己"大爷、大妈"，又一喜：只有共产党领导的新四军（群众称为"四老爷"）才能够有这样的素质！老百姓纷纷跑出来，有的拉我们进屋暖和暖和，有的干脆端上了一碗热乎乎的汤圆（圆子）。群众热腾腾的招呼，顿时驱走了严寒。

　　父亲晚年说，那种鱼水之情虽然过去了几十年，但在他脑海中再现出来，就像刚刚发生的一样，让他每每想到这一幕就感动不已。父亲说千万不能忘记养我们、育我们的父老乡亲，不能忘记我们的队伍是人民的队伍，是人民的子弟兵啊！

　　年初一晚上，父亲他们顺利坐船过了江。

　　时光的长河川流不息，带着岁月的痕迹与故事匆匆流逝，那些曾经让人怦然心动的时刻，会长留记忆深处。

　　父亲他们走了，当年端给他们热腾腾圆子的乡亲也不在了，让人想起和他们一起的过往，在岸上、在江中、在船边……生命在一茬茬地离去，但是，那一茬茬回归大地的生命，党和军队与群众的鱼水情深故事，是注定会留下些什么的，就像春风和煦，风里会飞扬着种子，当它拂过大地，会有东西悄然落下，会有东西自然生长……

　　在父亲诞辰的这天，祭奠英烈，寻访红色土地，看到了军民鱼水情在这片热土上的生生不息。父亲的诞辰，因这份特殊的献礼而显得格外庄重。红色基因，就这样在一代代人的传承中，在扬中这片热土上流淌。

10. 进入第6师16旅

　　当年父亲随着抗大九分校进入的南京溧水里佳山，我一直误以为里佳山是座山。2024年11月底，我和二哥一行来到南京溧水区里佳山学习考察，才知道里佳山不是山，而是一个村，"山、渠、田"是这个村最鲜明的特色。作为南京近郊的乡村，村庄地属浅丘地貌，靠丘面田，半山水库的泄洪渠——"蓝渠"，穿村而过流入田野，是村庄的显著空间特征。小渠流水潺潺，清澈见底，为什么叫"蓝渠"呢？"红色李巷"宣讲员陈美告诉我们，"蓝渠"之所以叫"蓝"渠，是因为当年新四军第6师16旅供给部被服厂制作的被服，虽然解决了穿衣问题，但靠一些土办法染出的布料都不理想，颜色不一致，而且洗衣时掉色厉害，渠水为之变蓝。当地村民为纪念新四军，口口相传，以"蓝"冠了名。

蓝渠

1943年3月初，抗大九分校在溧水甘戴举行开学典礼，各部随即全面开展教育训练。父亲随他们第1大队，驻扎在芝山村的李氏宗祠永言堂，继续上课学习。

4月初，父亲就奉调离开了抗大九分校。原来他敬爱的老首长、原第1师供给部部长孔峭凡也渡江来到了第6师16旅。孔部长急调父亲这样的得力干将加入供给部被服厂。常言说，士为知己者死，父亲经历了许多的地方，还从未遇见过像孔峭凡这样赏识他的人，焉有不思图报之理？他赶紧跟上。

据孔峭凡自传，1943年1月，孔峭凡奉调从新四军第1师来到第6师，任新四军江南地区（16旅、苏皖区）供给部政委兼苏南行署财经处副处长。到任时，粟裕司令员交代他，要他积蓄现洋，准备三个纵队的衣服材料及日用品和粮食，为部队南下做好准备。4月初，国民党顽固派向江南军区大举进攻，由于敌我双方兵力过于悬殊，激战两天两夜，军区被服厂被敌人夺去，孔峭凡痛心不已。想到粟裕首长交代的准备三个纵队的衣服的任务，孔峭凡心急如焚。获悉父亲也在里佳山，孔部长欣喜不已，立即将父亲等一众人马调到身边，组织赶制被服。

自此，父亲离开抗大九分校，跟着孔峭凡进入新四军第6师16旅供给部，任旅供给部被服厂缝纫组长、技术负责人。

他们的被服厂设在里佳山村中原为该村王姓村民祠堂的房子里。正房三间、东西厢房各两间，分别设染色、打板、缝纫等多个工作空间。我瞻仰了旧址。

当时的被服厂组织机构比较健全，比较正规，设有手工组、裁剪组、车工组、打包组等；设备也比较健全，除有缝纫机、摇袜机外，还有锁扣机、打包机等，军装以细布为主，条件日益改善，为部队军需供应做出重大贡献。

新四军被服厂旧址

被服厂的布料染制均因地制宜，用简陋的工具进行生产。为了让部队穿上颜色一致的衣服，父亲他们自己动手就地取材，用毛竹搭架晾晒布料。没有染料，就用黄泥、草木灰及楝树的根、皮、籽作代用品，染出了土灰色和土黄色的布。

父亲活跃在打板和裁剪、缝纫等各个工间，亲力亲为又指导其他同志工作。

裁剪布料是最基础、最繁重的工作之一。父亲有过八年"红帮裁缝"经历，始终冲在第一线，当仁不让担任了裁剪工作。裁剪是缝制服装的第一道工序，任何耽误都会导致整条生产线的耽误。父亲带着一班人抢赶工期，同吃同住同劳动，任务紧迫时，夜里一起突击加班，在汽油灯下一直干到深夜。为能及时提供军衣装备，保障前线战士被服需求，立下汗马功劳。

为发挥被服厂整体作业能力最大效率，父亲还负责服装打板工作，制作标准裁剪样板，让各团被服厂根据总体型号充分利用布料裁剪。

2024年9月底，我有幸通过范晓影结识了孔峭凡的女儿孔南玲，从南玲姐处获取了很多宝贵资料。

我和南玲姐（右）的合影

父亲在这里还受到另一位老战士朱希的特别关照。新中国成立后，父亲在《干部履历表》上填写这一时期的证明人，始终填的是"孔峭凡、朱希"。朱希系江西省兴国县长冈乡人，比父亲大13岁，1929年参加革命工作，也是老资格的共产党员。他时任新四军第6师供给部副部长、新四军16旅供给部部长。抗战时期，孔峭凡和朱希随任务变化，多次在16旅供给部政委、部长间调换，始终是父亲的首长，直至1945年8月，日本宣布投降。

父亲说，孔峭凡、朱希这样的老战士，犹如自己的长辈，总觉得他们关注自己的目光永远有一种动人心魄的力量，与那种目光对视，可以联想到革命者的坚毅，以及长辈的慈爱……与那种目光对视，会让人心底坦荡。

遇上这样的老首长，是父亲今生今世的一种大缘。特殊时期上海科技大学派人去安徽外调，孔峭凡已经逝世，是朱希和张志敏坦然如实做了关键证明，证实父亲在16旅被服厂期间的党籍，使父亲没有受到更多冲击和迫害。

11. 嘤其鸣矣，求其友声

逝去的激情岁月，蕴藏着珍贵的回忆与情感。

父亲的战友，比如那年深夜从上海外滩同乘一班船赴苏中参军的余仁，自第1师供给部一别，终生未再见，父亲只是在《开国将士风云录》和《战地红蕾》等书中再见余仁，他用笔重重地标记；还有李鹰、杨瑛……父亲讲起他们共同的故事，娓娓道来，虽让我感受到铁血深情，但他还是淡然平静，莫见其形。

唯独在华东医院幸遇亲密战友赵之一，让父亲激动不已、老泪纵横！往事如烟，关山重隔，时隔抗大生活67年，苏南一别，从此失去联系。父亲说起他们的久别重逢，还有些将信将疑。

2010年父亲90岁了，父亲安装了心脏起搏器，开始长住华东医院老干部病房东二楼16楼3床心血管病房。赵之一住在相邻的22床病房。

那天，阳光依旧洒在华东医院16楼走廊里。父亲在护工的陪伴下，像往常一样从走廊这头漫步到那头，浑然不知即将降临的巨大惊喜。就在这时，倒数最后第三间病房门打开了，一个坐着轮椅的身影悄然出现在门口，是阔别67年之久的赵之一。

两位老人目光不经意间相遇。赵之一先认出了父亲，他轻声呼唤着"方毅"的名字，声音里饱含着小心翼翼与期待。父亲下意识地转过头，目光扫向声音的来源，那一刻，时间仿若凝固。他告诉我，他当时整个人愣住，眼睛瞪得大大的，死死地盯着眼前这个既熟悉又陌生的人，足有好几秒钟，仿若大脑瞬间死机，沉浸在极度震惊之中。

他疑惑、惊讶，还有一丝不敢置信，似乎在心底反复叩问："你是赵之一？真的是赵之一吗？你还活着？"话音未落，赵之一已伸出了双手。

两人激动得瞬间相拥在一起，双手紧握，泪水夺眶而出。

父亲没有亲兄弟，赵之一，这位不是亲兄弟胜似亲兄弟的战友，此刻真切地就在眼前，这种视觉和心理上的双重冲击，让父亲瞬间蒙了圈，心跳加速，一阵天旋地转。

两人欣喜若狂，激动万分，大呼小叫，一时间打破了医院的宁静，医生护士赶忙来给两人量血压测心率，临时加药……

赵之一，1923年生，湖北当阳人，离休前是机械工业部上海发电设备成套研究所所长，曾出任上海市经委副总工程师、市经委科技咨询委员会副主任。自20世纪80年代末他就开始尝试开发能源岛，并主持了黄浦中心医院开发，是我国倡导分布式能源的第一人。

1942年至1943年间，父亲和赵之一，一个23岁、一个20岁，在抗大九分校一大队一中队，一个是文书、一个是党支部书记，同来自上海，同学习同战斗，诚挚知交，情同手足，结下了深厚友情。

抗大学习阶段，生活集体化。吃什么呢？当时抗大九分校主要驻地启东海复镇，能供给的主要是玉米和麦子。早餐是玉米稀饭，中午是玉米干饭。学校规定吃饭时间，早餐的稀饭比较烫，吃8分钟；午饭是5分钟。一个排一个玉米饭大缸，大家就在那里自己盛饭吃。父亲从被服厂和教导队过来，装备比较齐全，有一个搪瓷缸子；赵之一从战斗部队来，装备不知道在哪次战斗中丢失了。于是很长一段时间，两个人合用一个缸子，吃饭时间缩短一半。

父亲说，当时饭是"八宝饭"，通红的糙米，里面有砂子、木屑、老鼠屎。菜，一个汤盆里就这么一点青菜，一点酱油，偶尔有一碗红烧肉、炒猪血，常备的是盐水煮黄豆，吃不饱饭是常有的事。偶尔发军饷（有一块银圆之类）的时候，两人就想着互"宰"一顿，改善一下伙食，打打牙祭，买个西瓜之类的，掏空对方口袋，自嘲为"免得牺牲了，口袋里还有没花完的钱"。

当时缺衣缺鞋还缺被子。父亲和赵之一在行军间隙宿营时常常挤睡在一起，合盖一条破旧的棉絮。破棉絮上满是虱子。两人在上海都有卫生的习惯，每见到虱子都会生发出无法克服的厌恶和恐惧，此时顾不上了，互相捉对方身上的虱子，一边捉一边开心地笑。虱子太多太顽强，总也捉不完。

艰苦的生活给彼此留下了刻骨铭心的记忆。

1943年3月，父亲随老首长孔峭凡离开了抗大九分校一大队，去赴制军服。赵之一还留在抗大九分校一大队，经历了4月那场三天三夜苏南反顽铜山战斗。那一战，一大队一、三中队与顽军激战，汤万益、唐昆元、文有武3位团级干部均壮烈牺牲。此外，还牺牲了营级学员6人，连级学员20余人。全大队伤亡高达60人左右。随即抗大九分校撤离。赵之一是坚守铜山的最后一人。当年英雄们浴血铜山气贯长虹的消息，传遍全部队，激励着战友们继续顽强战斗。父亲再也没有获悉赵之一的任何信息，误以为赵之一也战死铜山，私下里悲伤不已。

耄耋之年，战友重逢，高兴之情溢于言表。

昔日并肩作战的时光历历在目，两人在67年未见的情况下重逢，从青丝到白发，这种情感让他们既感欣喜又带些许悲伤。两位老人坐在一起真有说不尽道不完的话要讲。那份默契与情谊，如同陈年佳酿，愈发醇厚。他们紧紧相拥，哭了又笑了，表现出了对这段失而复得的情感的珍视和对命运的感慨。

两人一起在上海华东医院欢聚了10个年头。起初两人步履蹒跚着，从这个病房到另一个病房，乘医生查房护士送药之余，天天凑一起，聊阔别之情，忆生死瞬间，依依难忘。你送我一串香蕉我回送一袋糕点；而后赵之一逐渐体力衰退卧床不起，在战争中被炮弹震伤的单个耳朵失聪而后双耳都没有了听力，但目光仍是炯炯有神。父亲每天坐着轮椅过去看望，深情对视，各说各话，传递关心。渐渐地赵之一因插管不能说话进食，只能靠护工用料理机打碎食物鼻饲，但是意识很清晰。父亲去探望时，坐在他的床边，握握他扎着针管的干枯的手，静静地凝视着他，跟他说话，他默默地用眼神回答，挥挥手；再以后，父亲去看望时，赵之一的手举不起来了，就摇摇头，打个招呼；最后赵之一连摇头打招呼也做不到了，就眨眨眼……他们都知道，他们的心紧紧相连，他们坚定的信仰、负重的脊梁始终朝着同一方向。

当初是相逢何必曾相识，后来则是相识必然伴相知。

2020年11月5日，赵之一过世了。临终前，赵之一示意护工，把自己一台尚未启用的料理机送给父亲。

父亲伤心至极，心痛彻骨，一再嘱咐我，一定要去龙华殡仪馆，代他送赵之一最后一程。于是我特地换上警察制服，去龙华殡仪馆，恭恭敬敬地向赵老敬礼，代父亲为赵之一叔叔送行。

按照赵之一的行政级别，他逝世的讣告是应该登载在《解放日报》上的，父亲觉得这份讣告是他最后一次那么亲近地获取挚友的信息。那段时间，每天翻阅《解放日报》仔细寻找。

可惜赵之一家属因故要求单位延期刊登讣告，时过境迁，登报的事也就不了了之，于是父亲始终没有在《解放日报》上读到赵之一逝世的讣告。这成了父亲的遗憾，他思维清楚时，我向其解释，查询《解放日报》以及赵之一单位登载讣告的情况，父亲倾听着的神情凝滞了，两行热泪从他的眼里淌出，顺着脸颊流了下来……以后他常常走到22床赵之一原来住过的病房外止步不前，站上一会儿，沉默不语。

父亲的思念是没有尽头的。战友情，是那样的纯真，那样的深厚，又是那样的平凡，却给后辈心灵上一种强烈的震撼。

在华东医院的老干部病房，父亲还碰上了另一位抗大九分校的战友王展（离休前系上海市工商局副局长）。王展说起当年在抗大九分校的经历，如数家珍。父亲弥留之际，王展经常到病房探望和陪伴。

只有经历过战争，一起守护过彼此的生命，友谊才会随着时间越醇、越香、越珍贵。

12. 隐蔽在石臼湖

石臼湖这一段的经历在父亲23岁的青春年华里留下了深深的烙印。他常说，石臼湖一派美丽而宁静的风光，发生的却是激烈的南岗战斗。

父亲回忆，当时四月的江南，春寒尚未散尽，山区的夜晚寒气袭人，战士们戴着青草和树枝编织的"伪装帽"，有的穿着撕成布条的单薄军装，有的穿着开着口子绽露出棉絮的棉衣，有的军帽和军衣一角被炮火烧焦，衣衫褴褛的他们迈着矫健的步伐，踩着落在葱郁茂草上的清冷月光，队伍蜿蜒向前。

凌晨，他们一行人到达横山地区石臼湖北端宿营。

次日，破晓时分，东方吐露出一抹绯红的朝霞，鸟儿在翠绿欲滴的繁叶中忙碌着采汲晶莹的露珠，清脆悦耳的鸟语声唤醒了沉睡一晚静谧安宁的乡村。早起的战士们采来新绿的青草树枝，编出一顶顶新的"伪装帽"，使之与大自然浑然天成，做为新的一天的新"装备"。

嗣后，父亲他们找来一条大船和两条小船，进入石臼湖。

石臼湖，位于南京市溧水区、高淳区和安徽省马鞍山市当涂县、博望区三区一县交界，是皖东南沟通江苏省西南部的主要航线。其名称由来，据《当涂县志》载，是因湖形酷似石臼，故称之。南京市境内又称北湖（相对于固城湖称南湖）。据《读史方舆纪要》记载，石臼湖在溧水西南40里，接高淳和当涂界，西南连着丹阳湖。在现代地理上，石臼湖、丹阳湖、固城湖、南漪湖，包括当涂、宣城、芜湖、溧水、高淳等地沿湖圩区，原来都属于古丹阳湖地。

父亲他们趁着黑夜，辗转撤往石臼湖，进入芦苇荡，在群众掩护下隐蔽起来，化整为零，同敌人进行周旋。石臼湖芦苇多、湖岛多，大小不等的芦苇荡，水路复杂，深浅莫测，特别适合隐蔽，非常有利于新四军的游击战。敌人不熟悉水道，连新四军的影子也找不到。

芦苇荡

"天苍苍，水茫茫，石臼湖上是家乡，野鸭满天飞哟，渔帆列成行……我们战斗在湖上，我们歌唱在湖上……"前一个月即1943年3月间，新四军第1师巡视团员孙海云随部队来到南京高淳，经过石臼湖时，发现湖上静谧的风光是那么动人，触景生情，拿起一根树枝，就在沙滩上写下了这首《石臼渔歌》。这首歌由另一位战士涂克作曲后，一直伴随着他们的抗战岁月。父亲他们爱唱这首歌，在当年湖上单调而枯燥的战斗生活中，一首《石臼渔歌》不知被他们唱了多少遍，这首歌给了他们鼓舞，给了他们力量，给了他们信心。

白天的石臼湖上很不安全，日军的汽艇常常在湖上不间断地巡逻，为了安全起见，父亲他们的船整天漂泊在石臼湖上，过上了"天为屋顶船为床"的湖上生活。白天他们躲在狭窄的船舱里，隐蔽在芦苇荡中。一人多高的芦苇阻挡了四面来风，况且已是春末初夏，自是闷热难当。芦苇丛中，晚上的飞虫特别多，叮咬得大家无法安宁，大家只好用篷布把船舱严严实实包裹起来，飞虫少了，可里面却闷得让人喘不过气来。因为人多，空气中充满了难闻的臭味。有人就露个小缝，或者过些时敞开篷布，然后又盖起来，以此来防止气闷和飞虫的叮咬。晚上，敌人回据点了，才可以将小船驶出芦苇荡，上到船板上透透空气，伸展伸展筋骨，呼吸一下新鲜的空气。

因此，父亲他们最盼石臼湖的日落。

父亲说，石臼湖最美的是落日。夕阳西下，绚丽的晚霞洒满天空，映在偌大的石臼湖上，整个湖面犹如一块巨大的红宝石在天地间闪耀。风掠过湖面时，无边无际的湖面上波光粼粼，像有无数的小生命在欢快地舞蹈。湖上碧波万顷，浩渺无际；湖中莲叶点缀，有水鸟栖息；湖畔碧草连天，随风翻腾。

父亲回忆，与美景相反的是那一段岁月的艰难困苦，令人无法想象。

当时在石臼湖上，常有日军的汽艇巡逻，沿湖的岸边还有他们的据点。父亲他们初到湖上，人生地不熟，敌情尚未完全摸清，船不敢轻易靠岸，也不能随意行驶湖上，只能隐藏在芦苇丛中。因为不能在船上生火做饭，虽然带了一些米，但是只能嚼生米、喝湖水充饥。好不容易用别针弯成的鱼钩钓上一条三指宽的鱼，大家互相谦让着把腥味十足的生鱼肉送到危重伤员的嘴里。

处境极其恶劣。他们要忍受日晒雨淋、蚊叮虫咬和饥饿的煎熬，皮肤浮肿，甚至溃烂化脓。大晴天，太阳光射在芦苇上，热浪滚滚，潮气逼得人闷热难熬；而下雨天，到了晚上湖水冷得让人发抖。蚊子、小咬、蚂蟥也来折磨人，在身体上叮咬。他们被咬得浑身是肿块，瘙痒难耐，抓得皮肤上血迹斑斑。

渐渐地，粮食吃光了。"人是铁，饭是钢"。肚子饿扁了，浑身无力，头抬起来，眼前一片黑，天转地晃，年轻人的眼窝渐渐地凹陷下去。

恰好邻近区域是湿地，湿地的泥滩上和浅水区长满了野草，当中属茭白最茂盛。成熟的茭白叶绿身白，鲜嫩可口。一位老战士带头抓起一根野茭白，丢进嘴里嚼了起来，边嚼边对他们示范说："你们像我这样，将茭白嚼碎了吞下，也能抵饱。要嫌干，喝口湖水也行。"

就这样，父亲和他的战友们就以野茭白作为饱腹主食，没油没盐。生吃野茭白，久食成厌，以至于日后和平年代，父亲对茭白敬而远之。

在湖上打埋伏的日子里，虽然艰苦的斗争环境远没有《石臼渔歌》歌词所写的那么浪漫与温馨，但却鼓舞和激励着父亲与他的战友们战胜重重困难，坚持到归队的那一天。

父亲有个特点，不怕蚊子叮咬。我读中学时，每年暑假都住到上海科技大学校园宿舍去。地处上海市郊嘉定的校园，蚊子多极了，晚上散步就绕着人转，让人不得不用扇子一边走一边轰。可父亲不在乎，照走不误。我好奇地问："您不怕蚊子咬啊？"他说："蚊子不叮我。"我明明看见蚊子就叮在他的手臂上。"啪"的一巴掌打下去，尽是血。我说："您不痒吗？"他说习惯了，麻木了。不是蚊子不叮咬他，而是他身体里产生了"抗体"。他说，在石臼湖时，他们都是蚊子会餐的"佳肴"，蚊子多得赶也赶不走，索性敞开了让它们叮咬，马马虎虎也就过去了。

2024年春天，我和二哥去了石臼湖。茫茫的石臼湖湖面宽广，一望无际，碧波荡漾、水质清澈。水际边成片的芦苇和矮树林，湖光波影，美得无声无息。正是因为这份美丽伴随着艰难岁月的苦涩，愈加凸显凄婉和空旷。

13. 在根据地制作被服

父亲他们进入茅山根据地。茅山（抗日根据地）位于江苏南部，它曾是新四军苏南敌后抗日根据地的中心。

茅山西邻南京、北濒长江、东至常州、南下浙西，南北走向，面积50多平方公里，是一座道教名山，是道教上清派的发源地，被道家称为"上清宗坛"。它有"第一福地，第八洞天"之美誉，也是兵家必争之地。

这里万木葱茏、河水悠悠、鸟语蝉鸣、景色宜人。乍一看，宛如世外桃源般，其实不然。

父亲回忆说，抗战时期他在部队的那几年，眼见部队坚持严格的群众纪律制度。在战地服务团演出所搭的舞台，都是当晚演出，演出完就赶快把舞台拆掉，把门板及时送还给老百姓。送还时必须将门板上好，如果弄脏了还得擦洗干净，弄坏了，必须修好。其他服装道具也一样，否则就是违反纪律。在被服厂和鞋厂工作期间，被服厂直接与群众打交道，全靠群众掩护和支持。执行群众纪律更是头等大事。

2024年7月，我和二哥一行曾到茅塘新四军被服厂遗址参观。

该遗址记载当地百姓盛阿毛回忆：新四军的被服厂在当地驻扎期间纪律很严、做人很硬。他们一日三餐有两餐吃粥，只有中午吃饭，吃的菜也都是豆腐干、豆腐、萝卜、白菜等。菜都是被服厂送货时顺便到临安横畈买来的。新四军战士生活虽然艰苦，但是从来不碰村里人的东西，不揩老百姓的油。农村里的老百姓习惯自己种菜，有时候邻居看到新四军生活那么艰苦，送点青菜萝卜给他们,但战士们不肯白拿,仍然按照市场价格付钱。

铁一般的纪律,赢得了百姓的信任,也拉近了与百姓之间的距离。在艰苦卓绝的并肩战斗中,新四军与当地百姓建立了深厚感情。

1987年父亲重游新四军苏浙军区纪念馆

父亲回忆时说:"我们当时真的很艰苦,既要随着部队到处转移,又要保障部队的后勤补给。"他们肩挑缝纫机头和机架,夜间在崎岖的山路上走,每次行车四五十里。

战事趋于平静时,他们一住下就和群众一同织布裁衣,放置缝纫机进行生产;敌人清乡扫荡时,他们就跟着部队出发,乘停下的间隙自己制作军装。他们经常是夜里行军,白天进行生产。有时情况紧急,来不及带走机器,就把机器藏在农民家中或草垛里。为了保证前线的战士们能够穿上军装,父亲和他的战友们有时还从群众的家中借机器,制作服装。

流动生产给父亲和战友们带来很大困难,但他们为了前方的胜利,不怕苦、不怕累,以忘我的劳动精神,争分夺秒进行生产。他们的愿望只有一个,就是让战友们早日穿上军装,多杀日本鬼子。

由于要随时应对敌人的"扫荡""清乡",被服厂没有固定的厂房,再加上活动的地方多在边远山区,募集物资非常困难,他们就想方设法弄来土白布自己染色，然后再加工制成军装。

布料染色，是父亲不擅长的活。染色不均匀、色差明显，制作的军服外观不佳，影响军容；染色过程中可能因操作不当，会导致面料缩水或纤维断裂，导致来之不易的原料浪费，加剧资源短缺。父亲他们邀请有经验的染色师傅进行指导，传授技巧。在大规模染色前，先进行小批量试验，确保染色效果符合要求，再推广到大规模生产。对染色失败的布料进行二次处理，如重新染色或改作其他用途，比如制作绷带、绑腿等等。买不到染布用的颜料，他们尝试使用植物染料。求教于当地群众，得知槐树花可以做黄色染料，且安全无毒，对天然纤维染色有较好的效果。于是就收购了数千斤槐树花，制成颜料染制军装。但用槐树花泡水染成的黄色土布，牢靠度就不够了。

父亲晚年，看见我穿黄色的衣裳，会不由自主想起当年的情景，说道："你知道什么颜色的面料最不牢啊？是黄色！"可生活在和平年代的我们，哪有这样的体会啊！

当年被服厂所需的细布、纽扣、染料等材料，一般均由专人到敌占区采购。如无特殊情况，被服厂不直接购买生产资料（原料）。因根据地周边都是敌占区，要将布匹运进来，常常要通过日伪关卡盘查，稍有不慎，就会被扣押，甚至牺牲运送人员性命。好几次，父亲差点出事。他仗着年轻，有一双"飞毛腿"，撒腿能跑十几里，秋冬天跑得满头大汗，湿透了内衣内裤。为了抓紧生产，无暇更换湿衣，就穿着靠体温焐干。

原料问题解决了，但组织生产还是困难重重。生产能力小和部队需求量大是摆在父亲他们面前的又一个难题。当时，被服厂的工人多数是自带缝纫机、雇请来的"外工"，有军籍的较少，生产技术水平低，机器设备质量也不好。由于父亲熟谙缝纫技术，按他自己的话说，"吃过三年萝卜干饭"，又懂服装样式设计，不久，组织上就提拔他担任了技术厂长。

父亲晚年时回忆，为解决生产能力不足问题，他们主要采取了以下办法：

一是开展技术练兵和劳动竞赛，提高工人的技术水平和劳动热情。他给年轻工人上技术课，手把手传授缝纫技巧；让技术熟练工和新工人结对子，互帮互学，共同提高。同时，组织开展重点时段劳动竞赛。那个时候，每个"五一"节和十月革命节，部队都要集中换装。为了保证部队能够及时换上夏、冬装，父亲通过组织开展轰轰烈烈的劳动竞赛，调动工人的生产积极性。他总是先提出任务和质量要求，交给每个工间的工人讨论，发动工人提出合理化建议，制定保障措施。然后根据各个工间定的任务目标按期进行检查评比，对完成任务好的工间和个人及时给予口头表扬，有时还给物质奖励，多给一些工钱和粮食。

二是请外工师傅参加生产。通过招募外工集中生产的方式，提高生产能力和生产技术。外请工人的报酬按件计酬，多劳多得。支付形式有时是钱，有时是粮食。

三是组织随军家属和发动群众生产。家属生产是缝扣鼻和钉纽扣，每套给半斤粮食。既帮助工厂提高生产能力，又可解决家属的生活问题。发动群众，主要是帮助做棉衣和军鞋。每到做冬装时，被服厂都把缝好的半成品和棉花发给地方工作队的干部或村长，由他们分发给群众，做好集中交还被服厂验收，合格即发报酬。同样的办法也用于做军鞋。鞋厂把缝制好的鞋帮和收缴的旧军衣，通过地方工作队的干部或村长分发给群众，请他们纳鞋底上好帮交回工厂，也是按件计酬，付给粮食。

四是突击生产。这是为解决临时任务而采取的措施。每当此时，上下动员，在汽油灯下，夜以继日，加班加点。大家吃在工房，睡在机旁，不按时完成任务，坚决不下火线。

一件件崭新的新四军军服和军鞋就这样被生产了出来。

煤山镇当地有一位村民曾经也在被服厂工作过。她93岁高龄时，煤山镇团委曾组织青年团员们来到被服厂旧址，听她讲述当年在被服厂经历的点点滴滴和所见所闻，以及新四军的事迹。

2023年我们曾寻觅父亲战斗过的足迹，数次来到浙江湖州长兴槐坎和临安高虹镇。

绿水青山，山高林密。父亲说当年他们在那盘山公路行军，经常与敌顽遥遥相对。有时敌顽山上越过，山中间是新四军部队行军；有时山中前后行军，彼此相望不相及，甚至能听到彼此沙沙的脚步声。

这里也有一家被服厂的遗址。时任被服厂指导员的苏迪与她的丈夫刘别生曾在此居住和战斗过。这是一段传奇，当地专门建塑了刘别生骑马铜像予以纪念。

父亲也参加了新登战役，对现今新登镇所属的浙江杭州富阳区这块土地饱含深情。1983年父亲刚从大学副校长位置退居二线，担任顾问，他就联系上富阳县政府，带着团队来为富阳招商引资操劳。

14. 不忘干娘恩

从茅山上下来，有一条省道。这条道路把浙江长兴和安徽广德连接在一起。

在艰苦险恶的形势下，不知是不是通过蚊虫传播而感染疟原虫，父亲患上了疟疾，俗称"打摆子"，间歇性地寒热发作。疟疾发作，面色苍白，如寒流来袭，颤抖不止，持续约10分钟至2小时左右，接着体温迅速上升、高烧、恶心、呕吐，面色潮红，皮肤干热、烦躁不安，高热持续2到6小时。限于当时医疗条件，疟疾在20世纪三四十年代是很难治愈的病，一旦治疗不及时，会危及生命。当时缺医少药，父亲备受折磨，几致丧命。为了不影响部队战斗力，形成传染，组织上安排父亲住进了战士用毛竹搭建的草棚。

当年这种草棚不仅救治过新四军战士，也对当地百姓开放，被乡亲们亲切地称为"竹林医院"。

下图为父亲回到当年住过的"竹林医院"所在的"一脚踩三省"的顾渚山。

1987年父亲在顾渚山

顾渚山位于苏浙皖交界处，目前行政属于湖州市长兴县水口乡，钟灵毓秀，与霸王潭毗邻。这里群山环抱，门前溪水咚咚，竹林苍翠，鸟语花香，是休闲度假的好地方。

当年说是医院，其实没有麻醉药、没有消炎片，有的只是最简单的绷带、红汞、碘酒和绑扎用的三角巾。医疗条件异常艰苦之下，负伤的战士咬着毛巾、唱着军歌，抵抗刀剜伤口的巨大疼痛。有的早上还说要尽快伤愈归队，晚上人就没了。医治无效的战士只能在旁边竹山中就地埋葬。这样的医疗条件下，父亲病情不见好，反而越来越严重了，徘徊在死亡线上。

况且，病床数和护理员远远不足。于是，村里家家户户都成了"住院部"，一位位村民都成了"护理员"。那个时候的军民关系真是鱼水情深。乡亲们对待新四军就像对待自己的亲人一样。伤病员们不论住进哪一家，都像住进了自己家一样受到关怀和照顾，尤其是那些大爷大娘，对待新四军年轻战士，像疼自己的儿子一样疼爱。那个时候，老百姓的日子都很苦，而他们宁肯自己吃糠咽菜，也要把最好的粮食拿出来给伤病员吃；宁肯自己受冻，也要把最暖和的被子拿出来给伤病员盖。

村里一位大娘"护理员"，把父亲从"竹林医院"接回了自己家，承担了照料身患疟疾的父亲的任务。大娘虽然穷得家徒四壁，却是长期支援新四军抗战的积极分子。她尽一切可能照顾父亲，对他嘘寒问暖。父亲说，他记忆中从来没有生过像疟疾这么重的病，从未经历过这样的艰难困苦，他几乎失去了希望，陷于绝境，只是用极大的毅力和巨大的勇气坚持着，是大娘给了他春天般的温暖。每当他回想往事，眼前总会浮现起大娘亲切慈祥的面容，浮现起她踮着小脚的身影，仿佛她又端着一碗热粥，笑盈盈地站在他的面前……

父亲不知道她姓什么，叫什么，只管叫她大娘，她也不知道我父亲叫什么，只管叫我父亲同志。大娘是寡妇，她自己的儿子比父亲年纪小2岁。她像对待自己亲生的儿子一样照顾我父亲。她获悉父亲5岁就没了娘，母爱缺失，更加疼惜。

父亲给我形容过大娘的样子，她四五十岁光景，缠着一双小脚，走起路来一扭一扭地很吃力。岁月的煎熬，使得皱纹过早爬满了她的脸颊，显得越发苍老。她瘦弱的身板上总是裹着那套补丁叠补丁的黑土布衣裳。大娘给了父亲无微不至的关怀：她拿出儿子的干净衣服让父亲换上，用自己家棉被给寒战中的父亲取暖；给父亲煎熬草药、送汤送水，洗衣做饭……在大娘的悉心照料下，父亲渐渐恢复了健康。

大娘的一片真情，使父亲心里涌起股股暖流。他仿佛回到了童年自己的家里，看到了自己的母亲。这种血一般浓厚的感情，时时冲撞着父亲的心。父亲感激不尽，无以回报，深深地给大娘鞠了一躬，拜认她作了"干娘"。虽然没有仪式，连水酒也没有一碗，可是，一切都是那样的亲切自然，浓郁沁心。父亲病好后要归队，含着眼泪，拉着干娘的手，恋恋不舍地告别。干娘消瘦的脸庞和亲切的笑容，一直留在父亲的脑海里。

几十年后，父亲仍念念不忘"干娘"的恩情，曾多次打算去茅山找寻她（终未成行），也多次为自己回想不起干娘的名字而痛责自己。

为此他始终难以释怀。他永远忘不了根据地的人民群众，忘不了他们——子弟兵的母亲。

盐城新四军纪念馆展品

上图中右四位是苏南反"清乡"斗争中，人民群众帮助新四军送军粮、打掩护、救助伤病员而涌现出的模范母亲的照片，不知其中有没有父亲的"干娘"。

1998年9月，父亲从《大江南北》杂志上获悉，茅山新四军纪念馆即将翻建，立刻寄钱捐助。

2021年6月30日，世界卫生组织发布新闻公报称，中国正式获得世卫组织消除疟疾认证。公报说，中国疟疾感染病例从20世纪40年代的3 000万例减少至零，是一项了不起的壮举。

2023年，我们寻觅父亲足迹，来到江苏省镇江市句容市茅山风景区万福路1号茅山新四军纪念馆。纪念馆是享有"第一福地，第八洞天"美称的茅山风景区一景。

因为建有苏南抗战胜利纪念碑和茅山新四军纪念馆，所以每年的建军节免费开放，平时开放门票100元／人。

走遍红色场馆，唯独茅山苏南抗战胜利纪念碑有"碑下放鞭炮，空中响军号"的奇观。

据当地居民介绍，只要在苏南抗战胜利纪念碑广场放鞭炮，便可听见"嘟哒哒嘀嘀哒"的军号声，鞭炮声停止，军号声也戛然而止，而当鞭炮声再次响起时，军号声又会随之响起。

神奇现象持续十余年。据当地老一辈村民回忆，抗战胜利前曾有一位小号手在苏南抗战胜利纪念碑所在地——望母山上牺牲。日后有一名新四军老战士来参观，听到军号声，惊讶地表示，这军号声便是当年那位小号手吹出的号声！而不少当地居民也因此把这件奇事与这名小号手联系起来。

现在来到纪念碑所在地望母山，在山脚下，就能远远地看见坐落于山腰上的"苏南抗战胜利纪念碑"。纪念碑前的广场上有一块地方是专门供游客放鞭炮用的，在景区门口，几乎各家店铺门口都出售烟花爆竹。将爆竹放在铁架上点燃后，伴随着阵阵鞭炮声，随即听到"嘟哒哒嘀嘀哒"的声音，清晰嘹亮，与军号的声音极为相似，而这种类似军号的声音随着鞭炮声的停止而结束。

曾经有不少专家学者前来调查研究具体原因，有专家在考察后认为，苏南抗战胜利纪念碑所在的望母山处在大茅峰和二茅峰两座山峰之间，其地形恰好形成一个喇叭口状，军号声可能是由爆竹声在山谷中的回声与纪念碑体发出的共鸣作用而形成的。

上海大世界吉尼斯总部也曾派出专家组亲临现场，专家组做出的解释是，由于塔碑采用了空心结构，当在纪念碑台阶下用单次声（如鞭炮、发令枪等）脉冲激发，声脉冲入射到碑体时，产生了高次谐波共振，并且反射。碑体的反射声入射到碑体下方的台阶上，再次形成音调的变化。由于每段台阶的坡度不同，因而从各段台阶反射回的音调有变化，到达时间上也有所差别，形成不同音符的连奏成军号声的效果。2006年4月，苏南抗战胜利纪念碑最终被上海大世界吉尼斯总部确定为"世界上单次脉冲声击发产生音符最多的建筑"。

对于后人来说，探究茅山"军号奇观"的形成原因已经不重要，重要的是人们用这种特殊的方式，缅怀那些在抗战中英勇牺牲的新四军战士，铭记中华民族的灾难和深刻历史教训。

15. 在宜兴入党

战争年代中共发展党员，考察慎重而手续简洁。一般情况下，老一辈人坚定地参加革命，短期内就能入党。母亲从农村出来参加革命，大字不识一个，但参加工作三个月后即被党组织接纳为中国共产党党员。而父亲却在入伍三年后才实现了自己加入中国共产党组织的夙愿。在父亲干部人事档案中，看不到入党申请书，也没有召开支部大会的记录。

我曾专门向父亲询问过这个问题。

父亲说，当年新四军中既有国民党又有共产党组织。当时中共党员的身份是严格保密的，组织上不允许暴露，其目的一是保护共产党员，二是要求共产党员在关键时刻必须挺身而出，勇于担当，勇于牺牲。中共党组织根据父亲的优异表现，认为他符合一个共产党员的条件，将父亲列为培养对象。参军没多久，领导就曾多次与父亲谈话教育，启发他申请加入中国共产党。

起先是父亲慎重对待自己的组织问题。父亲回忆道，当时他的领导把他拉到稻草堆旁坐下，开门见山地说："方毅同志，你想不想入党？""我们接触这段时间，从各方面观察，觉得你的表现不错。你是工人出身，政治上纯洁，思想上有抗日的决心，学习上认真，生活上能吃苦，是一个有志的好青年。我准备介绍你加入中国共产党。"

父亲当时觉得，心中有信仰，脚下才有力量。他觉得像身边的老红军孔峭凡、朱希他们那样，发挥先锋模范作用，才能凭借政治信仰绘就生命底色。自己要加强学习，坚定信仰，才有资格向党组织提出入党申请。他摇了摇头，没有立即向组织提交入党申请。

父亲经过教导队和抗大九分校系统的理论学习，特别是学习了《论列宁主义基础》和《政治经济学》等书籍，以及《新民主主义论》《〈共产党人〉发刊词》等文章，开阔了眼界，提高了革命的自觉性。他渴望加入党组织。于是他正式向党组织提交了要求加入中国共产党的申请书。经过支部讨论，由王纪、李修行介绍，支部书记吴寿钦证明，经过上级党组织批准，父亲加入了中国共产党。

2024年10月，我和朱希、张志敏的儿子朱华新大哥联系时，看到张志敏的《干部履历表》。她是1944年5月入党，三个月后按时转正。而父亲却在入党后九个月，还经过了苏浙公学整整半年的整风学习，才转正。

纵观父亲申请入党的过程，父亲始终没有停下寻找真理光明的道路。从"一心社"读书会成员，到入伍新四军，再到加入共产党组织，在这几年的战争风云中，他不断否定自己，摸索前进，最终坚定选择了正确的道路。这种精神和信仰，值得后辈永远纪念和敬仰。

入党让父亲拥有了政治生命。他永远忘不了他的入党心路。他是在艰苦的战争岁月，亲身体会到中国共产党的正确领导，形成了坚定的革命信念。

1943年10月，日军集结2万余兵力向南入侵苏浙皖边区，驻守苏浙皖边区的10万国民党军队不战而退，三天内连续丢失宣城、郎溪、广德、溧阳四个县城。父亲所在的16旅在没有援军的情况下，分兵作战、尾随袭扰，一边与日军战斗，一边发动群众，开辟苏浙皖新区。16旅旅部也随中共苏皖区委、苏南区行政公署从两溧地区移驻苏浙皖边的宜兴太华，与旅部一起来到太华的还有医院、被服厂、修械所等后勤单位。从此，苏南抗战的领导中心转移至宜兴太华。

1944年9月，在宜兴太华山西麓的一间茅草棚里，在鲜红的党旗下，父亲举起右手庄严宣誓：愿为共产主义奋斗终身。草棚里响起了悲壮的国际歌声。

我去过宜兴新四军和苏南抗日根据地纪念馆。宜兴市太华山有着厚重的历史文化，更有着光荣的革命传统。太华是抗日战争后期苏浙皖边区的革命根据地，俗称"苏南小延安"，是新四军在华中开辟的8个战略区之一，是中国共产党领导抗日军民创建的全国19个解放区之一——苏南解放区。新四军16旅旅部、苏皖区委、苏南行署机关、新四军后方医院、被服厂、修械所等都曾移驻宜兴太华，太华是苏南抗日根据地党政军指挥中心。

父亲在太华这块红色热土上，加入了党组织。

朱希是父亲钦佩的老红军之一。他和孔峭凡一样，是父亲的老首长。

我和朱希的儿子朱华新大哥，聊起了父辈在新四军第6师的战斗生涯，交流他们的《干部履历表》，惊喜地发现华新大哥的母亲、朱希的妻子张志敏和父亲同一时期在被服厂工作，他们的入党介绍人都是"王纪、李修行"！

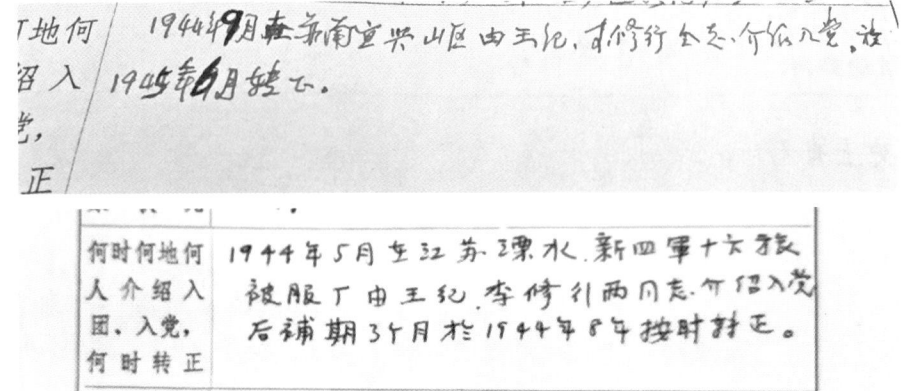

上图为父亲的《干部履历表》栏目，下图为张志敏的《干部履历表》栏目

张志敏是江苏无锡人，1942年1月在上海时，新四军第6师16旅政治部王前来沪扩军，经中国共产党上海地下组织吴雪之介绍，她随王前参军。

父亲参加了朱希和张志敏的婚礼。当年在被服厂工作期间的激荡岁月里，一段红色姻缘悄然绽放，为那个战火纷飞的年代增添了一抹温暖的色彩。烽火中的婚礼很特别。新郎和新娘，穿着最普通的新四军军服，毫无任何装扮，热情地迎接大家。他们俩年轻的面庞上，满是幸福的微笑。没有双方亲属参加，也没有烦琐的礼数，在那个物质非常匮乏的战争年代，吃一顿是婚礼不能缺少的环节。魏主任请机关炊事员在食堂做了一桌丰盛的菜肴。随后他邀请江渭清、钟国楚等首长来吃饭，和张志敏交好的供给部会计、出纳及被服厂的工勤人员也上了饭桌。满满一大桌人，好不热闹。婚礼由魏主任主持，魏主任宣布："今天是朱希同志和张志敏同志的喜庆日子，大家要吃饱吃好！"大家使劲鼓掌，兴奋得拍红了巴掌，为战火中的婚礼欢呼！大家边吃边聊，一边为新人道喜，一边大快朵颐，将一桌子菜吃得一干二净。

我暗忖，张志敏阿姨1920年11月生人，和父亲同年；和父亲差不多时间从上海来参军，又和父亲一同在被服厂工作，父亲算是张志敏妥妥的"娘家人"！

父亲是充分认识了中国共产党，才建立起坚定的信仰的。因此切实履行党员义务，从入党的那天起就在父亲的脑海中深深烙印。

父亲暮年疑似患有阿尔茨海默病，很多事情都渐渐记不清楚了。然而他经常会反复问子女："我的党费交了吗？"

1987年父亲在新四军苏浙军区纪念馆内

16. 接受第二段正规培训

1945年1月至6月，父亲进入苏浙公学整风三队参加整风学习。

苏浙公学旧址，现在鲜少人来，门可罗雀，须联系浙江长兴县新四军苏浙军区文物保护管理所才能进入。2023、2024年我曾数次踏入苏浙军区

苏浙公学旧址

纪念馆苏浙公学旧址,学习考察。

旧址为清末大户张氏民宅,房屋坐北朝南为五开间两梢外加一字墙的砖木结构的楼房。现旧址占地面积为634平方米。1945年2月,苏浙军区在这里创办了抗大式学校苏浙公学,粟裕兼任校长,江渭清、骆耕漠任副校长,周林、张日清、吴肃任教育长。苏南各军政首长亲自讲课。

创办的目的有三:一是培养训练抗战建国专门人才,供应各条战线的干部需要;二是实施新民主主义教育,创造新教育的经验,作为改造各地学校教育之参考;三是为救济失业青年,帮助他们解决出路。

当年《苏南报》登载的招生简章,明确以下内容:公学主要学习内容为授以新民主主义之军事、政治、文化各课程。校内设军事(培养军事与军队政治工作人才)、政经(培养县区级政府及经济工作人才)、文化(培养文化教育等艺术人才)3个系。凡是具有爱国热忱,思想纯正,体格健全,年龄在18岁以上30岁以下的青年均可投考。

因而,苏浙公学当时吸收来自全国各地特别是后方的青年,集中加以培养、训练、教育,然后介绍到抗日战争的各个战线上去工作。它从1945年2月至新四军北撤共存续8个多月时间,先后举办了两期培训班,培养来自部队、根据地、沦陷区的学员1 200余名。类似父亲的不少毕业学员迅速成长为党和革命事业的骨干力量。

这是苏浙军区建立的江南"延安抗大"。

走进苏浙公学高大的围墙大门,一条笔直的鹅卵石路直通主建筑,小路两旁则是大片的绿草和盛开的野花。抬头望去，高大的墙体上依旧保留着当年用红粉写下的巨幅标语："这里没有黄埔军官，只有身经百战的老战士；这里没有学士博士，只有宝贵经验的革命者。"门上方横批则是"革命熔炉"。主建筑的大门两旁还写着一对标语，右边是"遵守纪律，自动自治，团结互助的学风"；左边是"学用一致，实事求是，埋头苦干的精神"。

当年这里是一个藏龙卧虎的地方，不仅仅为新四军培养"武将"，同时，也在为新四军和地方政府培养"文官"和"笔杆子"。

因物资匮乏，苏浙公学当时的生活和学习条件十分艰苦。睡的是竹榻，坐的是竹椅，烧的是竹梢，用的是竹碗、竹水壶，吃的是竹笋，点的是竹片灯，写的是竹枝笔。学员戏称："我们是竹子世界打天下。"一切都由竹子"当家作主"。

每月每位学员能从苏浙公学的教育长周林那里领到5张对开的油光纸。学员们把油光纸裁成小本子，用线装订起来，就是一本课堂笔记。因为每人只有这么一本，所以，日记、笔记、心得和发言提纲都全记在上面，为了节约用纸，大家都学会了写蝇头小字。

学员除伙食和穿的衣裤鞋由学校提供外，每月能领到2.5元的津贴费。父亲的津贴费发下来，总是和同伴们一起"打牙祭"，他戏说不知道哪天就"光荣"了，不能浪费了津贴。

苏浙公学的整个学习过程都贯穿着理论联系实际的教育理念，强调在学中做，在做中学。学员们因地制宜地在竹荡、树林、操场里学习。

天刚亮，校部司号员吹起起床号，值日班长吹哨子，喊："起床了，集合！"学员们穿衣服、叠被子、扫地，都要在5分钟内完成。中队长带领大家出操、跑步半小时，整队点名后，到溪涧边洗脸刷牙。

上课前先唱歌，男生队女生队拉歌。"光荣北伐，武昌城下……""东进东进，我们是铁的新四军！"唱歌的时候，教员们流露出喜悦的微笑，有的也情不自禁地跟着一起唱。

晚饭后，晚自修开始了。生活干事将从校部领来的棉籽油和旧棉絮发给大家。大家用旧棉絮搓成灯捻，将竹碗扣翻过来叠起来，权作灯台。白天接受程度好的同学帮助学习吃力的同学整理笔记、复习讲义、阅读参考书、讨论教员提出的问题。队长、指导员、政治干事、学习干事轮流参加各组的自修，遇到不会的问题，由组长交给学习干事汇总，再请辅导员择时予以解答。

苏浙公学的生活和学习环境艰苦。晚上睡觉，还时常会遇上紧急集合。特别是细雨蒙蒙、月黑无星的晚上，哨声响起，不许点灯，不许打手电。一片漆黑中，大家摸黑穿戴整齐，带上背包碗具、干粮袋、手榴弹就出发了。若不小心穿错了鞋子，3分钟后开始的夜行军两小时中，就遭罪了。

冬天睡稻草地铺，夏天睡门板、泥地。学员们遵照毛主席"艰苦奋斗是我们的政治本色"的教导，住房不够，就自己动手，搭竹房子，用泥巴糊竹壁，隔成一间间房间；没有设备，就用毛竹做床铺、凳子；没有餐具，就用竹子做碗、筷。上课时，学员们就在操场上席地而坐，写字时用膝盖当桌子。他们因陋就简、就地取材克服了一个又一个困难。

父亲所在的整风队亦称干部轮训班，抽调了军队和地方上的连、区以上一批干部进行脱产整风学习。公学将整风队分3个中队，中队下分3个排，每个排又分3个班，每班9—11人。父亲在整风三队学习。父亲觉得比起原来所处的战斗环境，这里幸福满满。

通过在公学里的锻炼，学员们迅速成长为能文能武的革命战士，毕业后打起背包就奔赴自己的战斗岗位。

17. 军服上的竹质纽扣

父亲从苏浙公学毕业，到苏浙军区供给部被服厂工作。

如今新四军苏浙军区旧址分布于浙江省长兴县槐坎乡和白岘乡境内，大部分为清末至民国初期的民宅。

当年父亲所在的军区后勤机构设立了供给部。

供给部编制有924人。机关设军实科（设会计股、军实股、仓库、被服厂）、财粮科（设会计股、审计股）、总务科。辖被服总厂一个，设工务科、材料科、总务科和染裁厂、缝纫厂、手工厂、制衣鞋厂。供给部部长孔峭凡，副部长朱希。

彼时，父亲25岁，他拥有娴熟的专业技能和丰富的被服制作经验，担任了技术负责人。当时为了保障部队的被服供应，新四军各部队及军分区以上都建立了自己的被服厂，分散在附近各处。父亲活跃在安徽广德、江苏宜兴、浙江长兴三地一带，给一家家被服厂做指导。他统一剪裁衣服布片样式（分1号、2号、3号和特大号四个），分发到各个团的被服厂，由各团被服厂自行组织缝制生产，以求样式统一，军容整齐。

战争年代，物资短缺是常见问题。被服厂在服装制作过程中遇到了一个难题：由于敌人的封锁，采购不到纽扣。

没有纽扣的服装怎么可以发给战士们呢？"巧夫（妇）难为无米之炊"，父亲冥思苦索不得其解，偶然发现当地百姓用竹片制作成精巧的纽扣钉在衣服上，漂亮而耐用。用竹子代替纽扣是一种非常聪明的解决方案。竹子质地坚硬但可塑性强，适合切割、雕刻成纽扣形状，轻巧且耐磨，方便缝制在衣物上。相比金属或塑料纽扣，竹制纽扣的成本更低……最主要的是，槐花㘭山区竹子生长迅速、分布广泛，就地取材条件太好了！

父亲大喜过望，立即加以推广。

他们选择质地均匀、无裂纹的竹段，将竹子切割成适当厚度的圆片，然后打磨光滑，避免毛刺。在竹片中心钻孔，方便缝制。最后进一步抛光，使纽扣表面光滑。一段时间后，竹片做纽扣的军衣，成为苏浙军区生产的军衣的一大特色。

2024年7月，我与二哥一行驱车230公里，来到余杭区鸬鸟镇的山沟沟村，在山沟沟村寻找父辈红色足迹，参观其中一个新四军被服厂旧址。该旧址位于杭州市余杭区西北部，南接临安，西连安吉。

据朱华新大哥提供的张志敏的自传，当年这个被服厂的厂长是岳得义。

面前这所粉墙黑瓦的建筑便是新四军当年借用民宅用作被服生产的旧址。该旧址位于鸬鸟镇山沟沟村的茅塘。旧址建于20世纪20年代，为一徽式建筑，外为高墙头、小青瓦，内有两层，皆为木质结构，镂空木窗、梁木雕有凤凰扑牡丹的图案，上层为小阁楼。墙门外朝东砖墙上有抗日标语。坐西向东，三间楼厅，左右前厢房，四周风火墙，石库台门，属石墙木结构建筑，面积196.75平方米。

从石阶拾级而上，一步步迈进有红色记忆的屋子，仿佛穿越到年代久远的历史之中。

据该旧址主人盛德鸿的邻居盛阿毛回忆，茅塘村当时只有10多户人

新四军被服厂旧址

家,100多人。1945年3月的一天,一个陌生人出现在村里,向大家打招呼,说是新四军要来借老百姓的房子住一阵。那时大家都知道新四军是打日本鬼子的,听说新四军要来借住,都欣然同意。过了几天,新四军真的来了,男男女女100多人,大部分是年轻人。他们是来开被服厂的,带了4匹马、40多台缝纫机和一些坯布。

盛德鸿家有两幢楼：老楼当伙房烧菜做饭,新楼放缝纫机做服装。新楼旁边有一间小屋,里面有山里人洗澡用的浴灶(塘缸)。新四军战士因地制宜,利用简陋工具进行生产,把塘缸当染缸,先将白坯布放在塘缸里染成灰色,晾干晒燥,随后经过裁剪、缝制,做成一批批军装、军鞋、绑腿、棉被、军帽和鞋子。

被服厂自成立以后,夜以继日地紧张生产。新四军战士中,有专门管裁剪的,有踏缝纫机的,也有锁扣修边幅的。那个时候没有电灯,光是白天做来不及,晚上点起汽灯加夜班。

那个时候山里头都是土路,没有汽车,马是唯一的运输工具。被服厂的材料,都是靠4匹马从临安横畈运过来,白坯布运来做成成品后再运出去。4匹马运不完,新四军便雇村里人当挑夫帮忙送过去。新四军雇挑夫给工钱。有一次,被服厂送货要找3个挑夫,盛阿毛就叫了阿土、金玉一

旧址纪念馆模拟的生产车间（一）

起去，他们把东西送到临安横畈高虹桥头，那里的负责人给了他们辛苦钱。

旧址设置了染布间和缝纫机展示区，还原了战士们在此赶制军服的场景。

旧址纪念馆模拟的生产车间（二）

被服厂女兵

新四军被服厂为前线战士赶制军衣

1945年6月中旬，被服厂随军紧急撤至孝丰一带，另有一部分财物由人护送到江苏高邮。被服厂撤退后，在盛德鸿家还留有7盏汽灯，当地村民将它们与被服厂遗留的其他物资一起保管、收藏起来，新中国成立后交给人民政府。

父亲在此期间遇到了战友孙夏志（新中国成立初，任上海卷烟二厂厂长。后奉调武汉，生卒年不详。其妻张雪华，1928年生，在上海卷烟厂工作，2018年逝世）。新中国成立后，父亲和他常有来往。在我们的记忆里，父亲常常乐呵呵谈起这位"瞎子"（夏志）叔叔。

旧址纪念馆展示的新四军军服

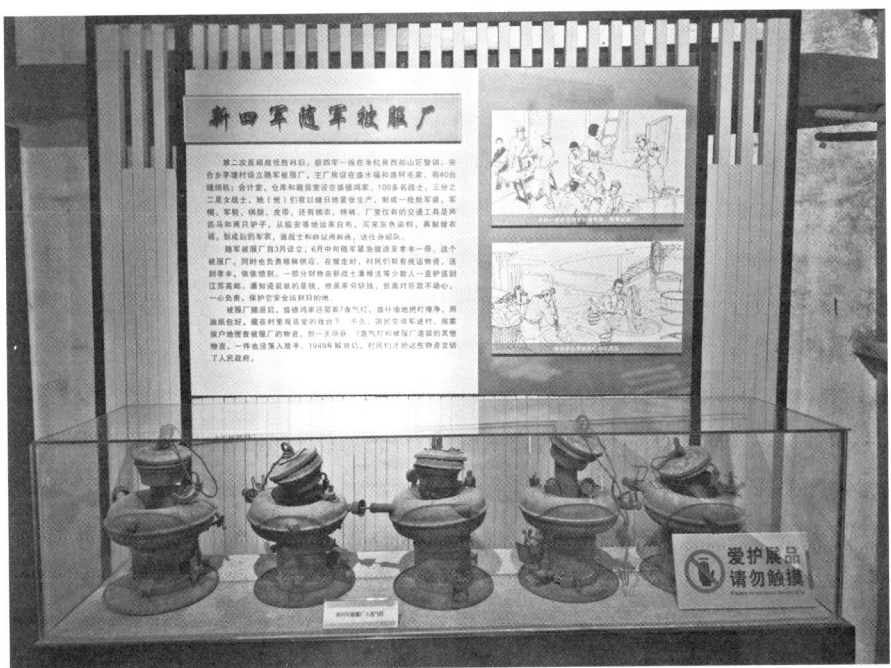

纪念馆展出的汽灯

第三章 参加新四军

1945年父亲（右二）与战友合影。右一为孙夏志

另一处被服厂旧址在浙江长兴县，位于白岘乡和岕口村横岭岕自然村，距县城36公里处。

旧址东临水曲岕自然村，南接访贤至和岕口村公路，西与岭脚底自然村毗邻，北与江苏宜兴太华接壤。旧址地处该自然村中心，现东面有多处村民住房，距离东面30米有一条由北向南流的山涧，山涧与村道几乎并列。

这里原为民国初期章氏民宅，为一进五开间两椓梢加一侧屋再加一字墙的木结构楼房。侧屋五间与正屋相连且贯通，占地面积为372.33平方米，是全国重点文物保护单位。1944年初，新四军16旅在此创办被服厂，1945年初在原有基础上扩大为苏浙军区被服厂，主要生产服装、被子，时有生产工人200余名。

推开古宅的木窗，隆隆的机械声仿佛会从耳畔传来。阳光从远处丝丝缕缕地透进来，映照在脸上。恍惚间，犹如昨日，那些忙碌的背影依稀可见。

父亲说，在游击环境中，被服厂生产十分困难，有时两三天就得被迫转移一次。

为千方百计保障部队被服供应，工人们坚持"敌来我走、敌走我干"的方针，转移到水上就把机器架在船中工作，转移到山上就在山上生产。

有一次，盘踞在城里的日军从城中向西南东沟方向进行"扫荡"，大家七手八脚把机器分拆包扎，分散转移，将机架沉入河中做好标记，机头由少数同志背负转移，大多数工人和带不走的物资分散在老乡家中隐蔽，有些物资干脆装上小船隐藏在芦苇荡中。"扫荡"被粉碎后，被服厂工人立即开始集中,从河中捞出机架,把隐藏在各处的设备、物资取回,以最快的速度组装好恢复生产。

由于部队发展很快,前方急需的被服数量快速增长,被服厂生产任务十分繁重,有些工人一边啃馒头一边踏着缝纫机工作,最多时一天可缝制30套棉衣片子。不少同志由于过度疲劳,在夜间工作时因打瞌睡导致头被撞破、手指被扎,但仍坚持不休息,继续拼命生产,以极大的工作热忱和艰苦奋斗的拼搏精神有力地支援了前线作战。

因战事发展瞬息万变,被服厂流动性大,每次转移都要借用老百姓的住房做厂房,工人们严格执行"三大纪律八项注意",不拿群众一针一线。同时严把产品质量标准,不漏一针、不虚一线,注重节约,提出"多节省一寸布多缝一件军衣"和"早点把冬装送到前线去"的号召。

大家团结友爱,生产热情很高,常说:"我们不是为了钱,是为了国家、民族,为了前方流血牺牲的将士……"

在战火纷飞的年代,工人们在完成繁重生产任务的同时,坚持出早操和军事学习,在农忙季节还要尽可能抽出时间帮助老乡们播种收割。

紧张的工作生活和时刻面临生命威胁的日子并没有让大家放弃乐观与希望。他们经常传唱《黄水谣》《抗日进行曲》等抗日歌曲,其中一首歌的歌词这样唱道:"秋风起,秋风凉,民族战士上战场,我们在后方,多做几件新军装,帮助他们打胜仗!打胜仗!收复失地保家乡……"

如今,当年唱着抗日歌曲日夜赶制军服的人们已经逝去,只留下锈迹斑驳的缝纫机头,继续向后人诉说那些平凡的人和他们不平凡的故事……

18. 铁脚板军需官

华中军区在江苏淮安地区成立后,父亲所在的被服厂改属华中军区供给部。父亲进入供给部工厂管理处工务科任科员,而后在工厂管理处任被服二厂技术管理员(搞国营工会筹备工作),后又提任"五一"服装公司经理。在苏北的3个被服厂与刘庄迁来的被服厂合并,成立华中军区直属供给部筹备工厂后,父亲升任工务股长。

父亲他们此时的主要工作是组织生产军需用品,父亲因此成了名副其实的军需官。

当时战士们还穿着夏服,脚穿草鞋行军战斗。

父亲他们部队的后勤保障主要是依靠相关组织,组织和发动群众工作支前。父亲他们在江苏阜宁(老城)组织工人们,为部队赶制御冬的棉衣,发动妇女做军鞋。

做军鞋不再采取"发动妇女慰劳及派军鞋办法,而改用按件计工之定购制度。一般多在城市与集镇中设小型工厂(只几个人便够)",由父亲他们"规定样式、厚薄、针线密度及工资多少,交贫民妇女定制",父亲他们"只收货发钱。有些则由他们出布铺好鞋面鞋底,交妇女纳底抽线,分别按件给资"。

在后勤、装备等领域工作,父亲时刻警醒自己,必须严格遵守军队的反腐和财经纪律。

父亲回忆说,他组织生产的棉衣堆成山,他自己还穿着单衣;各单位交付来的军鞋成千上万,他自己还穿草鞋。

"兵马未动,粮草先行",如果部队供给上得不到保证,战争就会受到影响。父亲他们确保了"小米加步枪,仓库在前方"的后勤供应状况。在华东军区第二被服总厂时,父亲和他的战友们组织生产了20万套棉装,确保了华东野战军的换装任务。父亲表现出色,立大功一次。

1947年8月21日,父亲获得华东总部政治处供给部功字第20号"记功奖章"。具体内容是:

记 功 奖 章

兹有本部第二总厂方毅同志于自卫战争劳功支前与供应战线上创立功绩　经民主评定给予大功一次

特予奖证以励前进

华东总部供给部政治处赠
中华民国三十六年八月廿一日

军需官依然长期穿草鞋。我曾经给父亲洗过脚,父亲戏称,自己拥有一双铁脚板。父亲双脚很特殊,宽宽的脚,脚趾畸形,非常粗糙,脚底板非常厚,全是老茧,与袜子摩擦特别大,一双尼龙或卡布隆新袜子穿不了几天,袜底就有洞,要打补丁了。幸亏父亲练就一手训练有素的

父亲的记功奖证

针线活，缝补的袜子整齐又漂亮。

父亲说，仗着这双长满老茧的双脚，他爬山、过坎、穿树丛、越田埂，从未掉过队。那时父亲最奢侈的鞋子是当地妇女们做的军鞋。没有布鞋子穿的时候，父亲只能穿自己编织的草鞋行军打仗，父亲脚底的老茧就是这个时候形成的。赤脚行军对父亲与他的战友们来说已经算不上什么了，让父亲感到最难受的是，脚被石头或利器割开了口子，沙子泥土填到口子里，会让人痛得走不快，父亲只好用布一裹一贴跟上行军。

在我的记忆中，父亲喜欢泡脚、修脚，家里修脚的器具都是他购置的，晚年他还从报纸广告中寻到电动修脚器（可惜当时他已长期住华东医院不需要自己修脚了）。他的脚经过多年修剪打磨已经非常光滑了，但是畸形的脚趾不能恢复，于是我给他买的鞋总是大一码才能套得进。

19. 带上"小鬼"警卫

2023年4月，我们寻觅父亲战斗过的足迹，来到山东临沂，品尝了临沂的"光棍鸡"，瞻仰了军部街市容。70多年前的前河湾，以其独特的地理位置成为新四军最后一个军部驻地，也承载了一段难忘的岁月。因此，现今改此地名为"军部街"。

山东是解放战争的主战场之一，沂蒙是人民解放军华东军区、华东野战军的诞生地，也是主要作战地和战略基地。华东军区、华东野战军在临沂（今河东区前河湾村）正式成立。父亲在此参加了宿北战役、鲁南战役。自宿北战役后，他不再亲力亲为指导量裁衣服或踩缝纫机。父亲被调离技术负责人职位，走上了管理岗位。

当年山东人民大力搞好土地改革、生产、支前三项中心工作，迅速发展民兵，保卫解放区，保卫土地改革成果。父亲组织支前工作，参加了孟良崮战役、鲁西南战役、济南战役，之后又参加了淮海战役。

父亲这样的军需官作为军队后勤保障的核心人员，承担着物资调配、补给等重要任务。解放战争时期，团级以上军官才有资格配备警卫员。父亲已经符合配备警卫员的条件，再加上走南闯北调集物资工作性质特殊，上级给父亲安排了两名"小鬼"警卫员：年方16的小王和15岁的小张。当时许多年轻人因家庭贫困或满怀革命热情而参军。十五六岁的少年虽然年纪较小，但他们具备较强的适应能力。两个"小鬼"警卫员来自农村，家庭背景清白，经过简单训练后便被分配到岗。他们的职责不仅是在行军、驻扎和执行任务时，确保父亲的人身安全，还协助父亲处理文件、传递信息、管理物资等；在战斗或紧急情况下，协助父亲完成物资调配任务。

父亲大他们十多岁，像大哥哥一样关心他们，建立了亲兄弟一般深厚的情谊。他经常和两位"小鬼"促膝谈心，讲革命道理。从天下穷人为什么穷,地主、资本家为什么富,讲到共产党和解放军的任务与纪律。在百忙中,父亲抽出时间手把手地教他们学文化。在父亲和党组织的教育下,两个"小鬼"加入了中国共产党,和父亲在一个党小组里过组织生活、学习文件,讨论党内和军内大事,开展批评和自我批评。

特殊时期,小张的生活发生了些问题,到家里来借钱,母亲提供了积极的支持和帮助。当时家中难得有客,我很诧异,询问父亲。

父亲告诉我,因为当年小王、小张认真尽职,他走一步他们跟一步,时刻保持警惕,保护他的安全。

父亲影集中的两位警卫员

他们把父亲的安危,当作自己的使命,不让他在枪林弹雨中受到一丝一毫的伤害。新中国成立后,国家重心从战争转向城市管理和建设。他们跟父亲进了上海,考虑到两名少年警卫员的年龄较小,为他们安排了适合的工作。小王选择去青浦县(现为区)人武部工作,小张经过技能培训后,进了郊县的工厂。

当年父亲待警卫员如此,和当地群众更是亲如一家。他住在百姓家,勤快地为房东扫地、担水、抱娃,饭后抢着洗碗。当时母亲也在山东,她在搞土改复查。只是他们还无缘相识,偌大个山东,命运的红线还来不及将他们拴在一起。

来自南方的他们吃上了当地的高粱米。母亲说,这高粱米不管是闷干饭还是煮稀饭,做熟后都没有大米饭的那种饭香味,高粱米饭吃进嘴里感觉"味同嚼蜡",饭粒嚼起来费力且硌牙,嚼一阵腮帮子就会发涩,令涎液的分泌都为之减少,嚼好的饭粒由于干燥,在吞咽时会有种硒嗓子的感觉,直到现在,她一回想起吃高粱米饭来,嘴里还会条件反射般地泛起淡淡的涩味。其实母亲那时不知道自己胃不好,只觉得高粱米饭到了胃里不易消化,不敢多吃。他们捧着高粱米饭就皱眉头,但高粱米的供养功不可没,让他们能吃饱肚子了,那高粱米饭的滋味,深深地镌刻在了他们的记忆深处。

但是,母亲她们年轻姑娘们也充分享受到了军民关系的优惠。她们往往沐风淋雨到了宿营地,就脱掉湿衣服往大娘的热炕上一钻。湿淋淋的衣服被褥,大娘会主动帮着烤干……男同志就没有这么好的待遇,只能自己烤衣服或者焐干。

当然,当地条件极差,母亲说,一家老小就烧一铺热炕,她们去了,也睡炕上,实际上是和老百姓一家人同炕共居。

他们面临的困难很多(比如水土不服、饮食习惯不一),闹出的笑话更多。

母亲说,有一次,他们大队人马进了村,饥寒交迫。有同志进屋,看到炕边有盆,卸下背着的米袋,拿起盆就奔去河边洗米准备烧饭。

大娘急了,在后边追:"俺要盆诶!"

母亲他们不开心:"大娘,你怎么这么小气,用的盆待会还你的呀!"

大娘急得捶胸顿足,哇哇大叫,还是要收回盆。

后来搞清楚了,大娘家放在炕边的盆是便盆。大娘叫的是"俺尿盆诶"(之后当地妇救会派人专门教大家如何区分饭盆子和尿盆子)。

20. 第三段集中学习生涯

1948年5月至10月,父亲在华东第三野战军随营军政干部学校(简称"三野随营学校")九大队学习。这是父亲在部队的第三段集中学习生涯。依旧是没有专职教员,没有固定校址,三野机关转移到哪里,学校就跟到哪里,"从战争中学习战争"。

父亲说,有一天傍晚,刚刚结束一堂战术课,突然接到命令,要求迅速转移。他们立刻背上行装出发。途中,教员边走边讲解如何在夜间行军时保持隐蔽、如何利用地形掩护部队。学员们一边听讲,一边观察周边地形,活学活用。

父亲在学校体验了一把他梦寐以求的冲锋陷阵生活。那次他被任命为"营长",负责指挥一场进攻。他根据课堂上学到的战术知识,掌握了"敌方"情报,分析了敌我态势,确定部队的行动方向。考虑敌人的后方兵力空虚,如能插到那里可以迷惑敌人,分散敌军注意力,又可随时北上参战,容易收到出其不意的效果。他制定了详细的进攻计划,一边组织己方部队行动,一边向教员报告。教员同意方案。然而,"敌方"突然改变了部署,父亲一时有些无措。此时教员在一旁提醒:"战场形势瞬息万变,指挥员要灵活应对。"父亲迅速调整战术,最终成功完成了任务。这次演练让他深刻认识到,知己知彼,还要灵活应变,才能百战不殆。

政治教育是父亲他们的必修课。通过学习马克思主义理论和中国共产党的政策,父亲更进一步坚定了革命信念。

"三野随营学校"是为培养军事和政治干部而设立的重要教育机构,以其灵活的教学方式、理论与实践相结合的特点,为部队输送了大批优秀干部。父亲如果坚持自己的意愿,也许他真的会成为一名军事干部。但上级领导量才录用,父亲还是一切行动听党指挥。毕业后,1948年10月至12月,他奉调到豫皖苏二军分区工厂任被服厂厂长、槐店鞋厂厂长。

21. 战争剧太假

那些年父亲不仅参与了天目山三次反顽、苏靖太战役、苏中"七战七捷",还参加了宿北、鲁南、莱芜、孟良崮、开封、豫东、济南、淮海、渡江等战役,均获奖章。大型战役惊天地泣鬼神。父亲曾一次次奔赴前线,虽然没有亲自冲锋陷阵,但是在后勤组织支前物资,为作战部队提供了强有力的保障;也曾一次次带着担架队冲进战火硝烟里,把一批又一批伤员抬下来……

他自诩为战争"幸存者",从来没有受过伤。但他几度与死神擦肩而过,最危险的一次,是他和炊事班长一路急行军一路调侃,偶尔分开之际,一颗炮弹落下,炊事班长当即牺牲,身体瞬间四分五裂……他含泪在路边埋葬了战友,继续行军——

战争不允许他们有暇舔舐自己的伤口,他们必须履行作为战士的神圣职责!枪林弹雨中,看到过漫山遍野的伤病员、尸体,嗅到过血流成河空气中弥漫的腥味,他对战争有着深刻的认识。

父亲说,他曾多次受过训练。衡量射击技能的重要指标打靶,他能一打就是50环满环优秀;持枪站岗放哨也是威风凛凛。遗憾的是没用枪直接向敌人开过火。孟良崮战役后,他被奖授勃朗宁手枪一把。父亲说,德国造勃朗宁手枪,虽然体积小,可以放在手心里把玩,但30米内依然可以打死人。

那支手枪，大哥见过。小巧，精致，沉重的钢蓝散发着淡淡的枪油的香味。父亲带枪进沪后，起初几年枪不离身，后来一直放在我们家的那个破皮箱子里锁着，塞在一个皮套里，还有一包子弹。1955年肃反时，上面规定登记枪支，公安机关集中保管武器。父亲把勃朗宁手枪上交给了上海的榆林（后改编为杨浦）公安局。

晚年时，父母有了大段闲暇时间看电视。

母亲喜欢看战争剧。客厅里连绵不断的枪炮声是她最喜欢的。父亲偶尔经过，常常发表议论。

"一把驳壳枪怎么杀敌啊？"

"驳壳枪是战场指挥员用于督战的，士兵不往前冲，就枪毙！"

"实在不行，打不过敌人时，驳壳枪就是指挥员自杀用的。"父亲不以为然地说。

"上阵打仗，怎么可以一窝蜂上呢？被敌人一挺机枪一梭子子弹，全部光荣了。"

"老兵说，上了战场就要猫着腰忘我往前冲，越勇敢越有生存的机会。新兵蛋子跟在后面畏畏缩缩的，小命早就丢了！"父亲激动地指点。

父亲从不看抗日或战争神剧，他最爱看新闻、时事和"社会与法"。和平和家庭伦理是他最关心的内容。

22. 红烧肉成就的姻缘

解放战争是大规模、长时间的战斗。那时期，像父亲这样的"华东三野"后勤保障人员，虽然不直接参加战斗，但是在极其艰苦的条件下，协调地方政府、民众和其他部队，组织物资的调配、管理和分发，直接关系部队的战斗力。

他们巧用民力，保障运输，就地取材，机智应对敌军封锁，支援前线……一切的一切，都离不开地方政府的支持。

彼时，为了庆祝又一次运送军需品工作顺利完成，槐店市委决定邀请华野干部吃饭联络感情。那天槐店市委几位领导获悉请来的华野干部是南方人，为了表示诚意，决定增烧几个南方菜款待。此前，父母亲素不相识。时任槐店市委妇联主任的母亲临时被邀上阵掌勺，原来负责烧饭的炊事员给她打下手。母亲在后厨用一口锅既烧牛羊肉菜，又烧猪肉，忙得不亦乐乎。

母亲烧了一道红烧肉。她把猪肉切成麻将牌大小正方形的块，大火烧开，小火慢炖，"浓油赤酱"，肥而不腻，酥而不碎，甜而不黏，浓而不咸，入口皆化。兴化红烧肉是江苏的一道特色名菜，起码有上百年的历史，母亲的红烧肉手艺得之我外公的真传，色香味俱全。

父亲自出生起在家乡兴化生活的13年里，只有逢年过节偶尔在宗亲"五老爷"家，才尝到过这样一两块红烧肉的吮指美味。按照父亲的说法是"打了耳光也不肯放"的，记忆深刻。到上海打工和参军后，食不果腹，能吃饱已是万幸，长期处于"隐形饥饿"状态。蓦然，父亲从端上桌的菜肴里尝到了家乡菜的味道，惊喜交加，他赶忙到后厨探望。

父亲与母亲相遇。父亲说，母亲短发，圆圆脸，一双大眼睛忽闪忽闪。一开口，满口兴化话。于是，他们相互询问家乡、家人和家境，说些各自工作的事、遇到过的同乡。继而，便主动谈起了各自的年龄、爱好、兴趣等等，惊异地发现两人都是幼年丧母，父亲5岁没了妈还有些记忆；母亲3岁丧母，一点都不记得自己的母亲。说到高兴处，两人开怀大笑；说到伤心事，两人一起唏嘘不已。母亲说，人在异乡看到老乡，那真的是很亲切、很开心，似乎总有说不完的话。两个兴化人，在异乡相遇，真所谓"老乡遇老乡，两眼泪汪汪"。母亲觉得那天的时间过得太快。

第二天、第三天，父亲又来看望母亲。他们谈了很多，更深入地进入了对方的视野。彼时，父母在槐店镇共同战斗。父亲总是找各种机会接近母亲。

父亲酒量惊人。一次他们聚餐，母亲帮厨，父亲跟着骆耕漠敬酒，二十几桌大碗酒敬下来，依然不醉，"闷酒缸"名不虚传。不善言辞的父亲酒后吐真言，向母亲表白。

嗣后，在槐店黄昏后的小路上，两人越说越投机，有说不完的话，相见恨晚。

母亲说，自从离家参加革命工作以后，身边不乏追求者，其中也有老红军、有比父亲级别高的干部。但战争年代，条件艰苦，这边婴啼，那边炮响，生一次孩子，对于女同志来说，都是一次"炼狱"般的痛苦。她目睹身边女同志嫁人后，遭遇生养孩子的苦恼，生下的孩子要么送寄养老乡

1948年合影,右一是父亲,右三是母亲

家,骨肉分离;要么带在身边缺吃少喝,大人可忍,小孩哇哇直哭,可怜至极。因此她狠下决心,革命不胜利坚决不找爱人。

但作为同乡的父亲,年轻的华野军需官,深深打动了母亲,走进了母亲的心底,于是和父亲相约白头。

当时军中统一的结婚标准是"二八五团"的规定:年满28岁,有5年革命经历,科、团级以上干部。符合以上条件的,经过组织批准,即可结婚。

父亲已经符合这个标准了,他向母亲求婚,并向母亲所在的槐店市委递交结婚申请,获准。两张单人床一合,两个背包一放,撒了一些糖果,喜结革命姻缘。

前线大捷,母亲她们组织了秧歌队表演。她们系上红绸带,红绸带在阳光下飞舞,划出优美的弧线。锣鼓声、欢笑声、呐喊声响成一片。虽然练习时间短暂,母亲的动作还有些僵硬,是扭秧歌舞中腰肢最不活络的一个(据父亲说),但父亲眼里只有母亲的身影,心里涌起一股股暖流。他知道,这支秧歌队不仅是为了庆祝胜利,更是为了欢送他们,即将奔赴新的战场,为他们加油打气。夕阳西下,秧歌队的红绸带在余晖中熠熠生辉,像一条条希望的纽带,连接着前线与后方,连接着过去与未来。母亲

1948年合影,右一是母亲

脸上绽放出灿烂的笑容。她知道,新的生活,就要开始了。

父母相聚的日子十分短暂。不久,父亲奉调离开槐店,去当时山东最富裕的渤海区运送军需物资。山东渤海区南靠济南市,北近天津市,西连冀东平原,东濒渤海湾,少旱不涝,交通便捷,华野西线部队曾长期固守此地。这里也是华东地区唯一没有受过国民党战火破坏的区域。

离别的日子里,父亲写信给母亲。母亲识字不多,看不懂。因此,父亲的信都是写给当时槐店市委副书记沈修德的,由他代转、代读。

父亲写给母亲的情书,好多好多,可惜在特殊时期都毁掉了。

那些写给别人由别人代读的信,写了啥呢?我缠着母亲问。

母亲说,父亲在信里说,根据首长指示,他们大量购买军需品,筹备淮海战役总决战;他们组织根据地的乡亲,组成胶轮小车队伍,向前线送粮。每一辆胶轮小车的车把上,挂着一袋老乡自己吃的棒子面,那些可敬可亲的乡亲们谁也舍不得吃车上的一粒军粮。父亲他们带着长龙一般的运粮队伍前进时,天上有国民党飞机炸,地上还有国民党炮火轰,乡亲们前赴后继,高呼"打到南京去,解放全中国"的口号,车轮滚滚,从未停止。通往淮海地区的道路上,支前群众数十万。

父亲在信里还告诉母亲,华东野战军南下后,他们奉命协助华东军区供给部筹备 10 余万套春季军服、通信器材和部分医药,运往前方,同时负责运送 1 万多名地方干部,他们按时完成了任务。

为父母亲代转代读信的沈修德是位老红军,当年已经 50 多岁了。我曾多方打听他的下落,据《沈丘县革命老区》记载,他原籍安徽萧县,和当时安徽界首县委书记吴忠培、县长马捷的妻子张灿华是同乡。槐店市委撤销后,沈修德担任过沈丘县委副书记。当年,沈修德送走了母亲,随即他们这批干部都被调往中原局工作。而一个月后,为适应革命形势的进一步发展,中原局被撤销,华中局建立。

1949 年 5 月,父亲进上海接管针织厂。安顿下来后,父亲就写信给沈修德,申请夫妻团聚。沈修德接到了组织辗转传递过来的文件,询问母亲意见。母亲表示愿意。于是沈修德开始安排母亲进上海事宜。

当年对母亲来说,独自一人从河南农村千里迢迢进入上海这个陌生的城市,无异于"两眼一抹黑"(母亲原话)。沈修德为母亲认真制作了一份字迹工整、内容详尽的《组织鉴定》,然后将母亲作为"重要邮件"一般,安排了一场温暖的"接力护送"。他让母亲骑上马,安排了一个年轻活络的小伙子作为护送干部,送到河南郑州。到郑州后,这位护送干部凭组织介绍信,联系了郑州当地的护送人员,一位退伍军人。然后这位特殊的交通员一路陪护母亲,坐火车到了上海。他们下了火车,交通员还是一路护送,同行到外滩,看到华东纺织工业局办公大楼后,母亲说不用送了,她可以找到父亲了。护送的交通员将母亲以及母亲的档案材料送到华东纺织工业局办公大楼,才结束任务回河南。

1954 年父母补拍的结婚照

槐店，母亲常常惦念的地方，在以后的日子里，她常常想起那个不起眼的地方。梦牵魂绕的槐店，在那里，母亲获得了她人生的另一半。父亲过世后，我退休了，有时间可以带她重游故地了，我们曾多次提过带她去槐店，她总是笑笑，不答应。物是人非，两个人的槐店，如今剩下一人去造访，触景只能生出悲情，母亲没了旧地重游的心情。

槐店，母亲难忘的槐店。

2023年4月，我们驱车前往河南周口沈丘槐店，领略了这个回族自治区域的风采。

槐店有自己的传统饮食。"八大碗"多为蒸菜，有白羊肉、牛肉、黄焖鱼、金针菜等等，经煎、炒、煮、炸烹制，合碗蒸制。

据史料记载，这里当年是豫皖苏解放区，为刘邓大军、华野提供了大量的军需物资。我们似乎跟着父亲，从简单的菜肴中感受到了家乡的气息，想象着父亲跟着时任市委副书记的沈修德到后厨探望，与母亲相遇的那一幕：母亲16岁就离家，随部队历经艰难险阻数年，蓦然遇到了同乡，那种激动，肯定难以自持，无以言表！作为子女的我们，禁不住都在心里揣摩——这对革命战友谈理想、谈工作、谈家乡，也谈爱情，他们这种革命而浪漫的情感是怎么培养起来的？

父亲余生都喜欢吃红烧肉，还特别爱吃其中的肥肉，父亲吃到红烧肉的肥肉时，总是眯起眼，连说："好吃好吃，肥而不腻，像豆腐一样。"每每想起这一幕，我们都由衷感谢那碗战争年代罕见的兴化红烧肉，不然，丘比特之箭是不会那么容易射向他们的，他们难免擦肩而过。

这是一个偶然，无法预料；又是必然，确定不移。身为他们的儿女，我们感谢命运。

那么为我们父母穿针引线的沈修德身在何处呢？他的年纪比父母亲几乎大了一倍，像长辈亲人般关心关爱成就了一对年轻人的幸福美满！回顾父母亲这一辈子的风风雨雨，便可知沈修德对于我父母，对于我们兄妹及整个大家庭，有着多么重要的意义。这是我们生命"原点"的牵线人，也是母亲当时居于文盲阶段被组织起用的铺路人。可惜我们在当地通过史志办、党史办多方寻找，踏破铁鞋仍无觅处。

第四章　革命伴侣：母亲的故事

1. 不甘命运

母亲陈巧云，曾用名陈桂兰、成巧云，1926年出生，江苏兴化老圩营西乡人。1943年3月参加革命工作，同年7月入党。1956年南京工学院机械系毕业。离休前在中国航天科技集团有限公司第八研究院第八〇二研究所工作。

母亲3岁时外祖母病故，外祖父拥有良田14亩、1艘小船和1架踏水车，在乡下是妥妥的能保证家人温饱的中农。

踏水车是派什么用场的？母亲说，家乡里下河兴化地区经常发大水，那时机械排涝的动力不足，踏水车的功能就是紧急排涝。人在车上，脚下生风，轴轮飞转，水花四溅，像一条条水龙喷出一道道水流。

随着社会的发展和人类文明的进步，浇灌田地有电动抽水机，抗洪排涝有大动力水泵，踏水车已经不见踪影了。但当时能拥有这样的踏水车，可见外祖父家的生活水准。

温饱家庭自然对养育女孩子有要求。虽是农家女子，但外祖父并不让母亲下地干活。母亲从小大门不出、二门不迈，很少下田，由她裹小脚的奶奶护着，在家做家务和针线活。

奶奶恐怕没娘的母亲被人欺负，要给她裹小脚。"裹小脚"就是缠足，把女孩子的脚裹得弯弓尖小如莲花瓣状，以"三寸金莲"为美。明清时期缠足进入鼎盛期，直到民国，农村还是盛行不衰。社会对缠足的病态审美观念形成固化，缠足甚至成为评判女性美丑的标准。

缠足一般从女孩子四五岁便开始，直到成年骨骼定型为止，过程十分痛苦。"小脚"是要通过布条缠裹出来的，"使其趾折骨断，血肉溃烂，直到血枯筋断,足底部折作弯形",简直就是酷刑。

母亲从小就有主见,脾气倔强。她看着奶奶,踩着一双畸形的小脚,生活十分不方便。两只脚裹成羊蹄子那么大,奶奶能去哪里呢?只能大门不出、二门不迈了。她执拗不从,不让奶奶给她裹小脚。奶奶强行把裹脚布缠在她的双脚上,等奶奶一转身,她马上用剪刀把裹脚布剪开放开脚;奶奶发现后,又给她裹上,她再剪开放脚。三番两次后,奶奶拧不过她,只好听之任之,不再逼着她裹脚。可是在这裹上放开又裹上又放开的过程中,她的脚也受到伤害,大脚趾畸形,其他脚趾不能再伸展。

冬天的晚上她抱着奶奶的小脚,给她暖被窝。奶奶就讲述女孩子命中注定要遵从"三从四德"的封建礼教。奶奶说女孩子在未出嫁之前要听从家长的教诲,不要胡乱地反驳长辈的训导,因为长辈们的社会见识丰富,有根本性的指导意义;出嫁之后要礼从夫君,与丈夫一同持家执业、孝敬长辈、教育幼小;如果夫君不幸先己而去,要坚持好自己的本分,想办法扶养小孩长大成人,并尊重自己子女的生活理念。这里的"从"并不是表面上的"跟从"之意,而是有工作性质的"从事"之本质。四德是指:德、容、言、工,就是说做女子的,第一要紧是品德,能正身立本;然后是相貌(指出入要端庄稳重持礼,不要轻浮随便)、言语(指与人交谈要随意附义,能理解别人所言,并知道自己该言与不该言的语句)和治家之道(治家之道包括相夫教子、尊老爱幼、勤俭节约等生活方面的细节)。

母亲认可奶奶的说辞有一些道理,女性的行为规范和品德都很重要。但愤慨其中体现的性别不平等和男尊女卑观念。她目睹在严重的封建迷信思想下,邻居姐姐出嫁从夫,任由夫家打骂忍气吞声的惨状,她愤愤不平,立志不信命,不听由命运摆布,不在家等着长大嫁人生子任凭宰割。

母亲13岁时,奶奶过世。母亲说,为奶奶办丧事痛哭之余,偶尔从来吊唁的亲属中,风闻村里有姐姐去无锡大户人家做保姆赚钱,可以自食其力。她心仪之,悄悄地做好了走出家门去无锡做保姆的准备。

兴化老圩营西乡,港汊纵横,湖荡星罗棋布,是苏北的鱼米之乡。兴化有着光荣的历史和革命传统。此时,抗大五分校20多名学员来到老圩,用民运工作队的名义,深入群众进行艰苦的工作,开辟革命根据地,点燃了老圩地区的革命之火。

民运工作队有位来自南通的年轻女学员肖景元,温和可亲,见多识广。她向母亲等一众年轻姑娘宣传共产党积极抗日的政策,讲述八路军和新四军打击日本鬼子的故事,告诉她们:共产党的队伍是穷人的队伍,男女平等,女人同样能干革命。

肖景元的话对于母亲而言,像是一道光,照进了她灰暗的世界。她明白了,要摆脱像村里其他年轻姑娘一样嫁鸡随鸡的宿命,不仅仅是去无锡当保姆一条道,还可以跟着共产党干革命。她热血沸腾,决意冲破封建思想阻力,跟着共产党走。

1943年3月,16岁的母亲走出家门,到了老圩的民运工作队,跟着肖景元学做群众工作。

2. 外祖父家

母亲的父亲,我们的外祖父,勤劳质朴,平时耕耘自己的14亩地,农闲则摇船捕鱼,维持一家温饱生活。他记不清自己儿女的生日,只告诉母亲,她生于1926年腊月,于是母亲给自己定了一个生日:12月11日。

那个年代,外祖父接受的是中国传统的文化教育,他具有浓重的封建思想,重男轻女,以自我为中心,不考虑家人的感受。

在外祖父心目中,他的关爱、呵护,就是让女儿不读书写字、不出头露面,在家中做做针线活,将来选个好人家嫁出去。因此,母亲目不识丁。她姓成,入党登记时同志给她登记姓陈,她无法辨别,于是陈姓就成了她档案里确定的姓氏;在河南沈丘留下的工作印记里,还有过"张巧云"和"沈巧云"的记载。她的人事档案里,有几次出生年份错为1928年,身份证随之有错,直至她年过七旬才通过上海市公安局徐汇分局予以纠正。

彼时,"老封建"外祖父,知道母亲跟着工作队走村串户,开骂道:"成家的门风从未败坏过,怎么出了这么个疯丫头!"他把母亲关在家里,在门上加了把大锁。母亲不吭声。夜深人静,外祖父劳累了一天,沉入熟睡梦乡。母亲撅折了窗户上的几根木棍,爬了出去,悄悄离家出走。

母亲告诉我们,那夜下着瓢泼大雨,她淋着雨、饿着肚子,连夜走了二三十里地,才找到了工作队。肖景元看母亲淋得像落汤鸡,知道了母亲参加革命的坚定决心，十分欣赏。她连忙帮母亲煮姜汤、烤衣服，把母亲安顿下来。

隔了几日，外祖父闻讯追到工作队驻地，当着大家的面，对着母亲嚷嚷："家里不缺吃穿，为什么要出走，到底要去哪里？"母亲回答说去抗日。

外祖父质问她小毛丫头有什么本事能抗日？母亲一声不吭，气得外祖父抓住她，打算用蛮力强行将母亲拖回家。母亲坚决不从。

肖景元等民运工作队的同志们纷纷上前，不让外公带走母亲。面对这么多姑娘小伙子，外祖父独木难支，他气愤地说道："不回家就永远不要回家了！"扭头就走。

自此以后，母亲再也没有回过自己的娘家，再也没有见过自己的父亲。当时外刚内柔的母亲还是很心疼自己的父亲的，她想着自己出门在外，家里没其他人给父亲做针线活了，脱下了自己的新棉袄，托人捎给外祖父，让外祖父可以加穿在衣服里边御寒。

我们兄妹仨都没见过外祖父。他老人家辛劳一生，在中华人民共和国成立前夕就撒手人寰了。

外祖父母养育了5个孩子，3个男孩，2个女孩。母亲排行老小。小舅舅12岁因病早夭。

大舅二舅都识字。大舅大了母亲一轮，也属虎。他娶的镇江城的大舅妈，体弱多病，不能生育，但他从无怨言。

民国时期强征壮丁，是老百姓的一大灾难。大舅适龄，恐怕被拉壮丁，四处躲藏，连除夕晚上也不敢回家。但躲得过初一，躲不过十五，世界之大，竟无他的藏身之地。那天早上，大舅棉袄破了，悄悄回家，想让母亲帮着缝补。突然听到村口传来嘈杂的脚步声和叫骂声。大舅冲出院子，看见一群国民党士兵正挨家挨户抓壮丁。"快跑！"跟在大舅身后的母亲冲着大舅喊。但已经来不及了。两个士兵上来架着大舅的胳膊往外拖。大舅挣扎着回头看母亲，眼神里满是绝望。母亲想追上去，被外祖父拉住了。大舅还是被抓了壮丁。

大舅在国民党军队混了几年，想方设法，冒着生命危险逃跑了。那个年代多少逃兵侥幸暂时脱险，出笼又触网，被抓回去，遭严刑拷打，九死一生。大舅不敢回家，四处漂泊打零工度日，直到家乡解放，进了兴化印刷厂当了工人，才稳定下来。大舅的这一段经历，始终是母亲被组织政审的内容，但大舅也因此锻炼得豁达大度、见多识广。

自从外公去世，大舅就承担了大家长的责任，把弟弟妹妹们都护在羽翼下，为弟弟妹妹的家庭以及周边邻居大小事务殚精竭虑，大到收留我们，小到去二舅家调解表哥表嫂吵架纠纷。村里人但凡遇到要拿主意的事情，都是第一时间跑去找大舅。大舅睿智，邻居们有事没事到他屋里坐坐，和大舅天南地北地聊。大舅会让他们想不通的问题都理顺。大舅的大局观在村里是无与伦比的，也许是经历的苦难太多，也许是人生感悟太深，无论何时大舅都是乐呵呵地稳如泰山。

1969年3月中苏的珍宝岛冲突，把战争的阴云笼罩在两国之间。母亲选择将当时未成年的我和二哥疏散到大舅家。农村毕竟比城市安全，至少原子弹不会扔到农村去。大舅在老家准备好了房子欢迎我们。

那年暑假，临行前，母亲嘱咐了很多话。大概就是一旦真的发生战争，要我们在大舅家躲避，要学会独立生活一类的内容。二哥默不作声，眼神充满忧虑。我也开始胡思乱想：打起仗来我们还能不能再回家了？什么时候才能再见到父母？上海到兴化的交通不便，我们坐了一夜轮船才到兴化县城。大舅雇了三轮车把我们载到安丰镇，再坐小船才到了陈何村大舅家。当时只感觉新奇，并未紧张。大舅妈总是有意无意地表示，城里的孩子习惯不了他们乡下的条件，我们帮着洗衣做饭，她一再说：就是多个人，多双筷子的事。过了一个多月，战备的紧张气氛有些松懈了，慢慢地一切又回归了常态。我们回上海，大舅送我们。几十年过去了，大舅送我们上船的一幕，特别是大舅望着我们的温暖的眼神，渐行渐远的身影，犹历历在目。

大舅有一双炯炯有神的圆眼睛。我在大舅家，老缠着大舅，询问怎么才可以改善自己的近视眼无神状态。大舅竟然抓了一只大头苍蝇，小心翼翼地用细丝线将苍蝇捆绑在一端，将丝线另一端系在窗框上，让苍蝇在窗边飞，然后要我视线随苍蝇飞动而流转。大舅说追踪灵动，不仅能训练眼球的灵活性，也能让眼神中增添几分生机与活力。后来每次遇到大舅，他都会查问我，锻炼是否坚持不懈。

特殊时期，大哥初中毕业因受父亲身份问题影响，暂时"待分配"。母亲也选择把大哥安排到大舅家住下，参加生产队劳动。大哥在大舅家住了一年多，大舅母依然很热情，还是一再说：就是多个人，多双筷子的事。

二舅继承了外祖父的家业，默默无闻种地养家糊口，生活平淡充实。他性情平和，不火不燥，是一位仁厚长者。他先后娶过两位舅妈。

农闲时他带着第一位舅妈撑船去无锡打工，清挖水道与河川淤泥。恰逢日军进攻，国民党军队溃败，他们撑船逃回兴化。

当时兴化之所以不易受到日军蹂躏，是因为地处低洼，河汊纵横，把县境中的陆地划成无数小块，交通唯赖小船，极不便利。公路铁路，不必说，根本没有，就是行船的河道也极狭小，并且河底极浅，水小时，就有搁浅危险，行军极不便利。当地的老年人常夸口说："这里，日本人不会来！长毛时候，没有兵来。辛亥革命，没有兵来。从民国元年到十六年，各地都遇到兵灾，这里仍是安居如常。革命军北伐，一直到现在，这里是一向太平。'自古昭阳（兴化的古名）好避兵'！"但再好的避难处所，也须进入才能避。

听二舅说，眼看着小船就快要进入兴化境内了。国民党溃兵也想征船躲进兴化。他们不从，一颗流弹飞来，正中二舅妈额头……二舅妈惨遭不测。

二舅后来娶的第二位舅妈，福分也不高，年纪轻轻就得病去世了。两位舅妈留下了二男四女6个孩子。二舅就此不再娶妻，独自抚养孩子艰难度日。从小没娘的母亲心疼这些没娘的孩子，视二舅的孩子为自己的孩子，男孩子上学结婚建房、女孩子出嫁置办嫁妆，都紧紧牵着母亲的心，母亲有求必应。

记忆中的二舅，矮个头，清瘦，黝黑，穿着黑不溜秋不知什么颜色衣服，脚上穿一双军绿色的胶鞋。一个地地道道的苏北农民，随时弓着身子，手上干着农活，看起来像个老头儿。我能看见二舅的时候，总是母亲在家的时候，二舅悄无声息地坐着，少言寡语，但是永远含着笑。

二舅家两个表哥都结婚住进了新瓦房。表哥们让他也住瓦房，二舅摇摇头，指了指田间地头的小茅草房子："我住那儿。"那小房子墙皮已经斑驳，屋顶的茅草也稀疏了。表哥们劝不动他，只好由着他。从此，二舅就住在那间小屋里，每天下地干活，回来总要打上一壶酒，慢慢喝。或许为了缓解压力，二舅天天都要喝酒，一天不喝就馋得不行，像有了瘾一样。

他经常早起空腹就喝酒,没下酒菜也喝酒,屡劝不听、乐此不疲,由此危害了健康。

姨妈比母亲大了七八岁。我第一次看见她时,惊奇地忍不住看看她又望望母亲:她们俩像一个模子里刻出来的。姨妈和母亲长相极其相似,但性格迥异。母亲独立,姨妈温顺听话。姨妈听外祖父的话早早嫁到了邻近兴化的大丰卞家,养儿育女。生活的琐碎,把曾经很是温柔的姨妈,逼成了一个脾气风风火火、处理事情雷厉风行的人。嫁得离娘家远,交通又不便,姨妈很少能照顾到自己的弟弟妹妹们。只有逢年过节走亲戚,才让我们体会到姨妈身上那种火爆和偶有的温柔。记得曾经仅有的相见,姨妈温柔地和我讲话,指引我怎么走田间小路,也做各种家乡好吃的让我品尝,但是这些并不妨碍她同时大声地叱责没有如期干完活儿的表嫂(姐),也不妨碍她利落地把一些好吃的同时分给表哥。

表嫂即是表姐。包办婚姻,二舅家的大表姐嫁给了姨妈家的大表哥,亲上加亲,悲哀的是,这导致后代隐形病遗传。我漂亮的表侄女,居然是软骨病,七八岁了还不太会站立,后来在一场火灾中早夭。

2023年母亲与相貌比女儿更像她的晓萍合影

时光荏苒,舅舅、姨妈早已作古。唯愿封建制度下的包办婚姻永不再现,少一些这样的人间悲剧。

母亲总说,亲情是血脉的延续,就像一棵千年古树,盘根错节,枝繁叶茂。在根上有祖辈的苦难,在枝上有父辈的奔波,在叶上有亲人的关爱和不舍。虽然离乡不再回乡,但亲情永远相连。

母亲离休后,二舅的孙女晓萍来沪创业,选择了古琴茶艺与书法作为事业,实属不易。她选择了传统文化这条道路,既是对自身兴趣的坚持,也是对中华文化的传承与弘扬。母亲肯定她的选择，给予精神上的大力支持，经常告诫她，创业之路充满希望，但也充满艰辛和挑战，难免会遇到挫折和困难。家人永远是她坚强的后盾，无论遇到什么困难，都要勇敢面对，坚持下去，实现自己的创业梦想！

3. 春风化雨

1943年3月，母亲义无反顾地走出了家门，参加了抗大五分校肖景元他们民运工作队的群众工作。

彼时兴化农村中贫富不均、两极分化的现象极为严重，阶级矛盾日益加剧。和全国各地一样，兴化广大贫苦农民政治上受压迫，经济上受地主及高利贷者的残酷剥削。由于日寇侵华，民族矛盾上升为主导地位。各地敌后抗日民主根据地建立以后，从建立抗日民族统一战线，发动全民族抵抗日本帝国主义侵略的大局出发，实行了"减租减息"政策。因此，兴化的工作重点，和各地一样，是发动群众，开展以减租减息为主的群众运动。这是当时农村工作中占第一位的工作，是群众工作的中心环节。

当时规定"二五减租"和"分半减息"，即地租按抗战前的租额减去25%，利息最高不得超过一分半。母亲跟着戴万平、曹鄂、张云（女）、沈清（女）等率领的一部分抗大五分校毕业生组成的民运工作队在范公堤、老圩一带开展工作，深入农村，对广大贫雇农进行耐心细致的启发教育，广泛开展以"二五减租"为主的群众运动。老圩又以屯军乡、雌港乡为重点。戴万平坐镇屯军乡杨十五庄指导运动。其他各区、乡相继建立农抗会，发动农民群众进行减租减息、增加工资、赎田等运动，并通过行政系统，由县、区到乡、保，散发和张贴政府发布的减租减息布告。这样，在根据地内，一场以减租减息为主的群众运动便如火如荼地开展起来了。

运动从圩内中心区开始。民运工作队组织老圩营西乡桂刘村何家舍的佃户，对抗拒减租的两户地主，进行面对面的斗争。区委及时组织几十名贫雇农前来助威，迫使地主把多收的五十多担小麦集中挑送到场上。这样，佃户们第一次欢天喜地分到了斗争果实。永丰区桑毕庄有一个女地主，永丰圩内几乎都有她放的债户。有些债户因还不起债被她押去田地，还有的债户已经还过本钱她仍不肯退据。在减租减息运动中，100多户借债户敲锣打鼓到桑毕庄闹减息，愤怒的农民把她绑了起来，迫使她将扣押的借据和田契全部退还给了贫雇农。老圩区屯军乡的雇工向地主开展增加工资的斗争，也取得了胜利，迫使地主按民主政府的规定增加20%工资。至1943年秋，减租范围扩大到7个区的101个乡。当年秋后，各地全面发动群众，提出彻底实行减租，消灭假减租的要求。经过激烈斗争，老圩区的朱兆元等开始态度比较顽固的地主，在群众运动的压力下，做到了彻底减租。在母亲他们的共同努力下，1944年秋，全县7个区减租田亩136 952亩，减租总量38 615担，受益农户8 907户。

随着减租减息运动不断深入，各种抗日群众团体如雨后春笋般地涌现出来。各地的雇工、青年、妇女、教师、商人、僧侣以及儿童纷纷组织起来，建立了工抗会、青抗会、妇抗会、教抗会、商抗会、僧抗会、儿童团等组织。至1943年秋，全县各区乡均建立了农抗会、工抗会、妇抗会、教抗会，入会人数达两万多人。

由于工作认真，踏实肯干，1943年7月，16岁的母亲加入了中国共产党。介绍人是肖景元。母亲实际上并不知道加入共产党是怎么回事。入党前，区委书记找她谈话。问："陈巧云，你为什么要入党啊？"她答："打日本鬼子呀！"

1944年4月，未满18岁的她担任了乡妇抗会会长。直至1946年10月，母亲在家乡干革命工作整整3年零7个月。

4. 边学边干

母亲当年所在的兴化老圩区属于苏皖边区。母亲工作卓有成效，不久被调往兴化县委工作队，成了县委工作队队员。1946年10月母亲到了淮安，参加苏皖军区二分区党校组织的培训班学习。她一边在苏皖边区后勤司令部被服厂当收发员，一边参加整风学习，学习结束成绩优秀。

一个文盲居然参加党校学习取得优秀！我很惊讶。母亲晚年，我问她："你不识字，怎么参加学习呀？"她不以为然，说："我会听报告呀！"她听报告时极其认真，牢牢记住报告内容，然后向群众宣传。

母亲剪了发辫，换上了军装。队长动员要求党校的女生队剪掉长发、卷毛（烫发），标准是发长不过耳垂。剪发命令让女同志们开了锅似的乱哄哄起来，有的人看着留了多年的秀发一朝被剪，怪舍不得的，要求留一截作"纪念"。个别人觉得是来抗日的，为什么一定要剪成"尼姑头"？但是，母亲毫不犹豫地举起剪子一下减去发辫。她觉得既然是干革命了，就要像个军人样，一律整齐的短发，精神抖擞好神气。这以后，慢慢地，她有空便向老同志学打绑腿、打草鞋。母亲心灵手巧，打的绑腿有"一字长蛇形""横竖八字形"等，打的草鞋、布筋布鞋还打出"蝴蝶结""花结""十字交叉结"等花样……

全面内战爆发后，华中野战军七战七捷后北撤山东。上级让他们选择：究竟是回兴化打游击，还是随军北撤？

回兴化打游击，意味着可能在水里扑腾。母亲生于水乡却从小被禁足家中，从未学过游泳，还容易晕船晕车。基本的生存都难以保证，怎么能干革命工作呢？母亲毅然决定，跟着大军北撤山东。

母亲的战友陆春圣、刘广和、潘宝珍等，则选择留在兴化本地打游击。全国解放后，他们分别在兴化和扬州担任了领导职务。母亲和他们交好，我跟着母亲去家乡探望，每次相见，总能感受到他们那份默契和亲切感，仿佛时间在那一刻静止。他们共同回忆起那些难忘的岁月，话语总是滔滔不绝。

5. 跑，不能停

母亲北撤后到达的第一个工作地点是山东渤海桓台县。她作为华东土改工作团团员，参加了当地一年多土改复查工作。

而后母亲报名参加南下工作队。1947年10月到1948年3月，由于敌人的严密封锁，母亲跟着部队，几度穿越黄河，频繁作战。当时险象环生，时进时退，不长的路途竟然走了整整半年，才到达河南省沈丘县（现为市）槐店市。

她说，这半年多，是她革命生涯中最艰苦的时期。一个"难"字，道出了过黄河的艰难险阻。一路上，母亲随部队艰苦转战，在枪林弹雨中出生入死，多次与死神擦肩而过。她怀着对共产主义事业坚定的信念，以不屈不挠的精神和勇往直前的气概，用女性特有的坚韧与生命极限顽强抗争。

1946年母亲（中）与战友

1947年母亲（左）与战友

母亲过黄河，是"七过黄河"。

彼时黄河历时8年零9个月，横冲直撞地回归了故道。但是黄泛区的生存环境仍然十分恶劣，耕植条件严重恶化，继续给当地人民造成灾难。遍地是积水污泥，浅则及膝、深则及腰，没有人烟和道路，村庄被水分割，像一个个孤岛，泥水沤出令人作呕的臭味。即使无水的地方也是一望无际的黄泥滩。

母亲他们一天天跋涉在这样的黄泥污水里，裤子湿了，越来越寒冷，越来越沉重；脚上的鞋子破了，赤裸的脚趾肿胀，有时血从伤口里流出来，在泥地上留下深褐色的印迹。女性在这样的环境里尤其艰难，母亲因此患上严重的妇女病，中华人民共和国成立后进入上海时住进医院治疗才痊愈，但50岁时又不得不做妇科手术，切除了子宫。

当时自1938年6月至1946年6月，河南省12个行政区的110个县中，计有中牟、尉氏、西华等20个县沦为黄泛灾区。数年间，计有146万间房屋及650万亩良田被淹没，无家可归的难民不得不以草根、树皮果腹，甚至"以含毒野菜及观音土充饥，糠秕杂食反成佳肴"。

在这样的环境里，母亲和她的战友们浴血奋战、艰苦跋涉。同时她们克服了重重磨难，走村串户，宣传革命道理，积极发动妇女为华野部队制作军鞋、募集物资等，为部队筹来了一担担粮食，救助了一位位伤员，唱响了一支支催人前进的战歌，写下战争史上光辉的一页。母亲他们自己则从军粮中领得一袋小米，随身携带，计算每天口粮熬点粥。

战争年代的感觉，让她终生难忘。暮年她患上血管性痴呆，在医院接受检查，必须空腹。一挨饿时，她的记忆就回到那年代，开始胡言乱语："上去了14个，只回来4个……""小米粥烧好了。我已经和尸体一起待了两个晚上了，还不够啊……"

当年，母亲他们第五次过黄河恰好是1948年春节。

那天晚上，天下起了大雪，轮到母亲值班。半夜时分，上级来通知："有敌情，赶快集合出发！"她赶紧叫起了南下工作队的同志，集合行军。刚上路，就听到后面的机关枪声，是两广纵队和新五军交战，接上火了。

他们走在山沟里，大雪纷飞，既没伞也没油布，背包很快被打湿了，越背越沉；内衣和布鞋湿透……母亲感觉身上的热气在一点点消失，整个人好像掉进了一个巨大的冰窟窿里，寒冷从四面八方袭来，把身体紧紧地包裹住，慢慢地吞噬。母亲的两腿麻木，没有了感觉，越来越迈不开步子，只能抓住同行的男同志的背包带一点点艰难地向前移动，咬着牙坚持着。到后来，她觉得自己简直支撑不下去了，濒临死亡。

终于他们来到了摆渡口。等到摆渡船把他们送到黄河另一岸，多数同志都感冒了。没医没药，每人喝了一碗辣糊汤。然后男同志烤火，女同志蜷缩到大娘炕上取暖。母亲发起了高烧，全身无力，足足过了一个多月，才恢复健康。

嗣后又接到通知，来回过了两次黄河。

我问母亲，革命生涯中，最难忘的是什么感觉？母亲说："最深的感觉就是走路，没完没了的走路，整天整天地走，整夜整夜地走。"

母亲也像父亲一样，练出了一双"铁脚板"，老茧重叠、脚趾变形。她不像父亲那么细腻耐心，没有下功夫泡脚修脚，那双脚到了晚年还是粗糙不已，不得不请专业修脚师扦脚。

母亲回忆，他们当时不怕战死疆场，不怕环境险恶，最怕的是生病负伤或掉队，被安置在当地百姓家中。

一旦被安置在百姓家中，离开了队伍，离开了自己的同志战友，孤零零地，就像离群的孤雁，不说精神上难以忍受，不说被安置的百姓家，往往处于穷乡僻壤，缺医少药，伤病得不到很好的医治；最主要的是他们的家乡口音、发型（女同志都剪齐耳短发）与当地不容，如果国民党军队或反动政府查问，露馅的可能性极大，自己被抓走是小事，还要连累收留自己的百姓遭殃。

因而，负了伤，生了病，只要两条腿还能走，咬着牙，拼了命也要跟着队伍走。

"千万不能掉队，千万不能掉队！"她当时就是抱着这样的信念，坚持再坚持，才撑了下来，跟着队伍从冬天走到春天。转战黄河，天天行军、打仗，最多的是夜里急行军。母亲后来告诉我们，她经常晚上在路上走着走着，就不知不觉睡着了。直到现在她也不明白，为什么一边睡着觉还能一边走路。更难以理解的是，那时脑子虽然迷糊了，眼睛却还管用，能紧盯着前面的人，下意识一步不落地跟上去。

在我的记忆中，母亲这辈子觉睡得很浅、很少，入睡很艰难，睡着以后，稍微有点动静就会醒来，凌晨四五点醒来是常事。说起当年，母亲说那时候年轻，瞌睡不知怎么那么多！

2023 年，我们来到位于豫鲁两省交界的黄河北岸台前县孙口乡，过黄河的摆渡口。台前县，坐落在河南省濮阳市，地理位置优越，东临山东。台前曾常年属于山东，因洪水问题被划归河南，成为三面与山东接壤的河南县城，被誉为河南省的东北门户。这是一个浩气长存的革命老区。

当年母亲他们也是在此附近来来回回过黄河。

血与火的革命战争年代，军民团结、浴血奋战凝成的渡河精神，已深入民心，激励着台前儿女继往开来，奋发向前，向贫困宣战，与洪涝抗争，守卫黄河、金堤河，用心血和汗水换来"地上悬河"的岁岁安澜。

1948年春天，历经千辛万苦，母亲他们终于经台前进入河南到了河南省沈丘县（现为市）槐店市，这里是豫东南与皖西北的交通要塞和重要的物资集散地。

母亲担任了槐店市委妇联主任。当时的槐店市委，除了市委书记丁杰臣（后回华野部队）、副书记沈修德，就是她这个妇联主任了。他们团结如兄弟姐妹一样。他们办事从不拖拉，都敢于担当，直言不讳。开起会来都是"群言

孙口渡河处（2023年摄）

黄河（2023年摄）

第四章 革命伴侣：母亲的故事

111

黄河边（2023年摄）

堂"，谁讲得有道理就照谁的意见办。大家说话办事没有顾虑，工作开展得风生水起。

母亲配合部队发动妇女做军鞋，并检查军鞋质量。那时群众提供一双优质军鞋报酬仅有几斤黄豆，但群众被发动起来了，政治觉悟高，积极性就很高。

在组织生产的基础上，他们对妇女进行阶级教育，帮助妇女反封建、闹翻身。母亲把当年她的入党介绍人肖景元教给她的工作方法用于槐店的妇女，让妇女们感到她们可以和男人一样参加各种活动，生产自救，发挥自己的作用。经过母亲的宣传发动，不少妇女真心实意拥护共产党、解放军和人民政府。她们看到了组织起来力量大，便主动要求参加妇联。妇联迅速发展壮大起来，妇女工作也更加活跃。她一面发动群众生产自救，支援解放前线，一面动员妇女放足，教育妇女反对包办婚姻，不嫁小女婿，发动妇女动员自己的儿子、丈夫参军，还注意培养有工作能力的妇女参加妇联工作。

槐店的妇女缠足十分普遍。为了改变这种陋习，母亲经常用自己的亲身经历示范，并编了"小脚妇女十大难"的歌谣。通过宣传教育，增强了她们同封建礼教斗争的勇气,青年妇女的思想进步了。但家庭父母的阻力很大,有的女孩白天放足,晚上又被父母逼着缠上。针对这种情况,母亲说她抓住几个"老顽固"开会批评教育,讲缠足的痛苦和危害,说明妇女要解放,要男女平等,必须放足。大多数青年妇女提高了认识,老、中年妇女也逐步改变过来。

群众发动起来了,筹集物资,保障后勤,各项支前工作顺顺利利。母亲他们妇联筹集物资、保障后勤的优势很快显现出来。为了能让部队吃得上饭,她们坚决执行命令,努力筹粮。妇女的性别优势起到了作用,柔弱的女干部上门,容易接近群众。最终,母亲她们不仅宣传了政策,还筹到了不少粮食。母亲说,她们是听着解放战争的炮声,搞宣传、征收军粮、慰劳伤病员、动员参军,支援淮海战役、解放徐州会战、渡江战役的。

6. 孜孜以求

1949年5月,母亲随父亲进入上海工作,被安排在华东纺织工业局人事处当科员。

上海解放后,上海市军事管制委员会接管中纺公司及其所属企业,华东纺织工业局归属华东区财政经济委员会纺织工业部领导。1950年,华东纺织工业局改组为纺织工业部华东纺织管理局。一向平静的外滩热闹起来了,一架架高效运转的机器启动了,从天南海北各个部队各个地方调到纺织工业部华东纺织管理局的干部陆续来报到了。干部们脚步匆匆,脸上挂着自信的神采。

那是经过艰苦卓绝的战争,终于夺取了政权之后的神采。

母亲当时穿了一身父亲帮她改制后剪裁合身的新军装,头发恰到好处地在军帽外露了一小截,神采飞扬,兴致勃勃地去办公室上班。

但很快她就兴致索然,每天低着头,如坐针毡,度日如年。因为她感到工作困难。之前,她仅完成了扫盲工作,只会写自己的姓名,认识几个常见字,然而这个坐在办公室的科员工作,需要动笔写报告。这对她来说,比登天还难。晚年她回忆起这段经历说,"在农村小集镇工作,动动嘴跑跑腿就行了,可是在上海这样的大城市没有文化根本行不通"。

彼时实行供给制,不发工资,但凭父亲职务保障足可以养活全家,且母亲已经怀上了我们的大哥，家务重，如果母亲随波逐流，就此辞职回家，像当时很多随军家属一样，做个家庭妇女，在家干干家务，日子也可以过得不错。

但母亲不愿意。她对读书有一种本能的渴求，希望凭自己的努力能胜任工作。她的努力，有目标、有计划、有动力，在她的世界里熠熠生辉。

这一年12月，教育部召开第一次全国教育会议，提出要创办工农速成中学，培养建设人才。工农速成中学的任务是吸收工农干部及工农青年入学，施以中等程度的文化科学基本知识教育，使他们毕业后能升入高等学校继续深造。招生对象为参加革命工作3年以上的工农干部或3年以上工龄的产业工人，具有相当于高级小学毕业文化程度，年龄在18岁至35岁，身体健康者。学制3年（必要时得延长为4年），以速成办法教完普通中学（初中和高中）的基本课程，为学生直接升入高等学校打好基础。

这对于母亲来说，是天大的喜讯！她立即报名，凭着坚强的毅力，参加了华东人民革命大学附设工农速成中学的学习。

华东人民革命大学附设工农速成中学是现在的上海复旦大学附属中学（简称复旦附中）前身。该校1950年创办，1953年起改属复旦大学领导，之后曾改名为"复旦大学附设工农速成中学"（1953年），"劳动中学"（1957年）、"复旦大学工农预科"（1958年），1962年才定名为"复旦大学附属中学"。

据资料记载，1950年7月，华东人民革命大学附设工农速成中学筹备就绪，校址设立在宝山路584号原暨南大学校舍，招收工农学员200名，7月20日举行入学考试。测验科目有国文、算术、常识（包括政治、历史、地理、自然）。200名学生分配比为上海80名（包括华东军政委员会直属机关）、南京20名、浙江30名、苏北30名、皖北25名、皖南15名。1950年8月，学校录取新生173名，男生145名，女生28名。家庭出身以贫农为最多，计84名。个人成分以农民为多，共63名。入伍年龄最长者为13年，大部分为4—5年。

1950年9月11日，在上海市宝山路584号，华东人民革命大学工农速成中学隆重举行开学典礼。当日，华东军政委员会副主席马寅初、文教委员会主任及华东人民革命大学校长舒同等，参加开学典礼并讲话。

母亲当时怀着我们的大哥，一个孕妇进入这样一个教学模式全新的新生中学，开始了她非凡的学习生涯，压力可想而知。但生性好强的母亲凭着自

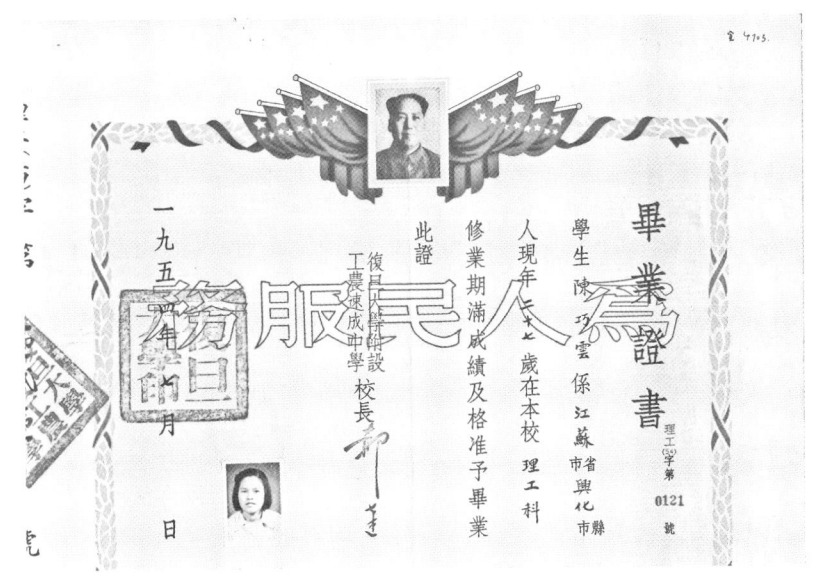

母亲的复旦大学附设工农速成中学毕业证书

己的刻苦努力,成绩单上出现的常常是"优"。1951年10月13日,我们大哥出生,母亲带着孩子居然磕磕碰碰地完成了学业。1954年7月,她获得了复旦大学附设工农速成中学校长郝达签署的理工科成绩合格准予毕业的证书。

此时,父亲考虑家中孩子小,建议她就此放弃继续学习回归家庭,母亲坚定地说:"困难再大,再苦再累我也要坚持工作,绝不放弃,作为妇女,要自强自立,不依附他人。"就这样,她又参加了全国统一高考,被南京工学院机械系金属切削加工专修科录取(她很自豪地说,当年录取名单登载在各大报纸上)。

南京工学院的前身是1902年建立的三江师范学堂,是当年响当当的工科学院。有句名言叫"北清华,南工大",这句话里的南工大不是南京工业大学而是南京工学院。

1988年,南京工学院正式更名为东南大学。而之所以将校名改为东南大学,则是由于原国立中央大学在历史办学过程中曾经使用过"国立东南大学"这一校名。2000年东南大学合并了南京铁道医学院、南京地质学校和南京交通高等专科学校;2001年成功入选了"985工程"重点建设院校名单。

当时,父亲的接管工作逐渐走上正轨,他夜以继日地在厂里忙活,空余时间有限且没有规律,哪来的时间接送大哥这样的幼童?母亲先将大哥送寄宿制幼儿园,每周六她从学校赶回来,接回大哥,周一早上再送进去。而后,她去南京读大学,就雇了保姆带着大哥,住进了学校的集体宿舍。大哥记得,他童年就参加了母亲的大学生活,有几张母亲大学同学合影里还有他的身影(可惜特殊时期中好多照片都遗失了)。

在他们班里,母亲年龄最大,28岁还带着孩子,是他们这一届学生中的"老大姐";年龄最小的同学,才十七八岁。这在当时那一代大学的班级里,不能说绝无仅有,也是很少的。母亲从政治上、生活上关心爱护她的同学,同学们则从学业上积极帮助支持她。他们结下了深厚的友情。母亲最要好的女同学董薇华,1934年11月生,比母亲小8岁,温州市人。母亲从政治上帮助她进步,介绍她入了党。董薇华毕业后,先后在南京国营307厂、航天工业总公司二院二十三所工作,历任技术员、工程师、高级工程师。1981年参加全国电子学会微波专业学术论文报告会,获优秀论文奖。1988年获航天某型号技术二等奖。我小时候,董阿姨带着儿子多次来上海探望母亲。母亲以董阿姨教导孩子的学习方式为楷模,一再叮嘱我努力学习。

1956年8月,母亲获得了南京工学院院长汪海粟、副院长钱钟韩、系主任舒光冀签发的"机械制造工程学系金属切削加工专修课二年期满成绩合格准予毕业证书"。

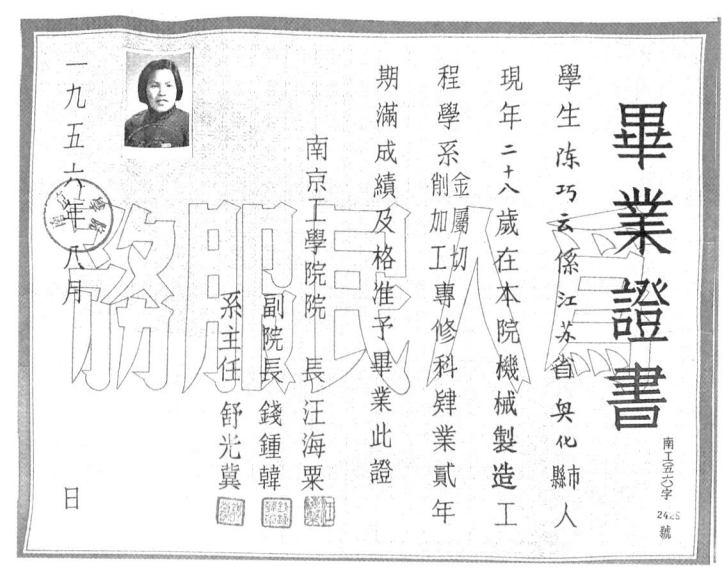

母亲的南京工学院毕业证书

7. 一世机密

在我们兄妹仨的记忆里，从小到大，填写的母亲工作单位从来都是用代号表示的。母亲工作单位涉密（现已部分解密），厂门口不挂牌子，电话号码不对外公开。

1956年9月至1957年10月，母亲在北京718联合厂工业科任技术员。718联合厂（北京华北无线电联合器材厂）位于北京酒仙桥大山子，1954年由德意志民主共和国援助建设，是新中国"一五"期间156个重点项目之一。第一颗原子弹、第一颗人造卫星的关键部件均出于此。

当时酒仙桥大山子是大厂云集之地，每天上下班人山人海，热闹非凡。现在那里是北京旅游的一张名片，是旅游、餐饮、观展的聚集地，也是众多年轻人必去的打卡地。当年718联合厂筹建时由德意志民主共和国负责规划设计，因此具有罕见的包豪斯风格建筑，这吸引了众多艺术家的注意。2002年前后，北京朝阳区对该区域进行改造，形成了集文化、艺术、办公为一体的798多元文化空间（798艺术区）。

1957年10月，为解决夫妻两地分居的困难，母亲被调到上海久新电机厂，又转736厂（有线电厂）工业科担任模具设计技术员。

她很热爱自己的技术工作，诚恳热情，敢于直言。她认为响应组织号召，对工作中的缺点提意见，是一个党员的神圣职责。在"反右倾"时期，她敢于实事求是反映，在组织生活会上，讲了家乡依然穷困之类的话，差一点被打成右派。

她喜欢模具设计的工作，但组织上认为她搞政工更适合，调她去厂组织部工作。她说革命战士的工作岗位，是党组织根据革命工作需要而确定的，作为个人必须做到无条件服从党组织的安排，做到干一行、爱一行、专一行，毅然放弃了心仪的技术工作。以后她担任了总支副书记，后升任组织部部长。

母亲工作过的上海736厂，对外称有线电厂，曾坐落于齐齐哈尔路76号。按照《杨浦区地名志》记载：上海有线电厂创建于1917年10月，原名中国电气股份有限公司。由北洋政府交通部、美国西方电气公司和日本电气株式会社联办，系我国第一家中外合资的电气公司，主要生产电话机和电话交换机。1952年6月19日，上海市人民政府接管、征用，改为上海有线电厂。

1961年春天，上海导弹试制基地的建设工作启动。同年8月，上海机电二局成立，下属导弹骨干工厂4个，上海有线电厂是其中之一。上海接受了红旗一号导弹的仿制任务，上海有线电厂承担引信试制任务。1965年7月，七机部第二研究院第27研究所，整体从北京迁至上海，与上海有线电厂实行厂所结合，改称机电二局第27研究所。部队编制的27研究所人员整体转业。

母亲奉命去北京，筛选人员，将人事档案护送来沪，并担任了27研究所二连的支部书记。在27研究所工作时，母亲经常带队出差，去无锡硕放机场和浙江嘉兴机场等军用机场做试验。当时国内已经拉开了某型导弹的研制序幕，囿于技术匮乏的局面，研制工作举步维艰。据说第一次飞行试验，条件极为艰苦，连装备车也没有，试验队员用拖车将产品抬到汽车上，再由人抱着运送到试验场。靠着这种不服输的劲头，研制工作取得了很大进展。

当年，父亲参加了上山下乡慰问团工作，远在吉林；母亲这样经常出差，可苦了二哥和我，一个10岁，一个7岁，没有基本生活能力，在家中相依为命。

特殊时期，母亲深刻吸取了在"反右倾"运动中直言不讳的教训。她谨言慎行，成了全家心理上最强有力的维系。1969年8月，母亲作为驻华东师范大学工宣队队员赴华东师范大学工作了一个阶段。

在我们家，母亲恰似一棵矮小的树，她身高1.55米都不到，到了晚年就更矮小了，而这并不妨碍她拥有丰盈的树荫，坚强地护佑着我们，无论风云变幻，岁月更迭，皆一如既往，让父亲以及我们兄妹仨这些叶子们随风起舞，沙沙作响。

1974年，27研究所并入机电二局新华无线电厂，母亲随之被调入四车间担任支部书记，后又调任厂机关支部书记。

新华无线电厂位于平凉路，也是一家不挂牌子的保密工厂，厂门口没有厂牌，电话号码不对外公开。

嗣后，新华无线电厂所属机电二局，归并到上海航天技术研究院又称中国航天科技集团有限公司第八研究院、上海航天局。航天八院党委决定实行军民分线、独立建制。新华无线电厂部分车间和27研究所、24研究所，厂所分家，变身为中国航天科技集团有限公司第八研究院，又名上海航天技术研究院第八〇二研究所。第八〇二研究所是军民分线、独立建制的第一家单位。

现在第八〇二研究所是我国从事精确制导、光电近程探测、空间探测与遥感、数据通信、目标与环境效应以及航天技术应用等领域技术研究、产品研制与生产的国防重点科研事业单位，是我国空天防御装备的核心研制生产单位之一。

从2000年开始，八〇二所进入快速发展时期。搬入新区后，进行了一轮专业整合，进一步巩固了核心专业的国内领先地位。

母亲离休后，始终关注航天事业的发展。她经常从航天报上获取信息，向我们津津乐道，告诉我们：八〇二所扩展了国家级"电磁散射重点实验室"专业发展方向；八〇二所成功研制出了面向车载、道路、轨交、水运、水利等系列化雷达，其中列车预警防撞雷达还成功被上海市地铁全线列装……

母亲本着终身学习和党员工作无句号的精神，依然关心国家大事，按时完成党组织交给的各项任务。母亲担任了八〇二所离退休支部书记。她建立学习制度，安排好组织生活，认真抓好离休干部的政治学习。在组织老干部学习时，按照党委的统一部署，事先做好准备，按规定范围做到一个不落地传达学习。有的同志因病不能参加学习，她就上门传达。母亲通过家访和谈心的方法，逐步了解离休干部的情况和实际困难，积极反映，帮助解决。她跑遍了5个区10多个居民点，访问16户老干部60多次，认真配合所领导开展服务工作，尽力为老干部谋福利。有离退休干部家中经常因琐事发生纠纷，母亲多次登门拜访，弄清原因，对双方进行耐心说服教育。在母亲的影响下，这位老干部家庭关系和睦如初，齐口称赞党支部是老干部的贴心人。母亲被评为局离退休干部先进个人。

八〇二所厚待母亲他们这些早期为航天事业做出贡献的老同志们。2021年6月17日下午，八〇二所为母亲举行"光荣在党50年"纪念章颁发仪式。所长陈潜、所党委书记陈珩等，为有着78年党龄的离休老党员陈巧云同志转授由党中央制作颁发的纪念章并送上鲜花，向老党员致以崇高的敬意和礼赞。颁发仪式结束后，96岁的陈巧云带领所领导班子成员、副总师以上领导代表、各支部代表等30余名党员面向党旗，握紧右拳，

2021年6月母亲带着大家重温入党誓词

向着党旗庄严宣誓。

在新冠肺炎疫情暴发期间,八〇二所也收到了一笔特殊的捐款,捐款人是"90后"的母亲。母亲说,捐款要捐给放心的地方,能够确保用在刀刃上,帮助到真正困难的人。听组织的安排,她最放心。她第一时间通过我用微信转账的方式捐了8 000元。母亲说,自己是老党员、离休干部,没有共产党就没有新中国的感触比谁都深。党组织每年都慰问关心她,她只是做了一名党员该做的事。她嘱咐说:"我会持续关注关心国家发展情况,同时还有什么需要一名老党员尽力尽心的,请一定要第一时间通知我!"

8. 老书记

母亲辗转几个部门,在支部书记这个位置上干了20多年,是名副其实的"老书记"。

在母亲同事的印象里,母亲严肃而老派,说话声音不高、不紧不慢,言简意赅。

那个年代像母亲这样大学毕业的老干部不多,大气敬业的知识女性更少,母亲慧眼识珠,培养了很多年轻人。一晃数十载,当年和母亲一起工作的年轻人尤其记得母亲对她们的种种好。

母亲离休后，1955年出生的龚丽娟经常来看望母亲，提起母亲说过这样一句话："学得进就好好学，学不进就好好干！"

20世纪80年代，20岁出头的龚丽娟，是母亲担任支部书记的四车间团支部书记。车间生产任务重、人手少，母亲协调人手或常常自己直接替岗，让青工脱产学习。她深知知识对于工作的重要性，从自身的学习体验出发，激励车间里的青工好好学习天天向上，犹如望子成龙、望女成凤的长辈。龚丽娟是其中受益的一位。

"不考怎么知道自己考不过？"这是母亲当年为青工学习鼓劲说的话。

2025年母亲（右）与龚丽娟

时代的发展，对青工的文化素质提出了更高的要求。英雄莫问出处，但不学肯定无术。当时能提升文化水平的途径，以电大为主。电大毕业生后来都成了厂里的一代管理骨干。但要通过入学考试，难乎其难。特殊时期在校学生的学习不能正常进行，出现"高中牌子、初中本子、小学底子"的现象。80%的青工文化课欠账，不到初中文化的水平，通过补知识、补技术的"双补"职工教育，补了两三年。时间短，内容多，因此青工压力很大，对考试没有信心。母亲就为他们摇旗呐喊，鼓励他们复习迎考，一次考不过，再考第二次。龚丽娟考了两次，终于考入了电大。电大毕业后，她进入厂人事部门工作。

母亲16岁离家，一路走来，性格坚强得几乎接近执拗。长期的革命生涯，特别是险恶的战争，让温柔似水的女人变得刚毅，不徇私情。

"小流氓怕什么，和他斗！"这是母亲对一位老朋友的女儿小张讲的话。小张来到母亲手下，按照惯例，和其他人一样须上早中班。小张想通过父亲"通路子"，不上中班。不上中班的岗位就那么几个，想打招呼要调动的人却一大堆。母亲找小张谈心，晓之以理动之以情，告诉她不能凭关系开后门。同时母亲跟班作业，深入了解她们不愿上中班的顾虑，原来是害怕可能有小流氓骚扰。母亲就组织她们下班后结伴而行，并鼓励她们有的放矢地保护自己。母亲的这句"小流氓怕什么，和他斗！"传到了其他打招呼想调动的人的耳里，立时让他们打消了"通路子"的念头。

母亲养成了不轻易流露感情的性格，对下属对同事一视同仁，但她盼亲友、同事以及其他熟识的人上进（母亲的原话是有出息）、工作顺利、生活幸福，就像大家希望她长命百岁一样。彼此爱惜，彼此牵记。

母亲是书记，副书记刘桂芳，是夫妻双双从北京部队集体转业来上海机电二局27研究所工作。她告诉我，她的眼中，"老陈"是"老革命"，铁面无私，更有大爱。她记得车间里一位女职工才30岁，不幸患白血病医治无效去世。那个年月，医院没有护工、护士帮忙料理后事，女职工的丈夫束手无策。母亲认为人干干净净地来到人世间，也要干干净净地离开。她揽下了给逝者净身穿衣的工作。她拿起毛巾为女工轻轻擦拭；和刘桂芳两人配合，将内衣、外衣几层衣裤层层套好，整理好，系上扣子，穿好鞋袜。隔日女工的母亲和妹妹从外地赶来，发现已逝的亲人体体面面，感动不已。

1983年4月，母亲被批准离休，享受副局级医疗待遇。

母亲是我党坚定忠诚的战士。她在亲笔书写的《不忘初心》的文章中说，她是农民家庭出身，是中国共产党把她这个目不识丁的小女孩子带出来的，所有的一切都是党培养的结果。国家发展到今天，日新月异，是经过亿万人民的奋斗而得来的，来之不易。要牢记，只有把我们的国家建设得更强大，才不会受欺负，人民才能过上好日子。要发挥人民群众的智慧、创造力，才能真正达到振兴中华民族的目的。

孩子天生会爱母亲，会依恋母亲。我可以向父亲撒娇，但似乎从没有得到过母亲的抚摸或亲吻，甚至连稍微亲昵一点的表示都没有过，在母亲面前从没有恣肆纵情过。在我们兄妹仨的心目中，母亲是严厉的。母亲说，当我刚有走路的冲动时，母亲就看着我自己手握着自己的衣襟、趔趔趄趄地走，嘟嘟嚷嚷地给自己加油："哎呦吼……"碰到再大的困难、挫折或者委屈，她甚至不允许我们流泪。我小时候每次流泪，都被她斥责："没出息！"为此，我曾耿耿于怀，暗暗嘀咕母亲的铁石心肠。

但母亲实际上对家人、对子女柔情深长。她总是出现在我们最需要的时间和地方，让我们从细微处感受她无言的爱。我小时候体弱多病。父亲远在嘉定,一周才能回市区一次。不论我何时发烧,都是母亲的事。"来,背背驮!"三更半夜,母亲背起我上医院、找医生是常事。她忙一夜,顾不上补觉,买上一袋杏元小鸡蛋饼干,放在我枕边,才放心去上班。匍匐在母亲的背上,凑到她的脖子边,分明能闻见她的焦急,我感到安全极了,暖和得几乎要睡着。母亲身上的气息被我的身体完整地记住,成了今生今世血脉割不断的证据。缺乏母爱的皮肤饥饿,让我幼时甚至希望自己半夜发烧,可以多享受几次这样的"背背驮"。

特殊时期,我到了上幼儿园的年龄,受歧视又染上了菌痢住进医院,发烧烧得糊里糊涂,一会嚷嚷"小朋友抢手帕了"、一会叫"小朋友抢苹果了"。母亲日夜陪在病床边没合眼。后来她就请了我出生时照顾我的保姆"四孃孃"回来,照顾我,再也没送我去过幼儿园。

我出嫁时,陪嫁的一床床被褥,都是母亲一针一线缝制的。她一边缝一边念叨老辈的传统:缝制嫁妆被褥,必须是一线到头,中间不能断线、接线,更不能结线疙瘩,否则会被认为婚姻不顺,婚后生活会有波折。制作婚被的人一般选择"五福太太",即父母、公婆、配偶、子女都齐全的幸福妇女。她这辈子儿女双全,是有福之人,这份福气会随着嫁妆延续给我。

我大学二年级时,患上了肺结核。母亲心急如焚,求医问药,中断了自己单位留用的可能,从单位办了提前离休手续,回家照顾我。

母亲对她唯一的女儿感情表露是吝啬的。她理性其外、深情其内,当我长大成人,特别是工作生活中特别难特别累的时候,我才理解了母亲心目中新时代女性的追求,深切体会到母亲的疼爱中,满是慈爱,满是大爱。博爱,大气,厚德。埋一粒爱的种子,它定会生根发芽结果。复制爱的情感,秉承女性传统美德,这是母亲一生一直用行动表达的理念。

我感谢母亲。

98岁前,母亲精神矍铄,每天坚持读书看报,对我国空间站建设、载人登月等航天重大工程动态都十分关注。98岁后,她突发急性脑梗,左侧脑部颞叶海马区血管突然阻塞,血液供应不足,骤然失去了部分学习和记忆能力。虽然还有正常思维,能分辨周围环境变化,但只认识自己的亲人,智力和知识似乎又回到了当年从农村刚参加革命的懵懂状态。

现今99岁的母亲,返老还童了,我们探望母亲,总把头靠在她的肩头,感受一下和母亲拥抱的滋味。

第五章　投身新中国建设

1."不拿枪的士兵"

1949年5月，上海解放。作为当时中国的经济中心，上海的财经系统对新政权的稳定和发展至关重要。在上海解放前夕，华东局与第三野战军（1949年华野改称三野），抽调了各路精兵强将，组成接管大上海财经系统的干部队伍。上级制定了详细的接管计划，确保接管过程有序进行。

父亲奉调华东局财委会工作，以后又被具体分配在上海接管第三纵队轻工业处。父亲打起了背包（父亲和母亲都说一条毯子，一条被子，几件换洗衣服，盥洗用品，背包一打就完事了），跟着队伍，从山东青州出发，乘坐一辆破旧的专列，沿着津浦路南下。

上海当时有人口600万人，每天需要供应粮食400万斤，烧煤20万吨。而此时的上海基本上是一座空城，粮食、煤炭及生活用品奇缺。在很短的时间内，他们一一落实进上海的准备工作。满载着米、面、煤炭、棉花的列车，源源不断运达丹阳。

嗣后，财委会又转到蚌埠。当时父亲29岁，朝气蓬勃，又经过革命战争的磨炼，从山沟沟里走出来，回到上海，作为新政权的代表之一，接管这个城市，使它迅速恢复发展，重放异彩，他对此感到非常光荣，同时也感到肩上的担子沉甸甸的。

父亲坐在敞篷车厢里，上不遮阳挡雨，旁不抵风御寒，稍不留神还可能会被抛下车去。但当时父亲他们能坐上火车，日行几百里，毕竟是从"两条腿行军"到"铁轮子行军"。大家感到了时代的飞跃，兴奋不已，笑声与歌声此起彼伏。在火车上，大家豪情满怀，一路风尘一路歌，什么寒冷，什么疲劳，统统抛在脑后。大家都沉浸在革命胜利的喜悦中，沉浸在即将迎接新战斗的激情中,畅谈着自己的理想,憧憬着美好的未来……

当时的津浦线火车仅通到蚌埠,车到蚌埠以北的小站固镇后,他们经过80华里的行军奔赴怀远,以后又辗转到扬州,经瓜州过长江到镇江,5月初抵达丹阳。

1949年5月,父亲随青州总队进入丹阳。三野驻丹阳的炊事员,早已烧好了香喷喷的新蚕豆、红烧肉和大米饭,翘首等候他们了!由于接管上海的各路干部都在丹阳县城集合,房屋十分紧张。青州总队的3 000多名干部,便背着背包,分别住进了学校、祠堂、寺庙和临时草棚。他们摊开稻草当床铺,搁起门板当桌子,一会儿就舒舒服服地安顿下来了(父亲回忆说这个时候无论住在什么地方都觉得舒服)。青州总队至此结束了它的历史使命,接下来都根据总前委和华东局的方案进行。

在丹阳,南下接管上海财经工作的干部有三千余人。这些同志大都从各解放区调来,也有从香港等地来的,有党员,也有非党员,大家都为了一个目标:接管上海,改造上海。

丹阳集训进行了一个月左右,在华东局直接领导下,为解放上海,接管上海,进行了紧张而细致的准备工作。

其中最重要的是思想准备。当时领导上要求大家认真学习党的七届二中全会精神,迎接接管上海的艰巨任务。通过学习,大家的认识提高了,特别是对七届二中全会上指出的"党和军队的工作重心必须放在城市,必须用极大的努力去学会管理城市和建设城市"的思想有了深刻的认识。

思想准备还包括学习中央的各项城市政策,学习一系列具体的接管政策。特别是1949年4月25日中国人民解放军宣布了《约法八章》,对解放上海、接管上海是个总的政策,影响极大。他们对此进行

1949年夏天父亲与战友葛兴云(右)合影

了深入的学习和领会。

思想准备的另一重要内容是强调纪律问题。部队和干部讲不讲政策，守不守纪律，关系到进入上海后，党的威信能否建立，能否得到群众的拥护。中央非常重视这个问题，在《约法八章》中既讲了政策，又多次强调了纪律。

1949年夏天，父亲与战友葛兴云在黄浦公园留念。

1949年9月21日，父亲与其他5位战友一起在照相馆合影留念。

财经接管队伍中的干部进上海后驻扎在南京路的饭店里，他们并不是都像父亲一样，是有过8年上海生活工作经历的"老上海"，很多同志是对于上海多少比较生疏的"老山东"。

父亲说过他们的故事。

当时出行主要靠走。第一次去南京路逛街，领导担心他们违反纪律，特别要求父亲带着四五个人一组结伴出行。这一路他们走得谨小慎微，低头紧跟在一位同事的后面，都不敢抬头看周围，没走几步还要回头张望一番，恐怕忘记回家的路。宿舍走到外滩，不长的路程他们足足走了半个小时！

不仅仅是日常交通，还有很多现代化设备都是"新奇"的。来上海之前，很少有人见过抽水马桶。父亲特地带他们去卫生间，教他们怎么用，还反复提醒他们千万不要蹲在马桶上方便，必须坐在马桶上如厕。洗澡间专门有不间断的热水提供。看到天下居然有这种洗澡间设备，不少战友真是"惊呆了"。

但这一切，并不影响他们参加战斗。他们是不拿枪的士兵。

1949年9月21日父亲（前中）与战友们合影

他们的战场就是号称旧中国经济"半壁江山"的大上海财经系统。这是一个什么样的战场呢？它是有着"东方纽约"之称的旧中国经济中心。当时全国二分之一的贸易额和工业产值集中在这里，世界各国的投资集中在这里。同时，它百废待兴，物价飞涨，百业凋敝，财政捉襟见肘，百姓"嗷嗷待哺"，大米仅够市民半饥半饱吃半个月，燃煤至多只够全市烧7天，棉花只能维持主要纱厂开工一个月，大小商店只收银元，财经干部押运的、装在数十辆美国"道奇"卡车上的4亿元人民币根本进不了流通市场……台湾国民党当局曾断言：解放军进得了上海，人民币进不了上海！共产党会搞军事，但搞不了经济！没有外国资本和洋煤、洋油、洋米、洋面、洋棉、洋机器，中共在上海维持不了多久！国民政府最迟在明年中秋节就可以回上海来吃月饼！

面对困难，这些不拿枪的战士们没有退缩，他们制定了"自上而下、按照系统、原封不动、整套接收"的方针。

首先迅速完成了对财经机构的接管。

同时，按照"快接细收"的原则，迅速完成了对官僚资本企业的接管。尽量不打乱企业组织的原有机构和生产系统，以保证企业接收后生产正常进行，或尽快恢复生产。接管工作既做到了快、又防止了乱，基本上没有发生生产停顿或设备破坏的现象。财经系统共接管了属于国民党原市政府及原中央政府在沪的银行、工业、财贸、工商、交通企业等411个单位，接收职工15.3万余人，强有力地保障了上海解放后经济的恢复和民生发展。

那一年，父亲29岁，以接管干部的身份，重回大上海。

回首父亲参加革命过程，他一开始并不知道什么是共产党、什么是共产主义，只是和日本鬼子不共戴天，为了抗日。经过了3次集中学习，经过了8年浴血奋战，目睹身边的战友抛头颅洒鲜血，他的信仰逐渐清晰，觉得共产党光荣伟大，决心为人民、为祖国牺牲一切，成为一名忠诚、无怨无悔的共产党员。

2022年11月，我们曾寻觅父亲足迹，驱车到丹阳。丹阳市东距上海200公里，西距南京68公里，处于长三角黄金腹地，交通极其便利。现在从上海到丹阳，早晨坐高铁过去，走亲访友吃个午饭，下午坐高铁回上海，当天就能来回。

丹阳隶属于镇江，是解放战争时期沪宁线上最大的城镇。丹阳云阳街道城河路宝塔弄街5号，建于1934年，原为丹阳士绅戴则钧的私人住宅，俗称"戴家花园"。40年代，丹阳士绅戴则钧家在当地是个较为显赫的家族。他曾在丹阳开设了洋油灯厂、煤厂等实业。

现今我们能看到的是昔日戴家花园的主体部分，随着岁月的变迁，它已成为丹阳市中心闹中取静的一块风水宝地。院内有两棵名为"高杆女贞"的古树，已是120多年高龄。望它一眼，便觉得时光凝固。

上海战役总前委旧址纪念馆坐落在此。现旧址按当年的原貌布置陈列。纪念馆为一幢3层楼房，内设《光辉的总前委》展览，馆内展示分为5个部分："光辉的征程""群英会丹阳""运筹丹阳城""决胜大上海"。馆内运用青铜雕像、声光电、三维动漫、硅胶人像、场景复原等丰富多彩的表现形式完整呈现总前委在丹阳运筹帷幄，指挥解放、接管上海的光辉历程，通过沉浸式体验触动我们的心灵。

肃静的建筑，落灰的桌凳，泛黄的纸张，诉说着历史的沉淀感，仿佛可以感受到74年前领导人聚集在此商讨解放上海时庄重严肃的氛围。

而今一切归于平静，寂静的馆内可以听到外面的街口传来的欢笑喧闹声。现实与历史就在此刻交织，不免心生感慨。

2. 军代表和西餐

上海历来是纺织重镇，到了近代，纺织更成为上海的支柱产业之一，曾经有过极度辉煌的时期。到了20世纪二三十年代的民国时期，上海已成为全国织布工业发展最为集中的城市。1920年上海成立上海纱布交易会，1930年中国纺织学会成立，总会设在上海。1949年上海解放时，共有纺织企业4 552家，纺锭数量占全国总数的47.23%，号称全国纺织业"半壁江山"。20世纪90年代以后，按照国际大都市发展的战略定位，纺织产业作为劳动密集型的传统工业进行了重大结构调整。

1949年4月1日，中共华东局专门发出《关于接管江南城市工作的指示》，其中增加了接收民族资本主义企业的具体相关政策，指出入城部队要保护民族工商业，团结民族资产阶级，使其站在统一战线的旗帜下。

1949年5月29日，上海市军管会委派轻工业处负责接管中纺公司，处长是刘少文（同时为军事总代表，出任华东区财政经济委员会纺织工业部部长，总揽华东地区国营纺织工业企业管理工作。后任中国人民解放军总参谋部二部部长，总参谋部顾问。1955年被授予中将军衔），副处长是陈易。接管中纺公司及其在上海的所属各厂：棉纺厂18家（有纱锭910 088枚，织机17 535台），毛纺织厂5家，印染厂6家，绢纺厂1家，针织、机械、线带等厂5家。

当时中纺公司在中国纺织工业中处于举足轻重的地位。它的内部组织的特点是，各地一切工厂、分公司、办事处均归总公司直辖，分公司仅负营业上的责任。总之，产、供、销、人、财、物大权，统一集中在总公司，是名副其实的中国官僚资本的纺织工业托拉斯。

接管这些当时比较现代化的企业，对父亲他们大多数长期在农村工作、打游击的同志来说，确实困难不少。而且作为上海的支柱产业——轻纺工业，公司既无原料又无销路，处于半瘫痪的状态。摆在接管干部面前的任务异常艰巨。

怎样接管中纺公司？中共中央接管上海的总方针是，"稳步前进，量力而行，实事求是"，既不性急，也不迁就。整个接管工作分成接收、管理、改造三大步骤进行。

父亲他们各部门的同志忠诚地执行了政策，稳定人心，顺利将这些规模庞大的官僚资本企业，接收为人民的企业。被接管的企业在两三天内全部复工，沪西各厂甚至一直没有停工。

被完整接管下来的中纺公司，还立了两功：当时中纺手里有400万美元，而上海各银行总共只有外汇储备200万美元。进城后，中纺的经济实力对稳定市场起了一定作用。另外，中华人民共和国成立前夕，中纺通过种种渠道，辗转曲折，进口了425万吨岱字棉籽，为我国棉种改良创造了有利条件。

当年的接管，就是按照国家意志接受原国民政府所辖所有纺织资产。

市军管会接管官僚资本的中纺公司上海第一针织厂后，将该厂更名为国营上海针织厂。1949年5月至1952年5月，父亲在国营上海针织厂接管组担任联络员、副厂长、军事代表。

当时，父亲初来乍到，业务不熟，情况生疏。毕竟年少从事的裁缝与纺织工业天壤之别。再说，新中国的纺织工业应该有一个更高的起点。他一切从头学起。他找来了《棉纺织工艺学》，一有时间，就拿出来学习。厂里还有留用的原国民党中纺公司的高级管理人员和技术人员，他经常去向他们请教。他认为，在他们那里所得到的东西，比在书本里得到的还多得多，于是在不长的时间里，父亲就基本掌握了纺织工业的各个环节，了解了棉、毛、麻等原料的生产特点。

他与厂里原有的中共地下组织的唐麒麟等同志密切配合，注意发挥青年和妇女的作用。鼓励青年学习和掌握革命人生观，以及各种岗位技能和知识，努力成为模范工作者、劳动英雄。针对纺织业女工集中的状况，他提出希望和要求。

父亲特别关注调动高级工程技术人员的积极性，他说他们熟悉业务，学有专长，应该让他们一起来为人民服务。在革命战争年代，共产党靠三大法宝取胜。在建设新中国时，发扬我们党的优良传统，搞好统一战线工作，团结知识分子，力量无疑更壮大。父亲他们分头下去，和大家一起学习党和人民政府的方针政策，一起参加讨论。并且抽时间随各个组分别在厂里调查研究，了解情况，很快就和技术人员熟悉了，并取得了他们的信任。

当时上海的纺织工业按其资本的构成，分为3个系统：官僚资本企业，即中纺公司所属各厂；民族资本企业，其中也形成若干资本雄厚、实力强大的集团，如荣氏的申新、郭氏的永安、刘清基的安达、刘鸿生的章华和蔡声白的美亚等公司；外国资本主要是英商的纺织企业，所占比重极小。

当时上海工商联合会为了促动各厂厂长和高级工程技术人员与军代表们尽快熟悉，调动他们的积极性，每周五晚上都举行聚餐会。在觥筹交错的宴会上，交流信息。父亲当时作为市工商联代表，担任了针织业同业公会副主任委员，当仁不让必须参加。

参加聚餐会，必须正装出席。穿西服打领带，这个对父亲来说易如反掌，他给别人做了那么多套西服，帮别人配了那么多次领带，现在移到自己身上了，小菜一碟。但聚餐会，提供的餐品是西餐和红酒。父亲在上海工作生活过8年，生活层面较低，哪里喝过红酒？更别提吃西餐了。怎么办呢？

"我不会吃西餐，刀呀叉呀怎么用都不知道。我偷偷看着上海针织厂留用的原中纺公司副厂长,他怎么用,我就模仿,结果还蛮像一回事的。"

晚年时,他常常自嘲当时是"土包子开洋荤"。

1951年10月13日,母亲生了大哥房定坚。而立之年的父亲无暇顾及家庭,废寝忘食,日日夜夜泡在厂里,专心致志扑在工厂管理上,超负荷地工作着。华东纺织管理局安排的宿舍纺三里离厂近在咫尺,但父亲十天半个月不回家是常事。母亲忙着参加速成中学学习,也没法照顾孩子。

于是,大哥出生即送寄宿制托儿所,难得见一见父母。周末黄昏时,托儿所门口常常出现一幕:一个瘦小的男孩身影孤单地坐在教室里,眼巴巴看着门口,目光不停地扫向远处,希冀父母身影出现。每当有家长走近,孩子的眼睛瞬间亮起来,可往往落空,只得失落地低下头,继续等待……无奈,大哥经常成了看门房大爷或者托儿所老师的小跟班,在别人的家里享受些许家庭温暖。

3. 废除抄身制

上海针织工业起步较早,仅次于缫丝和棉纺织行业。清光绪二十二年(1896),中国第一家针织厂——云章袜衫厂在虹口诞生。民国元年(1912),上海第一家专业手摇机袜厂——柯泰袜厂设立。民国六年(1917),上海第二家内衣厂——兴祥棉织厂,由日商伊藤洋行创办。

1920年7月,日资创办了康泰绒布株式会社,1946年3月,中国纺织建设公司接手日资产业,改名为上海第一针织厂,1949年新中国成立后,命名为国营上海针织厂。

父亲他们接管工厂后,与针织厂唐麒麟等众多中共地下组织同志密切配合,发动群众,明确工厂是国家财产,工人是主人翁,工人要有当家作主的意识,宣布成立临时职工代表会。临时职工代表会下面设立了组织、生产、文教、福利、总务等五个科。临时职工代表会的成立标志着工人参加管理的开始。它不但在工人与接管组军代表之间起到了桥梁作用,而且在组织群众以及总务、生产和清点、文教、福利等方面,做了很多具体工作。

1946年以前,上海大部分纺织企业以12小时为一班,每天日夜开两班。每周6个日班、7个夜班,最后一个夜班要从星期六晚上6点工作到星期日上午10点。1946年以后，经过各方角力，中纺公司所属企业开始改为每天工作10小时。1952年至1954年，上海纺织企业开始全面推行每天3班（早、中、夜）各8小时工作制，每班中间20分钟吃饭，每周工作6天。

1949年6月，原棉供应困难，上海各棉纺织厂每周只能开工五昼夜。7月起减为开四昼夜。7月24日，上海遭台风袭击，中纺公司所属各厂遭袭受损。

究竟损失情况怎么样？父亲他们乘时清点家财。于是临时职工代表会推选出20多名人员组成清点委员会，下面设立研究组、资产一组、资产二组、档案组、福利组以及会计组等6个小组，抽调了百余人参加清点工作。

彼时正值三伏。天大热，而工人们干劲热火朝天。清点中，大家了解了管理的全貌，也发现了厂务中存在着许多重大问题。诸如生产盲目，毫无计划，以致成品积压；生产脱节，资产费用不入账，以致无法核算真实的成本等等。他们认真细致地清点，为以后参加工厂管理，根本改变旧有腐败的管理制度，打下了良好的基础。

当年9月10日，华东区财政经济委员会纺织工业部成立，刘少文任部长，陈易任副部长。9月19日，上海市公私合营联合购棉委员会成立，刘少文为主任委员，郭棣活（抗战胜利后任永安纺织公司董事兼副总经理。他克服原料紧缺、货币贬值等困难，维持生产，坚持留在上海迎接解放。上海解放后，被推为上海市工商业联合会常务委员和上海市棉纺织工业同业公会主任委员）为副主任委员。各方同心协力克服海上封锁，上海棉纺织厂生产原料全部改用国棉。

11月，刘少文在中纺十厂（现上棉九厂）工会成立大会上宣布废除抄身制，上海针织厂等各棉纺织厂相继废除抄身制。

上海纺织等早期产业工人队伍中的女工占半数以上。新中国成立前，纺织厂女工工作环境极其恶劣。她们整天在噪声、尘埃、湿气中超负荷地劳动，一般每天工作12小时，每人每天平均吸入的花絮达0.15克，十之七八患肺病。有些纱厂规定，工人上厕所要领牌子，女工往往因领不到牌子，大小便拉在裤子里。不少厂家没有浴室，有的工人只得偷偷拎水到厕所冲洗，被发现后还要受重罚。

更可恨的是凌辱和抄身现象很普遍。抄身制，又称"检身制""搜身制""抄沙制"。抄身制是旧社会资本家压迫欺负工人,对其人格肆意侮辱的人身搜查制度,尤其在纺织行业最为普遍实行。那时,工人下班出厂门时都要经过构筑在厂门口弯弯曲曲的栏杆,先排成长队,等待由厂方特别雇佣的门警或抄身人员一个个浑身上下搜摸一遍,过关后方能回家。抄身制有两种:一种是放工时搜查,在棉纺织业较普遍,尤以日商内外棉厂最为恶劣,在出口处先由华籍女看守抄身,如发现疑点,再由白俄女人搜查,甚至搜到内衣内裤,时常发生侮辱女工的事件;另一种是随时抄身。女工们把搜身门口称为"鬼门关"。为了维持生计,工人群众不得不忍气吞声。对此,工人群众深恶痛绝。有时因抄身引起激烈冲突。20世纪30年代,一华商纱厂曾因工人拒绝抄身发生厂方下令厂警开枪,重伤10余人,轻伤20余人的严重事件。

1949年12月,上海市第二届各界人民代表会议通过"废止抄身制"的决议案。当时,在召开的上海市第二届各界人民代表会议上,劳动局局长马纯古在报告相关议题后,临时动议,请求军管会命令永远废除工厂中仍旧存在的不合理的抄身制度,认为它"不仅是一种对人身的侮辱,而且表示对工人阶级不信任和不尊重的态度"。"只有使正当工人发生反感,造成劳资关系的隔阂和恶感,而并不能防止厂中不良分子的偷窃行为"。12月11日,上海市一届二次各界人民代表会议原则通过该项提案。陈毅、刘长胜(时任上海总工会筹委会主任)当场表示赞同。女工代表施小妹上台讲话,表达了发自内心的拥护。于是,在热烈的气氛中会议一致通过了废除抄身制的提议。

纺织工人们喜笑颜开,扬眉吐气,真正地感受到翻身做主人的主人翁地位,生产热情空前高涨,怀着变革落后生产力的强烈责任感,针对设备陈旧、生产落后、劳动强度高的状况,纷纷献言建策,提合理化建议。

我在上海图书馆找到,当年父亲他们广泛发动群众建言献策后,手工"刻钢板"印刷留下的国营上海针织厂《先进经验资料汇总》。

在复印、打印、扫描技术飞速发展的今天,已然不再需要"刻钢板"了,但当年"刻钢板"曾经是不可或缺的信息留存发布手段。一块钢板有移动键盘的2/3宽,有它的4/5长,钢板上是密密的斜条纹,像细密的钢挫。然后再拿一筒蜡纸,里面是一张张卷起来的涂了蜡的很薄的纸,还需要一根带有针尖的刻笔。把蜡纸往钢板上一铺,就用针尖笔在上面刻。将文字和图案刻完后,将蜡纸放在油印机上,再用油墨往上一涂,一推一位,刻过的地方,油墨就进去了,印在下面的纸张上,字迹就出来了。刻钢板是一件非常辛苦的活。一支铁尖笔,夹在大拇指和中指之间,时间一长,手心出汗,笔捏在手上就非常吃力,中指经常被压出一个凹槽。久而久之,刻钢板的人中指这个地方就形成一块老茧。去印时,还会搞得满手油墨,但散发油墨香的成品会让人感觉很有成就感。

我粗略统计了一下,《先进经验资料汇总》记载了当年上海针织厂职工群众108人次313条建言献策。成衣部分,从提高质量、产量、行政管理、节约、安全防范等5方面收集42条建议;漂整部分,从染色、漂白、拉毛、轧光、次氯酸钠、漂白总结法等6方面收集135条建议;机电车间提了29条建议;针织车间的准备、修布、棉毛、台车工段提了107条建议。

比如工人郑伯寿提出以竹牌色别组织生产行政管理建议:成衣车间品牌、公分、颜色多均衡不易控制,且裁剪工人生产能力快慢不同。因此建议在竹牌上端漆上红、黄、蓝、白、黑、绿6种颜色,以一种颜色代表一天按进度100%均衡的产量。如劳动力请假,或坏布供应脱节、色泽不符返工修理时,当天计划不能完成,则第二天应以前一天缺数现行补齐,扣上前一天色别竹牌付二工段。如劳动生产率提高或坏布质量好上面毛病少,裁剪工人已提前完成当天进度时,仍可继续超产(即提前生产下一天的计划量,扣下一天色别的竹牌交账)。

劳动者是国家和企业的主人,工人做了工厂的主人,在这样的大背景下工人发挥智慧无穷。1951年8月,全国纺织工会生产部介绍了增产节约的"郝建秀工作法"。青岛国棉六厂女工郝建秀,自1950年5月企业开展以增产节约为主要内容的生产竞赛后,连续7个月平均皮辊花率仅为0.25%。而当时全国的平均水平是1.5%,郝建秀出皮辊花率是全国平均水平的1/6。1951年10月,纺织工业部正式发布《关于普遍开展郝建秀工作法的指示》,这是新中国成立后中央部委首次在全国推广以普通工人名字命名的先进操作技术。

父亲说,接管之初,由于经验不足,先抓稳定。在经营管理上保留原有的技术人员和管理人员,因为他们对企业的运作至关重要。管理制度基本上沿用中纺公司老一套,工厂单纯地负责加工,工厂不必自负盈亏。即要买原材料向华东纺织局拿钱，要发工资向华东纺织局领款，对产品积压、资金闲搁、成本高昂，工厂不必过问。因此，经营的结果是上下壅隔，浪费丛生。

在稳定生产的基础上，父亲他们接管人员开始对中纺公司原有的员工进行政治教育，宣传共产党的政策和理念，提高员工的政治觉悟。逐步对中纺公司派驻针织厂的管理层进行调整，任命新的领导干部，加强对企业的控制和管理。对管理制度进行改革，引入新的管理方法和技术，提高生产效率和产品质量。

在接管和改造的基础上，针织厂最终被全面国有化，成为新中国国有企业的组成部分。

众人拾柴火焰高。全厂上下齐心，群策群力，共同努力，改变和疏通落后生产面貌，终于有了回报。

据资料显示，当时上海制袜业 831 家工厂，全部开工的 17 家，局部开工的 298 家，开工率 37.9%。在接管人员共同努力下，1950 年下半年开始，国营商业部门对上海针织厂加倍订货，国家银行对困难户发放贷款。内衣、制袜、手套业于 1951 年分别成立联营所，企业生产逐渐好转，走上了发展的道路。

按照国民经济发展脉络，1949 年到 1952 年为经济恢复时期。父亲在国营上海针织厂工作期间，成功接管和改造，对恢复和发展工厂生产确确实实起到了领导作用。

4. 部队、地方都是革命工作

父亲的遗物中，珍藏了一份这样的证书，他说证书上的时间和发给他证书的时间相隔了 3 年。

他离开部队作为军管会轻工业处成员，到地方工作的时间确实是 1949 年 4 月，但转业证书是 1952 年起，中国人民解放军大批军官和成建制部队的士兵奉命转到各级国家机关或企业、事业单位，参加工作或生产时，补发给他的。

他一直认为他离开部队，进入上海的纺织系统工作，仅仅是革命工作的调动。在当时的工作、战斗环境中，军队干部与地方干部角色转换，完

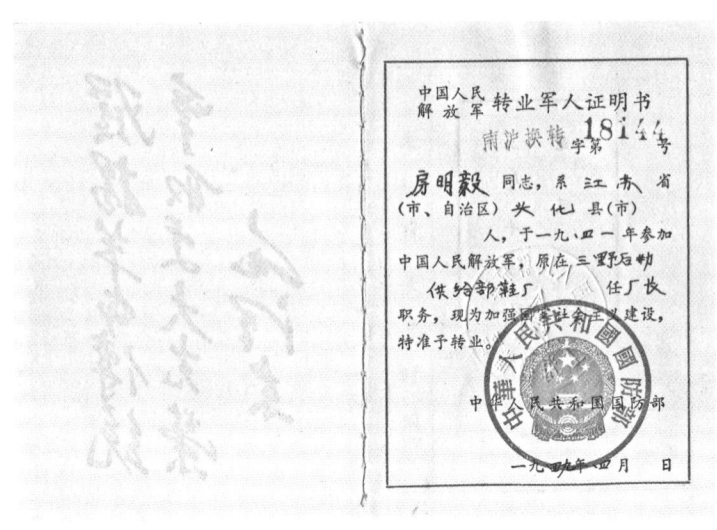

父亲的转业军人证明书

全视工作任务的需求做出决定。干部本人则一切行动听党指挥,脱换军装、便服,是习惯做法,普通的平常事。

我小时候,每当春节临近,居委会敲锣打鼓给邻居家送来一方写着"光荣之家"的红纸。后来,一方红纸换成了一块木牌,现在,不再使用红纸和木牌了,是一方金色的铜匾。"光荣之家"4个字,背后承载着对军人家庭的敬意和尊崇。这种门牌通常颁发给现役或退役军人家庭,象征着他们为国家和社会做出的贡献与牺牲。看到这样的门牌,心中难免会涌起一种敬佩之情。

父亲忙于工作,对他而言,没有部队和地方之分,都是革命工作。但幼年时的我,就不解了:作为军属和退役军人的家庭,拥有一块"光荣之家"门牌是非常值得骄傲的事情。为什么我们家没有"光荣之家"的门牌呢?

根据民政局相关文件要求,持有"三属"家庭和现役军人家庭、退役军人家庭悬挂光荣牌("三属"包括《中华人民共和国烈士证明书》、《中华人民共和国军人因公牺牲证明书》及《中华人民共和国军人病故证明书》)。长大了,才明白"光荣之家"牌子,对于重大立功受奖人员、各类型典型代表等人员,由当地政府组织悬挂光荣牌。而对于普通军人家庭或退役军人家庭,"光荣之家"牌子则由军人家庭自己领取后进行悬挂。

父亲从来没有去领取过牌子，但父亲的"光荣之家"牌子一直在他心里"悬挂"，永远激励他热爱人民、为祖国共建国家的强盛事业付出更多的努力。

5. 不舍得丢弃的棉毯

1952年7月，经过两个月的华东纺织管理局学习班学习后，父亲奉调到国营上海十八棉纺织厂任副厂长，直至1956年8月。

国营上海十八棉纺织厂前身为创建于1922年的经纬纱厂，由陆培芝创办经营。其后该厂几经转手，并于1937年被侵华日军占有，划为海军衣量厂，专织军毯。1943年被日本商人德珍正藏收购，改厂名明丰纱厂。1945年9月中纺公司接手该厂，改厂名为上海第十八棉纺织厂，扩展棉纺设备，以生产棉纱、线为主，兼营棉毯。1949年上海解放后，国营上海第十八棉纺织厂成为一家自纺自织棉毯的专业厂，使用"凤凰"商标。

父亲对自家厂生产的产品倾注了极大的情感。供给制一结束，他拿了工资，随即购买了两条棉毯，垫在床上几十年都不舍得扔掉。我当时不理解父亲为何如此执着，了解了国营上海第十八棉纺织厂厂史，知道棉毯出自国营上海第十八棉纺织厂，才恍然大悟。

1978年9月起国营上海第十八棉纺织厂将棉毯业务下放给南汇公社厂生产。国营上海第十八棉纺织厂与上海金山石油化工一期工程配套，专门生产腈纶毯，国营上海第十八棉纺织厂更名为上海毛毯厂。随后上海毛毯厂又合并了上海第一毛纺织厂、上海第十二毛纺织厂。1995年12月，上海毛毯厂兼并了上海天功绒毯厂、上海绒毯三厂。2002年10月，原上海毛毯厂转制为上海凤凰毯业有限公司。上海凤凰毯业有限公司在中国首创了机器印染工业，所生产的凤凰牌毛毯"永不褪色"，在国内享有盛誉。

凤凰牌全毛提花毯，品牌名寓意为鸟中之王，毯中之冠。它是以纯羊毛为原料，通过染色纺纱和提花织机织造，并经过湿整理和刺果拉毛多道工序制成的水波纹提花毛毯，是现代家庭和宾馆理想的高级床上用品。

1971年12月，上海市人民政府准备接待美国总统尼克松访华，特为宾馆精选床上用品。由上海针织品站选定国营上海第十八棉纺织厂制造300条高级全毛提花毯，要求标有象征中华民族吉祥的图案商标。该厂对其所使用的商标"凤凰"重新设计并注册。在赶制中，选用马海毛和澳毛原料，花色有牡丹、菊花等7种花型。1972年1月完成赶制任务。该毛毯以其特有的长波浪以及膘光足和滑、糯的优点，受到行家们的赞美。余多毛毯曾以高出普通毛毯3倍以上的价格在市百一店、十店销售，一上柜即被抢购一空。从此上海凤凰毛毯享誉海内外，风靡市场。由于产品持续热销，消费者需持有华侨券到友谊商店购买，或是去百货商店排队购买限量货。鼎盛时期，凤凰毛毯的年产50万条，一条毛毯售价高达48元，相当于一个普通上海市民一个月的工资。

20世纪70年代至80年代后期，凤凰牌毛毯成为当时馈赠新婚夫妻的上佳礼品。自然而然，我出嫁时，父亲为我准备的嫁妆里，就有他想方设法买来的两条凤凰毛毯。

我查到上海市档案馆储存的父亲1955年《工资级别评定表》，当时组织上对父亲在国营上海第十八棉纺织厂期间工作态度、作风的意见评定为"工作积极负责，对工作抓得较紧"；对父亲工作能力的意见为"有一定的工作能力和领导水平，特别在熟悉与掌握业务是较快的，有些制度掌握太严"。

6. 到中央纺织工业部干部学校学习

1956年8月至1957年7月，位于北京的中央纺织工业部干部学校举办企业管理班，为期一年，给了上海名额。华东纺织工业局决定选派父亲去北京脱产学习。

中央纺织工业部1949年10月即为政务院的一个组成部门，1954年9月为国务院组成部门。1970年4月，纺织工业部与第一轻工业部、第二轻工业部合并为轻工业部。1978年又恢复纺织工业部。1993年在第八届全国人民代表大会一次会议上被撤销，成立中国纺织总会，为国务院直属事业单位。1998年3月，中国纺织总会改组成国家纺织工业局，由国家经济贸易委员会管理。2001年2月，国家纺织工业局撤销，中国纺织工业协会成立。纺织行业自此进入了由社会中介组织进行服务、协调的行业自律的行业协会。2011年11月11日，中国纺织工业联合会第三次会员代表大会决定，中国纺织工业协会经国资委同意、民政部批准更名为中国纺织工业联合会。

彼时，纺织工业部干部学校刚刚创建。谈及去北京学习企业管理的初衷，父亲说，国家要发展经济，势必需要懂管理的专业人才，学习企业管理，懂一些经济和管理，才能满足企业发展需求。比如，办一个针织厂，进多少机器，招多少工人，要计算成本，几年才能收回成本，这都需要相关的管理知识。就算是做技术方向的工作也需要有管理方面的思维。

当年国家全面引进苏联的企业管理办法。父亲在学校学到了怎样实行计划管理，推行生产作业计划、工艺规程，制定技术标准和劳动定额，开展劳动竞赛，贯彻按劳分配，采取计件工资制，建立经济核算制，加强资金管理，建立责任制等各种规章制度。

父亲也清楚看到了这种企业管理模式的不足。他晚年回忆，需要层层审批、高度管控的计划经济模式，对发展纺织业是极其不利的——因为纺织业的产品是直接面向社会、面向消费者的，决定纺织业产品销路的，不是哪个审批管理部门，而是市场上消费者的好恶。企业的经营者如果不挖空心思去生产质优价廉、品种多样的产品，不去思考如何使自己的产品更好地满足不同消费群体的个性化需求，使消费者满意，而是追求上级管理部门的认可，只会根据上级管理部门制定的产量指标完成任务，这是行不通的。

7. 锯齿形的厂房

父亲学成归来，1957 年 8 月至 1960 年 6 月，奉调上海公私合营华丰纺织印染厂担任公方第一副厂长。

上海军工路 1436 号，曾经是上海华丰纺织印染一厂旧址，如今是一处文物保护点，五维空间创意产业园、尚街 Loft 上海婚纱艺术产业园也在这里。园区内保持了 20 世纪 40 年代至今的各种工业建筑风格的历史风貌，有多处仓库形建筑以及单层 5 米的锯齿形厂房、多层钢混结构的 8 米高厂房和单层空间高度达 20 米的 3 000 多平方米特色厂房。其中最有特色的是锯齿形厂房 1 幢、八角亭 1 座。

它的前身就是公私合营华丰纺织印染一厂。成立之初，便以花园工厂著称。其中 120 亩为生产区，其余地方均为生活区，形成大规模的新型工厂。厂内除了有接待来宾的八角亭之外，还有若干大小不一的花园，并为工人们配备生活区、培训场所、足球场、篮球场、大礼堂和疗养所等。

上海华丰纺织印染一厂旧址

这座厂曾是民族企业家强锡麟的心血之作。

1946年，民族企业家强锡麟在军工路上建成了这座占地面积200亩的规模大、技术新的华丰纺织厂。当年国民党政府发行了替代贬值严重的法币的金圆券，并用金圆券强制换取百姓手中的真金白银。不久，物价飞涨，华丰厂的库存棉布被收购一空，换来的大量金圆券却无法买进生产急需的棉纱等原料。强锡麟眼见金圆券天天贬值，为免遭灭顶之灾，当机立断把全部存款购入钢筋、水泥等建筑材料，在大造厂房的同时大量购置机器设备。

到金圆券崩溃之日，他早已将金圆券变为无法搬走的大车间和拥有大量纱锭和布机的大工厂。由于他的机敏，才保存了多年积聚的财产。

新中国成立后,强锡麟的纺织厂和印染厂合并,名为"上海华丰纺织印染厂"。1954年,上海华丰纺织印染厂成为上海第一家公私合营的厂家,经核定全部资本为人民币850万元。

强锡麟一生中有三个心愿。

第一个心愿是将所有积蓄捐给国家。捐款起因可追溯到1955年。那年12月,在上海市人民代表会上,他发言说:"我一面算细账,一面回忆自己剥削工人的事实,感到十分内疚。"他还说:"这是我开始认识到马克思主义剩余价值(理论),把资本家剥削工人最本质的秘密揭露出来了。"他自我剖析说:"过去以为自己办企业辛辛苦苦、克勤克俭,其实是剥削工人创造的剩余价值。"他表示要把过去剥削所得完整地还给人民,逐步把自己改造成为爱劳动、具有劳动技能的社会主义公民。强锡麟的发言,现在看来是不可思议,但是在那个年代,大多数民族工商业者确确实实是这样认为的。

1959年,强锡麟夫妇主动放弃定息。1965年,他病重期间写下"死亡预嘱",除留给夫人5万元之外,家里其余财物全部交给国家。夫人高志竟于1973年4月先他而去,他将夫人的5万元上交国家。粉碎"四人帮"后,他领到了查抄归还的财产,折合40多万元。当他得知上海第十七漂染厂职工住房困难,立即决定将款捐给厂里,为职工建造89套新公房,计6 000多平方米。1985年,当他得知他和妻子放弃的定息96.8万余元还没有上交国库,他再次办理上交手续。强锡麟上交国库和捐赠企业合计160余万元。

强锡麟第二个心愿,是编写一部《管理学》书籍。为此,他在1947年就设立了"管理学编著基金",准备以历年管理企业所用图表及实际工作心得,编写一部关于管理学的书。他搜集、购置书籍和各种杂志,大部分都是偏重在管理学方面。

父亲担任上海公私合营华丰第一棉纺织厂第一副厂长的三年间,正是他从中央纺织工业部干部学校脱产学习企业管理专业知识归来付诸实践的时光。据此推测,他应该和强锡麟就企业管理心得做过交流。1960年6月父亲调往上海科学技术大学后,从1961年到1963年,强锡麟花了整整三年时间写出了10多万字的有关华丰纺织厂企业管理的书稿。

1978年,75岁高龄的强锡麟克服白内障、右眼失明、高血压、心脏病等疾病的折磨，又花了3年时间，用自己的工资请人帮助整理了25万字的《普及管理科学》一书。1989年，该书由同济大学出版社出版。上海市纺织工业局局长梅寿椿专门作序，称赞他："为国家四化建设和纺织工业发展留下了宝贵的精神财富。"

强锡麟第三个心愿，也是他晚年最大的心愿，就是加入中国共产党。上海解放后，几十年的风风雨雨中，他将自己的精力都献给了上海的纺织工业。1990年年初，他再次向党表达了自己的愿望。同年6月，87岁的强锡麟，终于被批准成为一名光荣的中国共产党党员。

强锡麟的三个愿望得以实现。1996年8月3日，强锡麟无憾地走完了他的人生旅途，享年93岁。

父亲在华丰厂工作期间，1959年牵头在原练麻工场，成功用练麻设备生产化纤棉绒浆粕，为该厂转产化纤打下了良好的基础。浆粕是粘胶纤维的原料。以棉短绒或木块等植物纤维，经碱液蒸煮，去除杂质后，再经打浆、氯化、漂白、酸洗、水洗、抄浆、造粕、烘干等工序，做成纸板状棉絮粕或木浆粕。1962年该厂扩建该练麻工场为生产能力4 000吨的浆粕车间。1971年改名上海第五化学纤维厂。

父亲在华丰厂工作的1958年10月30日，母亲生下了二哥定楠。

有了第二个孩子后，父亲对待工作已经得心应手了，周末有机会休息一下。但享受当父亲的感觉，有时还是很尴尬。父亲告诉我们，他周末回家，二哥喊着爸爸求抱抱。他一高兴放下手提包，就把二哥扛在肩膀上出去遛弯。当时我们家住在霍山路289弄37号明华坊，距离繁华热闹的提篮桥步行只需10分钟。父亲驮着二哥来到提篮桥。二哥看到路边有卖水的，立马觉得口渴，嚷着要父亲掏钱买水。当时的水是一分钱一杯，父亲翻遍了衣裳的口袋，都摸不出一分钱来。真是一分钱难倒英雄汉。无奈，父亲只好一路哄一路抱，把二哥弄回家喝水。

8. 不吃烤麸

烤麸，常讹写作"烤夫"，是以生面筋为原料，经保温、发酵、高温蒸制而成，为常见的素食食材。

烤麸的制作过程是一种转化的艺术，乃是将麦子磨成麦麸面粉，用适量的水调上劲后，在清水中搓揉筛洗，分离出淀粉，留下面筋，发酵蒸熟后呈海绵状的植物蛋白。传说为东汉光武帝刘秀首创。当年两军作战时，他发现面粉被雨淋湿后发霉了，他就拿了一块发霉的面团在河里洗，结果就洗出来今天所说的面筋。

中华人民共和国成立初期的纺织厂，在棉纱生产过程中，会产生大量上浆工序的剩余淀粉，因含有杂质或黏度不足无法重复使用。这些上浆多余的下脚料在水中搓揉筛洗，分离出来的面筋经发酵蒸熟制成烤麸。

父亲在纺织厂待久了，对这样的制作过程司空见惯。

"你知道烤麸不是豆制品吗？"儿时，父亲这样教我。

"不知道，但是好吃呀！"我回答。

于是父亲就说起来纺织厂下脚料的故事。

"现在哪有这样的下脚料啊！"我不以为意。

"反正我不吃。"父亲坚持。

他从不吃烤麸。

父亲晚年，每当回忆起自己在纺织战线上走过来的路，仍然禁不住心潮澎湃：从红帮裁缝师傅，到南下接管官僚资本企业中纺公司的上海针织厂，后来在国营上海第十八棉纺织厂和公私合营华丰纺织印染一厂……亲身经历了新中国的纺织事业在党的领导下发展壮大。

9. 阳光洒进"纺三里"

杨浦区许昌路227弄（纺三里）10号，是上海解放后父母安下的第一个家。小区内建筑是典型的和洋折中日本近代住宅，其中有三层假四层建筑，坡屋面设有老虎窗，外立面处理为干粘鹅卵石；也有联排两层住宅，外立面为清水红砖墙，两层为小鹅卵石贴面或粗灰泥拉毛处理。室外有小花园，种植有樱花树。

这里原先是1926年日本人开办的公大纱厂建造的职员宿舍。由马海洋行（1920年）和冈野建筑事务所（1925年）设计建造。从小区的住宅建筑可见，其外观是简化的西方样式，而内部平面布局和装饰是典型的传统日式住宅。小区"前纺三"的特号是独幢别墅，抗日战争时期曾被日本海军陆战队占用，后改为日本许昌路宪兵司令部。抗日战争胜利后，整个小区由中纺公司职员使用。上海解放后,上海军管会接管中纺公司及其在上海所属企业为国营企业,此地用作上海的所属各纺织厂高级管理人员宿舍用房,冠名"纺织局高级人才第三宿舍",简称"纺三里"。

社区分为前纺三、中纺三和后纺三3个部分,前纺三除特号,就是医务人员宿舍;中纺三是别墅式二层住房;后纺三是中国式里弄住房。

1954年父亲和大哥在家门前

父母当时住的是中纺三的联排小型别墅,院墙低矮,木门木窗。二楼有大开门内凹式阳台,落地式木窗。走进红色的圆拱门,沿着与外墙颜色相呼应的木制楼梯进入二层,就有大大的雕花落地窗。朝向很好,坐北朝南,太阳出来一整个房间都是阳光。房间里纸移门隔断的日式榻榻米足足有10多个平方米。

那时,父亲家乡解放了,中堡镇发生了天翻地覆的变化。父亲家族中,五房的"五老爷"不再是镇长了。"五老爷"的儿子房可伦带着全家老小,辗转苏州谋生,举步维艰。房可伦夫妻生有四女一儿,嫁出去了大女儿淑英;在家的二女育英、三女钟英正值如花似玉的年纪,原是殷实家族的大家闺秀,此时饱受生活困顿,起早贪黑摆菜摊、帮洗衣服……赚取低廉的报酬,用柔弱的肩膀、艰辛的工作,支撑起了大家庭的生活。

父亲与他们多年未遇,但是父亲在上海成功立脚的消息还是传到了他们耳里。他们闻讯联系上了父亲。

父亲热情接待了叔父一家。当年的一切历历在目。他从来没有忘记过,儿时借宿"东岳庙",庙里的和尚严格遵循"过午不食"的修行规矩,一天只吃两顿,自己耐不得饿,最常去蹭饭的就是叔祖父"五老爷"家。善良的叔祖母,怜惜没有娘疼爱的父亲,总是热情招呼,让他饱腹,让他初尝美食……时间会冲淡一切,包括思念;岁月会侵蚀一切,包括回忆;忙碌会抚平一切,包括伤痛。然而,这种无声无息,能穿透孩童心灵的厚冰、将冷漠化为温暖的爱,永难忘怀。

家族，是人们共同生活、相互依存的小社会。家族的兴衰，关乎每个家庭成员的幸福和未来。作为军代表的父亲为整个家族带来了新的机遇和希望。

当年纺织业是上海的支柱产业。国家优先发展轻工业，纺织业得到政策和资源倾斜，纺织女工的收入高于其他行业，纺织厂还能提供较好的福利，如住房、医疗等等。父亲介绍房家淑英、育英、钟英三姐妹进了纺织厂工作；房家小妹瑞英年方9岁，受进厂打工年龄所限，只能作罢。

房家姐妹聪慧努力，很快适应了岗位，掌握了熟练的技术，加上工作勤奋，愿意加班，因此报酬颇丰，改善了整个家庭的生活。但高收入往往伴随着较高的劳动付出。当时纺织厂的工作环境较为艰苦，劳动强度大，"翻三班"非常辛苦。在纺织行业，所使用的生产机器一关一开所造成的成本损耗要超过常年处于24小时运行状态的损耗，因此纺织厂通常是人停机器不停。除了春节或者停电外，全年几乎就反复处于"三班倒"的循环中。如果说"三班倒"的这3个班次，单独拎一个出来上一段时间，等作息习惯了，倒也不觉得有多可怕。然而只有经历过的人才知道，"三班倒"最可怕的其实是换班的这一天，相当不适应，生活好像乱了套。

最幸福的班次应该是夜班转中班：头一天早上8点下班，直到第二天下午4点才上班。这期间可以休息整整一天一夜，不过也有很多事情要做，尤其是大部分费时的家务活都是集中在这期间完成。最常见的就是当天晚上的饭菜会丰盛许多。

不算辛苦也不算幸福的属中班转白班：夜里12点下班，当天早上8点上班。凌晨下班到家12点半，真正睡着在1点左右，早上7点起床烧个早饭，最迟7点半出发，睡觉时间虽说只有6个小时，但是好歹也算是在最需要休息的时间里睡过一觉，疲倦感总归还是轻一些，稍微坚持一下熬到下班，好好睡一觉醒来又是精神饱满的一天。

最可怕的莫过于白班转夜班：下午4点下班，当天晚上12点上班。算上通勤时间，总共加起来才8个小时，吃完饭收拾完家务洗漱一番晚上7点了，睡上4个小时就得起床了。寒冬腊月里，被窝好不容易才暖热乎，闹钟就响了，没有经历过的人怎么能有所感受呢？

那时，父亲日夜泡在厂里，超负荷地工作着。

父母在"纺三里"的家空无一人是常态。"纺三里"小区中绿树成荫，安静祥和，房家育英、钟英姐妹翻班时，为了得到充足安静的睡眠，常常住在父母家。她们沐浴着太阳升起后透过大大的雕花落地窗的阳光，立时感到生活沉淀了艰辛，周身包裹的是大自然的温情。

偶尔，父亲回家休息，遇见了她们，她们会热衷于分享自己在厂里的经历。当时育英19岁、钟英才14岁。父亲和育英生肖都属猴，比她大12岁。父亲离家到上海学裁缝时，育英还在襁褓之中。她们语速飞快，一一详述，仿佛要将所有的细节都呈现给父亲。而父亲虽带有一丝疲惫，还是仔细倾听，不经意中获取了在厂里下车间都得不到的真实信息……多少年后，育英、钟英两位嬢嬢仍对"纺三里"的那一幕念念不忘，感叹岁月的沧桑。

"纺三里"小区2005年10月被列为上海市第四批优秀历史建筑。2007—2012年，经第三次全国不可移动文物普查，许昌路227弄住宅部分建筑（特号、1—84号等）被纳入普查登录点名录，并向国家文物局备案。

叔祖父一家是父亲在上海唯一的亲戚。

房家在"纺三里"居住的时间不多，但年月蹉跎，回忆永存。

10. 供给制下的生活

1950年8月至1954年8月，母亲生了大哥，而后脱产读速成中学；1954年8月至1956年9月，母亲脱产上大学。但家里的基本生活还是有保障的，因为当时实行供给制。

大哥的保姆费是供给的组成部分。母亲读速成中学和大学有两个伴读：一是大哥，二是大哥的保姆。

供给制的被服分军队和地方两种，军人每人每年单衣两套，绑腿一副，帽子两顶，棉鞋一双，单鞋两双，毛巾布两尺。一般机关工作人员则单衣一套，衬衣一套，帽子一顶，棉鞋、单鞋各一双，毛巾布两尺。

当时，父母每人一身黄军装、一个黄军包。

当时"纺三里"这样的居住条件在上海是属于比较宽裕的。母亲和大哥常常不在身边，父亲犹如单身。他将"纺三里"的联排别墅房子让给了厂里其他干部，搬到了明华坊（即霍山路289弄。弄口"明华坊"是1932年设立的地名）37号石库门房子居住。我即在此出生。此住宅虽然是独门

母亲（左）带着大哥和大哥的保姆在天安门前

独户，但进出弄堂，免不了和邻居打交道。

母亲大学毕业，在北京工作了一段时间，调回上海工作，开始长住明华坊。

明华坊的邻居们都是上海的城市居民，有小业主、工程师，还有家庭富庶靠银行存款度日的。女性常常穿着旗袍，年轻女性还流行穿布拉吉（一种苏联式连衣裙）。这种裙子搭配粗大的麻花辫，在当时非常引人注目。弄堂里好多家庭主妇都是全职太太，东家长、西家短地津津乐道，不亦乐乎。他们看着朴素的母亲进进出出，议论纷纷，后来告诉我："你妈妈当年不要太土哦，一身黄军装，像乡下人一样！"

从战争中走出的父母，两个单人床一合，两个铺盖卷儿一放就是一个家，对居住环境并未太重视，对家具更是没有概念。供给制免费提供生活必需品，如饮食、服装、日常生活用品等，但并不包括家具。我们明华坊家内，几乎没有家居装饰，家具也是怎么简便就怎么来。几块铺板拼凑出一张床。一家基本上就一张桌子，一用就是十几年，长条凳在当时很流行，不仅实用还超级结实。

1955年8月31日，国务院正式颁布了国家机关工作人员全部实行工资制和改行货币工资制的命令。

父亲定为三级厂长，工资为157元；母亲为行政18级。

家里的家具极普通、极简单。一开始由公家配备，而后则低价购买，都是有编号的。每件家具角上都钉着一块小小的铅皮牌子，上面有编号。当时只要是从单位取得的家具，都有这块小牌子。

那是一些连一般中等家庭都不如的旧家具。一楼靠窗放着一张旧饭桌，那是我们全家人吃饭的地方。客堂间除了几张板凳，就是一张很长的桌子，显得空空荡荡。长桌子纯实木打造，桌腿厚实，储存了全家除食物、被服以外所有的杂物。石库门房子里老鼠猖獗，为了抑止鼠害，母亲养了一只老猫，老猫最喜欢躲在那张长桌子下。老猫的眼睛在阴暗的桌子底下看起来闪闪发光。二楼父母的卧室里摆了一张长的实木办公桌，漆有些掉了，上面的铜锁非常古朴，带着年代的沧桑。那是我们童年下棋、玩纸牌的欢乐所在。还有母亲最喜欢的楠木床、有一扇绿色帷幔的衣橱和父亲最喜欢的书橱、缝纫机。

虽然生活简朴，虽然父母还是脚步匆匆，但有过艰苦卓绝经历的父母，内心强大，脸上挂上了自信的神采。他们懂得自我接纳，包容自己的不完美。他们用同理心对待自己，相信自己的能力，能够在失败或挫折中迅速恢复并成长。

11. "5个亿的大老虎"子虚乌有

父亲在上海针织厂工作期间，厂里有居心不良人员，职位低，嫉妒父亲这样从老区来的军代表。他捕风捉影，诬告父亲贪污"5个亿"（此时的一千万元、一亿元为人民币旧币，折合1955年3月1日发行的新版人民币为一千元、一万元）。于是父亲被禁闭在厂里，翻来覆去被谈话，要他交代问题。

清清白白、干干净净做人，是房家祖训。战争年代，父亲从事后勤保障工作，耳濡目染身边老红军的言行。恪守财经纪律，已经成为父亲的座右铭了。

父亲委屈地流下了眼泪："我自己的老父亲都在乡下没饭吃、没钱看病，死了！怎么可能贪污呢？"

据说，当时调查人员专门找母亲核实情况，母亲实事求是地说了一些话（比如：从少量的津贴中省钱给爷爷做棉衣、棉鞋让爷爷带走）。

真相终于被查清，还了父亲清白，但此事终究给父亲留下了深刻的烙印，到了晚年还总是旧事重提。

父亲坚守自己的精神阵地，尽心尽力清廉忘我一如既往。可贵的是，他当年仅而立之年，遭受了不白之冤，还是始终对党、对组织无怨无悔，继续努力工作。

12. 检视自己在纺织系统工作时的错误

父亲对自己在纺织系统工作的经历引以为豪，离休后，多次参加他工作过的纺织厂的厂史修订工作，说起那时的工作成就津津乐道，仿佛那时"白加黑""六加一"的辛苦不复存在。唯独对一事自责不已，因为他当年批准了一名青年被送去劳动教养。

劳动教养是限制人身自由的强制措施。1979年11月29日中华人民共和国国务院颁布《国务院关于劳动教养的补充规定》，明确劳动教养可限制和剥夺公民人身自由长达1—3年，必要时可延长1年。但在实践中，常出现重复劳教问题。

劳动教养由谁批准呢？

不同于以后规范设立"劳动教养管理委员会"，专门由公安机关审批，不服劳动教养还可以申请复议诉讼，20世纪50年代时，县办劳教、社办劳教，乃至生产队也办劳教，普通的工厂厂长也可以送人去劳教。

父亲在华丰纺织印染一厂工作期间，深入车间一线工作是家常便饭。

有一次路过篮球场，看见一个年轻人正在打篮球，就问："上班时间，你为什么在这里？"

年轻人答："不想上班。"

这怎么可以呢？父亲勃然大怒，立即叫来年轻人所在车间的主任，要他对年轻人批评教育。

过了几天，父亲巡视车间，发现这个年轻人还在打篮球。

害群之马！父亲下了结论。

回到办公室，父亲就着人写报告，由厂领导班子决定送这位年轻人去劳动教养了。

晚年时，父亲听我谈起复查历史老案，他忽然想起了这位年轻人："你去找找，帮他平反呀！"

年轻人姓啥叫啥，父亲不记得了，我到哪里去找呢？

父亲顿时哑然。

他常常忏悔，说害了这个年轻人：年轻人的行为不足以付出一生的幸福啊！

第六章 进大学工作

1. 白手起"校"

1960年6月,父亲奉上海市委组织部调令从上海华丰纺织印染一厂进入上海科学技术大学工作。

上海科学技术大学从1958年诞生,到1994年与上海工业大学、原上海大学等校整合,成为现在的上海大学,有36年的历史,共为国家培养了本科毕业生近2万名,专科毕业生2500多名,硕士学位毕业生780多名,博士毕业生24名。在上海科学技术大学的毕业生中,不少人成为著名的科学家、教育家,有些还出任了党政重要职务。

历史永远铭记这一天,1958年5月19日,在上海华山路海格大楼(时为中共上海市委办公大楼),国务院副总理兼国家科委主任聂荣臻、中共上海市委第一书记兼上海市市长柯庆施、上海市副市长兼中国科学院上海办事处主任刘述周等,开会研究决定,在国家出资、中国科学院负责创办中国科学技术大学的同时,用上海地方财政,由中国科学院上海办事处负责,在上海再创办一所"新型的、多科性的、理工结合"的大学——上海科学技术大学,为国家培养尖端科学技术人才,和中国科学技术大学形成南北呼应。

9月,上海科学技术大学首届新生入学典礼在中国科学院上海办事处(岳阳路320号)隆重举行。

1959年5月,中国科学院院长郭沫若题写了"上海科学技术大学"校名。

1959年5月,上海科学技术大学临时校址从中国科学院上海分院搬至欧阳路221号(光华大学旧址,校舍与上海机电设计院合用)。

上海科学技术大学和中国科学技术大学一样，采用了"全院（分院）办校、所系结合、分头包干"的办校方针。中国科学院在上海地区的各个研究所，各自负责为上海科学技术大学办一个系。

1959年9月4日，德高望重的中国科学院学部委员、中国科学院上海分院副院长、冶金陶瓷研究所所长周仁出任校长，市科委副秘书长刘芳任副校长兼党委副书记，主持学校日常工作。

上海科学技术大学主要科系由中国科学院在沪各研究所帮助创建，部分系主任曾由中国科学院在沪研究所所长或副所长兼任。中国科学院在沪各研究所的科学家们为学生们开课。建校伊始，即按照中国科学院提出的"三抓"方针办学：一抓尖端技术，二抓国民经济中的重大科学技术问题，三抓基本科学基础。在办学中，始终坚持理工结合，又"红"又"专"，"三基"（基础理论要扎实一点、基本知识面要广一点、基本技能要强一点，还要求外语水平要高一点）"三严"（严肃的态度、严格的要求、严谨的学风）等一系列原则，逐渐形成了上海科学技术大学的办学传统。

1960年6月6日，上海科技大学遵照中共上海市委建立一支工人阶级的科技队伍，是党的一项长期战略任务的指示，坚决贯彻向工农开门的办学方针，向中共上海市委请示，拟招收400名先进工人来校就读。6月28日，市委批复，同意上海科技大学从生产部门选拔招收在生产岗位第一线表现突出的先进工人学习科学技术的意见。

上海市属各局及下属工厂党组织极为重视上海科技大学创办的这个工人班，当年即选拔推荐工人学生251名，其中党员占50.2%，团员占41.0%，全国、上海市和有关局的劳动模范占15.9%。全国劳动模范王林鹤、杨新富、谈山林、李福祥，都是工人班的首批学生。

工人班这批学生，绝大多数在中华人民共和国成立前没有经过系统的学习，文化基础差，一般只有小学和初中文化程度，进入大学学习，思想上和学习上碰到的困难和问题很大。最终有219人报到。经过文化考试，成绩优良者直接插到各系本科一年级新生中，另一部分就读预科后，单独成立工人班（均为机械专业，共有两个班）。

1991年下半年开始，上海科学技术大学对部分工人班学员毕业以后的工作情况进行了调查。学校发出并收到有代表性的书面调查材料65份，他们都十分认真地予以回复。这65名学员中，20多年来一直在第一线从事技术和管理工作的工程师、车间科级干部的有37名，约占调查学员的57%；在工程和技术等方面担任总工程师、高级工程师等技术领导工作的有21名，约占32%；担任厂、处级以上党政领导工作的有7名，约占11%。

秉持"知识分子劳动化，劳动人民知识化"理念，市科委、市委组织部、市委教卫部、市高教局再从市属各局及下属工厂抽调精兵强将，进入上海科技大学各个工作部门，加强学校管理工作。

父亲就是在1960年6月，随着特招的先进工人大学生，奉市委组织部调令从上海华丰纺织印染一厂进入上海科学技术大学工作的。

我曾问过父亲：当时上海科学技术大学是新建单位，条件艰苦；大学又是陌生领域，奉调去工作，有过顾虑吗？父亲说，调令如军令，军令如山。他是军人出身，听党指挥，党指向哪里就要冲向哪里。

彼时，欧阳路221号临时校区已经难以容纳学校正常的教学活动，学校决定秋季迁入嘉定南门新校区。

这年暑期，上海科学技术大学教职员工以及学生们一起都投入建校的紧张施工劳动中。

炎炎夏日，骄阳似火，父亲和他们一起，以普通劳动者的身份，在炙热的工地轮流分班参加建校体力劳动，不惧酷暑、迎战热浪，用汗水和坚持诠释劳动最美丽。

施工现场机器轰鸣声、金属敲打声、钢筋切割声，不绝于耳。忙碌的身影穿梭在工地上的各个角落。烈日下，汗水不住地从额头流下，滴在地面上又马上蒸发。一天下来全身湿透好几次，晚上衣服脱下来都能看到一层盐霜。

劳动汗水的味道咸中带苦，总是有强烈的气味，需要及时清理。当时学校没有浴室，父亲他们只能用脸盆打些水擦洗。上海有住所的教职员工和学生还能在休息日回家洗个澡，外省市来的就没有这个条件了。而整个嘉定县城无一家公共浴室。因此待嘉定第一家浴室（清泉浴室）建成试营业时，学生们纷纷涌入。长期没有痛痛快快洗澡了，一位广东学生贪浴，晕倒了，班上的同学赶紧将她抬出来呼吸新鲜空气。

新建食堂还没有竣工。当时用毛竹搭建临时厨房，食堂灶头架在旧城墙上。蔬菜先用河水初洗，再用过滤水冲洗。主、副食极其简单：主食米饭、粥、馒头,副食一个荤菜、两个素菜。他们抽调职工养猪3年,平均存栏数80余头。逢年过节,宰猪改善教职员工伙食。他们在学校校园空地,按照学生班级包干,种植农作物补贴生活。学校规定农作物收成必须上交学校食堂,大家共享。原化学冶金与物理冶金系的一个班的学生,将包干种植的蚕豆收摘下来,没有上交,而是到镇上一个亲戚家里炒了一大锅,全班美美享用了,连第二年的蚕豆种子也没留下,被系里狠狠批评了一顿。

夜晚,他们住在未及装上窗户的空楼里,时有台风暴雨和蚊虫侵扰。新造的宿舍,下水道不通,住五楼的教职员工,每天要端着一盆盆脏水下楼⋯⋯

教学必需品也奇缺。学生们读的书是教师们自己刻印在黄纸上的讲义。

父亲说,想起战火纷飞枪林弹雨的岁月,他不以为苦,反而充满了创业的自豪感。大家都对这座新建的学校充满感情,期望着一批批高级科学技术人才从这里毕业,成为国家建设的栋梁。

上海科学技术大学是上海市地方高校,地处嘉定城中路20号,是一所以理工为主的多科性大学。学校原隶属于上海市科学技术委员会,由中国科学院上海分院主办;1968年9月从科技系统(时称上海市革命委员会科学技术组)划出,改为隶属文教系统(时称上海市革命委员会文教组),与中国科学院上海分院脱钩;1978年7月与科技系统恢复联系;1981年划归上海市高等教育局管理,并被确立为上海市属重点大学。1994年5月27日,撤销并入新组建的上海大学,原校址成为上海大学嘉定校区。

与什么样的人共事,能直接影响人生命运。正如古人所说:"与善人居,如入芝兰之室,久而不闻其香;与不善人居,如入鲍鱼之肆,久而不闻其臭。"父亲常常说起他在上海科技大学的工作经历和他人生的第二位贵人——刘芳。

父亲说建校之初虽然条件比较艰苦,但是校园气氛温馨,处处都能感受到大家庭的温暖。这是刘芳作风民主,平易近人,能集思广益地听取各方面的意见,以革命战友般的情愫对待员工,带头营造的结果。

刘芳,1915生,安徽安庆人。在学生时代接受爱国学生运动的思想熏陶。在安徽大学读书和任教时,参加进步青年秘密组织的读书会,投身抗日救亡运动。1937年参加安徽省民众抗敌后援会流动工作队，到桐城、舒城、霍山、六安等县从事群众动员工作。1938年9月加入中国共产党。新中国成立后，她历任上海军管会公用事业管理处驻英商煤气公司军事联络员，华东军政委员会教育部普通学校教育处副处长，上海师范专科学校校长兼党总支书记，上海第二师范学院党委书记兼副院长，上海市科学技术委员会副秘书长等职。1959年任上海科技大学副校长兼党委副书记，主持日常工作。1972年10月任上海市教卫办副主任、党组成员。1983年离休。1998年逝世。

彼时，上海科学技术大学白手起家，办学条件很差。刘芳主持日常工作期间，以身作则，硬是以一往无前的精神、坚韧不拔的毅力，带领全校师生员工，从参加搬砖运木的建校劳动做起，一步一个脚印，把学校建设成具有相当规模、专业学科设置新颖的大学，为国家迅速培养出一批批高质量的科学技术人才。她以博大的胸怀，认真听取各个方面的意见，团结党委一班人，团结各级干部和来自五湖四海的广大教职员工，包括从国外回来带有某些西方生活方式的一些高级知识分子，把大家拧成一股绳，朝着一个共同的目标奋斗。

刘芳视师生为亲人，把学生当成自己的子女，经常和大学生们沟通交流，平等相处。逢年过节，她都住在学校，和外地师生一起用餐。她能叫得出许多学生的姓名，记得住许多员工的性格特点，师生员工也把她当成知心朋友。她平时注意化解各种矛盾，工作中能做到一呼百应。

刘芳曾说过，从工人中培养有文化、有知识的科技干部，是改变科技队伍面貌的一项重要任务，具有重要意义。她欣赏像父亲这样出身工人、来自工业系统的干部，积极鼓励他们放心大胆工作，把"同心协力、办好科大"的炽热情感融化在工作中，全校上下形成了良好的办学氛围。

刘芳的人格魅力，长久地留在父亲心田。

2."陶庵留碧"

如今徜徉在上海市嘉定区嘉定镇城中路20号上海大学嘉定校区（原上海科学技术大学）菁菁校园，书香阵阵。在计算中心大门西隅的草丛松柏间，师生们上下班或去新食堂的必经之处，竖着一块镌有"陶庵留碧"

的石碑。此处是明清时原西林寺的遗址。1960年上海科学技术大学建校，西林寺土地被征用。学校在石碑四周种植松柏绿篱，作为对学生进行素质教育的一个基地。每年清明前后，学校和有关部门都会前往敬献花圈。

此碑汉白玉质，通高1.70米，宽0.97米，厚0.13米。碑阳吴玉章题"陶庵留碧"4字，碑阴镌刻吴玉章书七言诗句："长虹碧血气冲天，爱国英雄继万千。且喜纪元新世界，翻天覆地换人间。"

这应是上海大学内最具人文底蕴和历史悠久文化的深厚沉淀。

这块平静的石碑背后有着极不平静的故事。

史载，黄淳耀，字蕴生，号陶庵，1604生。明崇祯十六年（1643）进士。西林寺是黄氏兄弟幼年读书处。

清顺治二年（1645），清军直下江南，镇压各地抗清斗争，发生了"扬州十日"和"嘉定三屠"的血腥镇压。是年旧历七月初四，嘉定城被清军攻破。侯峒曾、黄淳耀领导的嘉定人民义兵失败，死难两万余人。城破，侯峒曾与其两个儿子投入叶池殉难。黄氏兄弟俩奔至西林寺，黄淳耀留下遗书："大明进士黄淳耀，于弘光元年七月初四日，自裁于西城僧舍。呜呼，进不能宣力王朝，退不能洁身自隐，读书寡益，学道无成，耿耿不没，此心而已。异日，氛氛复靖，中华士庶，再见天日，论其事者，尚知予心。"而后黄氏兄弟悬梁自缢。二人有鲜血喷于壁上，历久不褪。清乾隆年间詹事府詹事（主管皇宫文书内务的官员）张鹏翀题"留碧"两字。黄淳耀墓在嘉定区方泰乡，现已修复。

黄淳耀号陶庵，故后世将此处称为"陶庵留碧"。

1962年，嘉定县人民委员会于当年叶池、西林寺旧址分别立碑纪念。

时任中国人民大学校长的吴玉章为碑书写。

吴玉章曾入同盟会、护法讨袁，后又加入中国共产党，是深得毛泽东、邓小平等中共领导人敬重的近现代"元老级"革命家之一，也是学贯中西的教育家，他一生有一项贡献尤其特别：1917年他游学日本、法国回国，在北京创办留法俭学预备学校，选送留法学生近2 000人，其中周恩来、邓小平、王若飞、陈毅、聂荣臻等都成为中国革命的栋梁。

1962年立"陶庵留碧"碑之时，正是上海科技大学的第一届学生即将毕业之际。建校伊始全体教职员工和学生励精图治、艰苦奋斗，不乏受先辈书生的气节激励感召。

1962年1月24日，我在父亲的期盼下出生。之前有了两个儿子，父亲心心念念想要个女儿。那时，父亲一周一次从嘉定回市区。每次父亲回家，就是我的节日。我经常吊在父亲的臂膀上荡秋千，叽叽喳喳地喊着："爸爸爸爸——！"期待着父亲高高地将我吊起。每当父亲周末回来时，我总是早早地就守在家门口，眼睛盯着弄堂口，期盼着父亲的身影，因为父亲的每一次归来总会给我带回"办家家的锅碗瓢盆""洋娃娃"等玩具，也会一进门就将她高高抱起。那时候父亲胳膊隆起的"小山丘"在我的心里就像一座大坝，阻隔了外界的恐惧侵袭，储存了对我的保护和爱。父亲那时候蓄着浓黑的唇髭，看见我就会露出笑容，抱起我，用他长满胡须的脸在我脸上蹭一阵，亲一阵，弄得我哇哇直叫。他经常架起二郎腿，让二哥和我跨坐在他脚上不断上下翘起来，把我们逗乐。我们常跟爸爸睡，在床上，他喜欢用脚来夹我们，让我们不得"安宁"……

如今我为父亲录下百年人生，也是希冀父亲的经历故事长存，历久不褪。

3. "房老虎"

1961年3月，上海科技大学成立生产器材处（后更名为实验室管理处），父亲担任主管工作的副处长（无正处长）；1964年5月，生产器材处和总务处合并，成立行政处。同年12月至1967年1月，父亲升任上海科技大学行政处处长。行政处下设总务科、基建科、膳食科、财务科、卫生科、器材科和爱卫委办公室。

1980年1月10日起，父亲被中共上海市委任命为上海科学技术大学副校长，直到1984年离休前担任上海科学技术大学顾问期间，父亲始终协助校长，领导学校的实验室建设和管理工作。

新中国成立以来，我国高等学校对学生的培养目标在提法上有多次变化。上海科学技术大学招生始于1958年，因校舍尚未落实，暂请复旦大学、交通大学、浙江大学、华东化工学院、中国科学技术大学等院校代培两年。正式落实校舍授课是1959年。当时，中共中央所提的教育方针是："教育为无产阶级政治服务，教育与生产劳动相结合。"具体到高等学校，那就是在上述方针指引下，培养为社会主义建设所需要的各种专门人才。

1961年9月，中共中央批准试行《教育部直属高等学校暂行工作条例（草案）》（简称"高教六十条"）中，更进一步明确，高等学校学生的培养目标是具有爱国主义和国际主义精神，具有共产主义道德品质，拥护共产党的领导，拥护社会主义，愿为社会主义事业服务，为人民服务；通过马列主义、毛泽东思想的学习，和一定的生产劳动、实际工作的锻炼，逐步树立无产阶级的阶级观点、劳动观点、群众观点、辩证唯物主义观点；掌握本专业所需要的基础理论、专业知识和实际技能，了解本专业范围内科学的新发展；具有健全的体魄。

同时，由于上海科学技术大学是中国科学院系统创办的新型大学——科学技术大学（当时全国只有两所，另一所是创办时间略早的中国科学技术大学），因此它的培养目标除了与国内其他大学有着共性之外，也有着一定的特殊性。学校制定了"既要有坚实的科学理论基础，又能掌握最新的科学技术实验操作能力"的培养目标。其中实验课是另一类的课堂教学。实验室是理工科高校教学和科研的重要基地，实验设备是高校培养专门人才最基本的教学手段。理工科大学生在校期间，大约有1/3至1/2的时间需在实验室学习。以教学为主要目的的实验室大致有两类：一是基础实验室，以基础理论的验证为主；二是专业实验室或技术基础实验室，主要做专业理论论证性和探索性实验。

当时上海科技大学专业设置有工程力学、物理、无线电电子学、数学、冶金、硅酸盐、化学、理化、自动化、生物物理化学等等。中国科学院上海分院各研究所根据"院办校、所办系"的要求，为学校各系、各专业制订了实验室的建设和发展规划。

建校之初，白纸一张，为了配合力学、物理、无线电、冶金、硅酸盐、化学、生物、自动化等系科专业发展的需要，学校创建了力学、普通物理、近代物理、无线电基础、无机化学、物理化学、电工学等基础实验室，半导体、磁学、无线电测量、金属物理、有机化学、高分子、自动化等专业实验室共10多个；开设了相应的一批实验项目，基本满足了学生实验教学的需要。

1977年到1981年，学校实验室建设处于整顿、恢复到发展阶段。为了保证教学质量，新添更新实验仪器设备，成为学校整顿和建设中的迫切任务。5年中，学校实验室按"保证教学，先基础，后专业，抓重点，兼顾一般"的原则，首先解决了一批基础实验室的恢复和发展。经过优先重点投资，实验室的条件、水平，开出的实验项目，都得到了较快的恢复和发展。从1977年到1981年间，学校教学、科研设备的固定资产平均每年增加218万元，基础实验项目开出率达到了83%。

80年代初，生产器材处对教学、科研实验器材设备供应管理工作进行了改革，建立了对常用的物资设备供应的新机制，极大地简化了各系、所实验器材设备物资的申领工作，提高了实验室的工作效率。此事曾受到上海市高教局等领导部门的肯定，并在全市高校中推广。

1982年到1994年间，学校实验室建设进入较快的发展阶段。1989年12月，上海市高教局对学校实验室建设、管理、队伍建设和实验教学工作中所取得的成绩给予充分肯定。1991年，上海科学技术大学特种光纤实验室被批准为上海市重点实验室。

父亲认真负责、紧抓实干、踏踏实实做好各项工作。不熟悉高校业务，他刻苦钻研；不熟悉所审批的实验室项目，他虚心求教。到大学没多久，就转型成功，很快熟悉了自己的工作。

他没有条条框框的约束，协助校长，根据教学科学工作的要求，组织制订了比较符合实际情况的实验室建设规划，根据规划要求，分阶段进行了实验室的建设工作，及时地进行总结，不断完善，保证了教学的需要，为学生实验能力的提高乃至毕业班学生毕业作业的完成，提供了良好的条件，并为科学研究工作提供了有力的支持。

他从来没有把做官当作权力的象征，而是真心实意地把领导一职作为一项服务的岗位。他热情、谦和、真诚地对待每一个人，特别是他分管的后勤部门，清洁工、食堂工作人员、校办厂工人、幼儿园老师……他都记得住他们的名字，知道他们的特点和需求。按他自己的话说，"我是工人出身，要和大家打成一片"。因为在他的认知里，他自己是一个战争年代的幸存者，那么多战友都倒在了黎明前，自己这个领导就是代替那么多战友为大家服务的。敬人者，人恒敬之。在他看来，在人之上，要把别人当人；在人之下，要把自己当人。这是为人处世的醒世恒言。

他不打官腔，平易近人，但他在工作中坚持原则，工作中有人送礼通融，他坚决退回。他说，"吃人家口软，拿人家手短"，这种礼，哪怕几个水果都坚决不收。我目睹几次，父亲板着脸拒绝上门送礼的人。

他敢于硬碰硬，勇于担当，对违反原则的事情坚决说不。行得正站得稳，说得出做得到，不虚伪，不耍滑。当年上海科学技术大学的领导和群众都说父亲工作作风硬朗。

从字面上讲，"硬"是坚固之意，与"软"相对；"朗"指开朗、爽朗，声音清楚响亮；"硬朗"，本意指身体健壮、强硬有力、性格开朗，有气魄、敢于担当，形容为人处世干练果断，不受外界影响，不拖拖拉拉。

从一定程度上讲，在足球场上，硬朗的作风体现在积极奔跑拼抢，不怕受伤，关键时总能抵挡；在工作上，硬朗作风代表着坚韧和顽强，体现的是优良的工作态度和更高的精神境界。"讲问题不讲成绩、讲主观不讲客观、讲自己不讲别人"是硬朗的作风；苦干、实干、拼命干是硬朗的作风；敢于硬碰硬、勇于担当、善于作为是硬朗的作风。硬朗的作风是战无不胜的最有效武器之一，是快速推动工作最行之有效的手段。

作风硬不硬朗，关系到事业的兴衰和成败。父亲的工作实绩和硬朗作风，使他享有"房老虎"之称。

4. 开拓教学实习基地

父亲领导的生产器材和行政工作，还包括着力建设校办工厂。父亲从1960年进入上海科技大学工作起到1964年12月任校行政处处长，而后1973年4月，从吉林的学习慰问团返回上海后，任校后勤组组长，后升任副校长，一直分管校办工厂。

建校伊始，学校根据对学生"既要有坚实的科学理论基础，又能掌握最新的科学技术实验操作能力"的培养要求，一直将校办工厂作为教学实习基地。

1960年初，上海科技大学所谓的校办工厂只有简单的钳工、车工、焊工、木工四个工种的生产活动，称其为工场更确切。

1961年2月，为适应教学与科研工作的需要，父亲他们争取了上海市有关部门的同意，把上海市通用机械制造公司系统的合营厂——蔡万兴机器厂以及上海市仪表电讯工业局系统的长城电工仪器厂划归入上海科学技术大学。上述两厂并入学校后，分别组建成上海科学技术大学机械厂、上海科学技术大学无线电电子仪器厂和上海科学技术大学玻璃仪器厂，承接机械、无线电等专业的教学实习任务。

蔡万兴机器厂是1946年开办的私营工厂，专门修理各种印刷机零件，此后逐步发展成能制造简单印刷机和各种机动油泵胶木机。长城电工仪器厂是新中国成立初期合营开设，1956年和私营企业金建昌合并后专门制造小型电压表和电流表。

为了满足工厂实习场地的需要，1961年建造机械厂厂房1 397平方米。确保二年级学生每学年4周教学实习、三年级学生每学年8周专业实习。

合并后的工厂情况是：队伍大，工人技术素质差；任务不足、设备不全。工厂如何为教学服务，成为科研、劳动、教学的基地，大家思想上不明确。由于工厂建造厂房基建任务关系，不能集中安排生产，加之工人在技术上尚需提高，父亲他们就送工人去外厂培训。部分职工分别在文化、技术上进行培训，以适应工作的需要。在具体操作上，安排技术工人师傅负责带青年学徒。

根据中共中央提出的"调整、充实、巩固、提高"的八字方针，校办工厂自1962年开始进行调整，将玻璃仪器厂并入无线电电子仪器厂，承担电子和机械等有关专业的学生的教学实习，同时完成学校的科研任务。

1965年8月，校办工厂整合成一个附属工厂，下设机械和电子仪器两个车间，承担有关专业300名学生每学年4周的教学实习和每学年8周的专业实习。

1972年3月24日，工程力学系并入校办厂，成立独立党总支。全厂职工共有222人。

1973年5月，校办工厂成为"理论联系实际的教学实习、科研基地"，先后有160多人次的工农兵学员，到工厂结合教学进行学工劳动，与此同时，校办工厂先后从事了"331"军工雷达、微波扫频仪、脉冲信号发生器、晶体管稳压电源、中频图示仪、晶管特性图示波和"699"仪器等近10项科研试制项目。这些项目研制的产品大部分是国防急需，因而得到了有关部队的好评。

1974年，学校建造电子实习大楼1 171平方米。

校办工厂在1975年6月至1982年期间的主要任务是学生的教学实习，为科研服务的零星加工，部分产品的生产如SKG-1多用途记纹鼓、SKW-3微量呼吸仪、KCQ-2半薄、超薄切片机、WY-2直流稳压电源等和新产品的研制开发。

自1982年起，校办工厂自行研制的SHP60/600 I型高质匀质机，获得上海市重大科技成果二等奖。

随着市场的开发，机械车间有了自己的产品加工任务。除了完成部分科研零星加工外，急需另设学生教学实习车间。1983年，学校自筹资金，另扩建厂房241平方米，作为金工实习教学基地。1982年到1984年父亲离休前，日容纳学生30人，全年约360人，5400余人次。

1984年10月，校办工厂正式更名为上海科学技术大学工厂。

父亲离休后，1993年上海科学技术大学工厂通过了国家教委金工教学实习评估，是上海市第一批接受评估合格的6所高校校办工厂之一。

5. 我家有台缝纫机

20世纪五六十年代，父母工资不算低，但我们家的经济并不宽裕。原因在于母亲的二哥早年丧妻，再娶后妻又早逝，留下6个没有妈妈的孩子，母亲经常寄钱予以补贴。因此，我们家的装潢，仅用报纸糊墙。家里仅有几件父母低价购置的当年供给制所配备的家具，异常简朴。

但是，在我儿时的记忆里，家里永远有那么一台老式蝴蝶牌缝纫机。节假日父亲脚踏缝纫机时发出的"哒哒"声以及"嗡嗡嗡"的走线声伴随着我进入一个又一个的梦乡。当时蝴蝶牌缝纫机价格是140多元一台，还要凭票购买，可见一台缝纫机在当时对我们家是多奢侈！

缝纫机平时是用不上的，一年到头家里也做不了几件新衣，旧衣服破了，母亲用针线手工缝补。但父亲说，缝纫机能缝制棉、麻、丝、毛、人造纤维等织物和皮革、塑料、纸张等制品，缝出的线迹整齐美观、平整牢固，缝纫速度快、使用简便，还可以衍生出刺绣等艺术形式。

他喜欢摆弄缝纫机。节假日在家，缝纫机闲置时，他会在压脚下垫放一层柔软的擦眼镜布，机头上盖块新布以防灰尘、防潮、防晒。缝纫机加油润滑必须使用专用的缝纫机油。他经常给缝纫机加油，如果在缝衣过程中加油，他会使机器空转一段时间，使油充分浸润并甩出多余的油，再用干净的软布将机头和台面擦干净，以免弄脏缝料。然后穿线绢缝碎布，利用缝纫线的运动擦净，甩出多余的油迹，一直到碎布上没有油迹为止，再进行正式缝制。

儿时我们不懂，经常把缝纫机的皮带拉进拉出当玩具，有时还会弄断皮带。父亲回家发现了，不责罚我们，他用废旧料子裤裁成一寸宽的布条缠绕在一根粗绳上，用针连接，长度和原来皮带长度相等，制好后挂上去，又可使用。

父亲的宽容还表现在去定做衣服的时候。大哥结婚，全家添置新衣，父亲无暇缝制。我们跟着父母到提篮桥绸布店来料加工处量体裁衣。取衣时，我们的衣服都合身，唯独父亲的衣服不行。父亲看看那里的裁缝师傅，耐心指点说，人的躯干和四肢千差万别，从头到脚各个部位的尺寸和比例都不可能完全一样，因此量体是裁缝的一项硬功夫。不但要根据顾客的身材将衣服尺寸量准，还要在特殊情况下凭一双眼睛"以目测代量"。自己上了年龄，肚子微凸，衣需前长而后短。如果背微驼，则需前短而后长。

一席话，说得裁缝店的师傅点头不迭，他不知道，这种有别于单纯的量体裁衣的功夫，正是父亲8年红帮裁缝所推崇的"神形兼备"的境界。

6."备战备荒"

"备战备荒"，当年在天南海北广为流传，妇孺皆知。它是特定历史时期提出的，主要指在战争威胁和自然灾害频发的背景下，做好战争准备和应对自然灾害的措施。这一战略口号使全国经济建设的中心从解决吃穿用转变为备战，出现了举国备战、全民皆兵的景象。

1965年5月18日，为了贯彻关于"备战备荒"工作的指示，上海科学技术大学成立了校人民防空领导小组，由7人组成，父亲是其中之一。5月20日，校党委根据上级对战备工作的指示，又提出在思想教育的基础上，民兵实行组织落实。要成立各种战备防空专业组织，进行救护、消防、警卫、抢修、对空射击、通信等训练。要修建两个简易地下仓库和两个永久性地下室。要制订至少3种不同情况下人员疏散的计划方案。6月8日，校防空领导小组又提出，学校小三线拟设在江苏省宜兴县张渚镇一带。这段时间，学校设有防空值班室，机关科以上干部每天24小时轮流值班。

父亲对江苏省宜兴县张渚镇一带异常熟悉，那是他当年战斗过的地方,那是他举手向党庄严宣誓加入党组织的地方。他立刻着手联系当地政府。当时,农村地区广泛推行粮食储备制度。每个村庄都建有粮仓,储备粮食以备不时之需。许多农民在自家也储存粮食,形成了"家家有粮,户户有备"的局面。父亲重踏故地,欣慰地看见老区兴旺的景象,不知有多开心!

但父亲不着家,我们家就没有那么开心了。各级组织执行"深挖洞、广积粮、不称霸"的号召,开始修建防空洞。上海的地下防空洞系统就是在这一时期大规模建设的。挖防空洞就需要大量的砖块,不知谁想出一个高招:全民动员,每家每户都要定额做泥砖,验收合格后方可过关,而且限时限刻,属于最高的政治任务,不容懈怠和马虎。

做战备砖是政治任务,家家户户都得做,派到人头上的,每人多少块。母亲早出晚归,辛苦上班,此时愁眉苦脸,不知这指标如何完成。只有二哥欢欣鼓舞:小时候玩过泥巴,玩得津津有味,只是大人时常阻止,说脏。现在岂不可以名正言顺、大张旗鼓地玩泥巴了?

居委会把做砖时间定在周日上午,做砖的钢模可以去借,而泥土则需要自己去运来。很快到处都出现大大小小的黄土堆、黄泥滩,马路旁、弄堂里、操场篮球场上都是,与之相伴的是排列成行的砖坯在晾晒,就像全城都在玩泥巴。要运土,近的用簸箕、脸盆端,远的就要车拖,差不多都是一路撒去,到雨天化为泥浆,柏油路、水泥地面也变了泥地。大哥不在家,二哥年小力薄使不上劲,运泥很是伤脑筋。

打开我们住的37号客堂间的窗户就是隔壁35号的天井。35号底楼的王伯伯在天井里种了好些花花草草,平日里是我们窗外的一道风景。母亲虽然工作繁忙,但和35号的王家姆妈好得像笙磬同音一样,家里包了馄饨、下了大排面总要端一碗过去。邻里情,为生活添了许多温暖色彩。此时邻居王伯伯看到我家窘状,特地多推了一车泥给我家,解了我们无泥之困。

周日上午,石库门弄堂里沸腾起来了,邻居们都在自家门口堆起了一座座小泥山,我端着小凳,看着母亲先仔细地把泥土中的杂物分拣出来,用水洒在泥块上,硬邦邦的泥块慢慢变软,然后赤脚在泥堆上不停地踩踏,一直到泥堆慢慢变得柔韧而富有弹性,再掰下一块块泥土,搓面团似的,用力在地上夯,夯得结结实实后才开始做泥砖。

二哥找来一块薄木片垫在底下,上面洒一层细煤饼灰,把4块长钢条嵌压成做砖的模型,然后高举起一块夯实的泥土,用力摔进钢模,钢模里不能留有空隙,否则做出的砖会留有气泡而不结实。再用一把竹片做成的锯子,把钢模上的泥块平整地切除。拆掉钢条后,泥砖竖在阴影里阴干,便大功告成。

待砖坯风干,硬了,就要送到指定地点,再送往砖窑,那就不是我们的事了。居委干部派人把弄堂里所有的泥砖都运走了,说是要送到窑里去烧,并没专人前来验收,看不到最终的结果,令我很遗憾。听居委会的人说,很多都是废品,也不知道他们拿那些坚硬的泥块怎么办的。

体弱多病的我凑热闹,连日风吹,发起高烧,昏沉沉也看不到父亲的身影。二哥就画了一张我躺在病床上的图,写了封信寄给父亲。

7. 特殊时期

在中国当代史中,特殊时期是一个绕不过去的话题。在那段时间里,上海科学技术大学原有的体制和结构被打乱了。1968年9月,上海科技大学从科技系统(当时称上海市革委会科技组)划出,改属文教系统(当时称上海市革委会文教组),从而与科学技术系统脱钩,与中国科学院上海分院割断了关系。1972年院系调整,上海科学技术大学一些培养尖端科技人才的专业学科被撤、并、调,其中生物、物理、化学系被撤离,外语进修部也被撤销。

在磨难面前,父亲凭着他的革命信念、家庭温暖,以及善良、宽厚待人的良好品格,承受住了严峻考验,坚持了下来。

1967年1月至1969年4月期间,父亲离开原来的领导岗位,在校办工厂和食堂劳动。校办工厂和食堂,原本就是他分管的后勤部门。那些食堂工作人员、校办厂工人,他都记得住他们的名字,知道他们的特点和需求。此时,他真的和大家"打成了一片","站在一个战壕里"(摘自父亲这一时期的日记)。

父亲一生酷爱读书,此时书籍成了他的最佳伴侣。他想方设法通过各种途径去买书,家里原先空空的书橱很快就被填满了。父亲战争年代就读抗大九分校时,就对马列关于生产力与生产关系、经济基础与上层建筑的理论特别感兴趣。此时有时间了,他笑呵呵地对我们说:"两耳不闻窗外事,一心只读圣贤书。"埋头读了起来。我查看过,父亲陆续读过《德意志意识形态》《费尔巴哈和德国古典哲学的终结》《哲学笔记》等马、恩、列的著作,有感而发时,就在上面画画重点,写几句心得。

回市区的空隙,他会去旧货商店转转。那时,红木家具堆满了旧货商店后门沿街。据说,制作精良、雕工精美的苏作、京作红木家具,横七竖八,标价极低,鲜有问津。父亲当然对这些视而不见。他只看那些特殊时期前出版而又躲过"破四旧"浩劫的私人藏书,如《中国近代思想史资料简编》,以及那些从各类图书馆流失出来的当时被封借的书籍、"内部发行"的外国社科类译著。

父亲在家时常常在读书,母亲也捧着自己感兴趣的书,手不释卷。因此我们三兄妹以为所有的人都是应该勤奋看书的,读书如吃饭、饮水一样必不可少,也挑适合自己的书阅读,养成了良好的读书习惯。那些年,走进我们家,看到的是每人一本书安安静静阅读的画面。

家风传承如同春风化雨,流淌于血脉中,无声地引导着我们下一代的行为举止。

8. 温暖相伴

冬天到了,父亲患上了高血压和冠心病,很是憔悴。但跟党走的信仰依然坚定不移,他等待着党的召唤。父亲常说,和牺牲的战友相比,活着就是最大的财富,还有什么不知足的?活着就是最大的幸福,还有什么可计较的?

父亲很喜欢戴帽子,父亲说戴帽子可以保护心脏。戴帽子能保暖,相当于给头部筑起"保健屏障"。冬日戴帽子不仅是为了御寒,更是对健康的一种守护。

据心脏内科专家说,当气温低于15摄氏度时,人体就有1/3的热量从头部散失;当气温低于10摄氏度时,人体就有1/2的热量从头部散失出去;当气温低于4摄氏度时,人体3/4的热量从头部散发出去。这意味着若身体其他部位暖和,而头部缺乏适当保暖,心脏就会面临巨大挑战。血液输送到头部就会变得异常艰难。对中老年人而言,体温的稳定对健康尤为重要,气温一旦降低,头部受到寒冷刺激,血管容易急剧收缩,引起体温波动,加重心脏和血管负担。因此,冬天戴帽子绝不仅仅是为了抵御寒冷、预防感冒这么简单。它是有效预防脑中风的关键举措,关乎生命健康。

父亲在1967年

冬季是心脑血管疾病的高发季节。特别是对有高血压、冠心病、脑血管疾病的老年人来说,寒冷更是"隐形杀手"。头部的血管特别敏感,受寒冷刺激后,脑血流量会减少,可能引发头痛、头晕,甚至心脑血管意外。

而戴帽子可以保持头部温暖,减轻血管收缩的压力,对于心脑血管疾病患者,冬季出门戴帽子几乎是必不可少的"安全措施",不仅减少温度对心脏的直接冲击,还能有效预防意外发生。

知道父亲喜欢帽子,我投其所好,出差比利时的时候花了70欧元给他买了一顶鸭舌呢帽,他特别喜欢,晚年常戴。

凭着自己一手好裁缝手艺,他经常废物利用,自己做帽子。有时候做的帽子让人忍俊不禁,比如他用自己穿破了的几双卡布隆袜做了彩色的瓜皮帽,把袜子顶到了头上。家人哈哈大笑,他不以为意:在家戴戴,怎么舒服就怎么来!

特殊时期开父亲的会,不准戴帽子,必须脱帽低头,而且每次事先不通知、不打招呼。于是,父亲的帽子就成了累赘。

此时,父亲以往的仁厚和他与群众交好、打成一片的好处就显示出来了,总有人悄悄叫:"老房,袋袋里闶(藏)!"不同的实验室或校办工厂的工人,甚至车队驾驶员都曾替父亲拿过帽子,藏在他们口袋里,待会议结束再还给父亲。

以后很多年,父亲一拿帽子,就换称呼,"我要戴袋袋里闶(藏)了"。

9. 提篮桥的故事

父亲被"解放"了,他恢复了每周回家一次的正常生活。记得第一次回家后,他简单地问了问我们兄妹的情况,默默地抱着我,半天没有说话。母亲说,从父亲的眼睛里,她看到了沉稳和沉重,以及对于磨难超常的承受力。

虽经磨难,父亲还是保持了他的乐观、正直。

那时我们家已经从杨浦区的"纺三里"搬到了虹口区提篮桥附近的霍山路 289 弄 37 号。

1960 年上海科学技术大学迁至嘉定后,每逢周一、周末及节假日,教职工回市区或到学校上班,都是乘坐公交公司的班车。班车在市区的停靠有一个点是提篮桥。

那时每周六下午,班车到了提篮桥,父亲就和住在舟山路的同事殷宝津一起下车。

1980 年 1 月 10 日,中共上海市委任命父亲为上海科学技术大学副校长。同时被任命的还有殷宝津,他被任命为上海科学技术大学党委副书记。1981 年 5 月 5 日,上海市人民政府批准将上海教育学院分部改为上海市教育学院分院,殷宝津奉调任分院党委书记。

殷宝津是父亲晚年为数不多的朋友之一。他和父亲来往密切,无话不谈。福寿园新四军广场的墓地是他推荐父亲购买的。他过世时,父亲已行动不便,关照我必须代他去殷家致哀、去殡仪馆送一程。殷宝津的骨灰也安葬在福寿园新四军广场。

提篮桥位于虹口区的东南部。东起大连路,西至吴淞路,附近有高阳路、旅顺路、霍山路、唐山路、舟山路和昆明路等。

现今,提篮桥的名称已慢慢淡出人们的记忆,提篮桥附近的弄堂房子也纷纷被拆迁,代之而起的是北外滩。北外滩的滨江区域很漂亮,四周绿化带花团锦簇,一眼望去,可以看到对岸的现代化建筑。

当年的提篮桥闻名遐迩。

这里原有河道"下海浦"(清光绪二十六年即 1900 年后被填平)。为方便下海浦西居民到位于下海浦东的香火鼎盛的下海庙进香,在下海浦上兴建一桥,因去下海庙过桥信徒手提"敬香竹篮"而得名"提篮桥"。下海浦的部分河段填平后被称为"茂海路"（今海门路），而下海庙址仍在，即今虹口区昆明路 73 号。据 1873 年、1912 年、1917 年绘上海地图所显示的迹象，提篮桥应在海门路长阳路交叉点上。

1903 年，上海公共租界工部局在提篮桥地区的华德路（长阳路）、舟山路、昆明路、保定路之间的地块建造了规模宏大的工部局监狱，即"远东第一监狱"（俗称为"提篮桥监狱"）。

纳粹在德国掌权期间，大批犹太人前来上海避难，提篮桥即是其主要聚居点之一。日本在占领上海期间，将提篮桥划为犹太人隔离区，使得该区域最多曾容纳 3 万名犹太人。提篮桥区域内的长阳路 62 号摩西会堂，可能是整个上海有关"犹太难民聚居区"的文字和实物资料最多也最为完整的地方，现在成为许多犹太人士来上海的必到之处。

彼时，提篮桥特别热闹。提篮桥是商业繁荣地段，区级商业中心，有各类商店 700 余家，行业较全。下海庙菜馆茶楼、咖啡酒吧、五金器材、西服及生活服务业等兴盛。昔日犹太人在此曾开设过的理发、鞋帽、服装、五金、面包、小吃等商店和酒吧、夜总会、露天屋顶花园等娱乐场所仍有留存。当时上海新闻报刊称之为"小维也纳"的舟山路，小型商店、小商品摊位鳞次栉比，充满异国情调的商业街还有留痕。

当时，大名百货商店是提篮桥最大的百货商店，老百姓日常的生活用品，应有尽有。附近还有很多商店，比如东风服装商店、北京饭店、翠绿茶叶店等。各个商店里天天人流摩肩接踵，到了节假日更是人满为患。人多的地方"扒手"也多。当人们的目光投注在商品上，围着购物时，一不留神，就可能被旁边或者身后出现的一个假装购物的"扒手"偷了"皮夹子"。

没弄堂，就没上海。当时提篮桥附近有很多弄堂，上海与弄堂文化有不解之缘。

父亲下了班车，总是和殷宝津相约在提篮桥舟山路弄堂口的小酒馆喝上一盅，然后父亲带包烤扁橄榄回家嘉赏我。因为那时父亲经常问我："爸爸是好人还是坏人？"我会毫不犹疑地大声答："爸爸是好人！"父亲由此坦然一笑。

殷宝津是山东南下干部，妻子是家庭妇女，育有两男三女，比我们家拮据，因此，喝小老酒的钱往往是父亲支付的。

那时,最开心的是父亲带着二哥和我,到提篮桥,乘 8 路"铛铛车",到南京路去吃芝麻糊。

8 路"铛铛车"是有轨电车,有前后两列车厢,车厢票价不一样。前面是 4 分钱,后面只要 3 分钱。二哥还不到买票的身高,我更别提了,父亲只要花 4 分钱就能带着我们坐前面车厢。前面那节车厢有两扇门,分别在车头和车尾。那种门是用铁栅栏制成的,可以自由伸缩,透风透光。而进入车厢里则有可以隔断的移门,上面有玻璃。两头都有门,可以保持车厢内的温度。而后面的那节被拖动的车厢则只有一道门,冬天比较冷。前面的车厢内设有直排木凳子座位,两排,相对而坐。中间走道可以行走或站立,上面有一根很长的扶手。后面的车厢也有座位,也是围成一圈。父亲带着我们乘坐前车厢,我情愿不坐,喜欢站在司机的身后,目不斜视地看他熟练地操作,看得津津有味。司机是站着操作的,穿着制服,戴着工作帽,目光炯炯,盯着前方,两只手扶着方向盘不停地一会儿往左转,一会儿往右转,很神奇。而脚底下,踩着一块凸出的半圆形的踏板,是控制铃声的。一脚踩下去,会发出叮叮当当的铃声,非常好听。司机与乘客距离很近,就用一条铁链条隔开,完全是透明的,无遮挡的。二哥喜欢跪在座位上,俯身探出窗使劲地往外看,生怕错过美景。8 路"铛铛车"是全上海观赏黄浦江风景最佳的电车,沿途不但可以看到黄浦江,在经过外白渡桥时,还能看到苏州河,特别是这一区域内还有上海大厦、浦江饭店、苏联驻上海领事馆(现为俄罗斯驻上海领事馆)、外滩建筑群等上海著名老建筑。

8 路"铛铛车"从杨树浦底经提篮桥过外白渡桥驶往东新桥。父亲带我们到南京路下车,再花 8 分钱,给我们买一大碗芝麻糊。他自己不吃,笑眯眯地看我们俩分着吃。那芝麻糊香、甜、稠、滑,一入口,仿佛在舌尖上融化,回味无穷,令人陶醉,让人忍不住一口接着一口。至今想起来让人垂涎欲滴。

彼时的周六晚上,是我们家最欢愉的时刻:父母带儿子女儿打牌。打 40 分,谁输刮谁的鼻子。被刮鼻子的不服气叫唤,刮鼻子的乐不可支。父母跟着我们一起朗声大笑。弄堂的邻居们都羡慕我们家的氛围:你们家最开心了,老是听到你们哈哈哈……

父母党性强,不和我们聊单位里的事,周六的家里还经常有好吃的红烧肉,再加上当时弄堂里老汉挑担论盆售卖的河鲫鱼。偶尔他们关起门小声议论什么,不让我们听见。

在这特殊时期的如磐风雨中,父亲母亲相濡以沫,互相鼓励。往昔点点滴滴的回味,醇香似酒,成了父亲母亲度过漫长严冬的温暖源泉。

父亲疾恶如仇,遇见不平,也有火往上蹿的时候。

那一天,父亲回市区休假,未及带烤扁橄榄给我,回家后就拉上我去提篮桥。他想给我买块奶油蛋糕补偿。刚走到南货店边,听到前面人声鼎沸。"捉牢伊!""抓扒手!"接着,看见一个年轻人仓皇奔来,几个穿蓝色工装裤戴红袖章的"工纠队员"紧随其后。说时迟那时快,父亲不躲不避,迎上去,一个扫堂腿拦住了那个扒手的去路。扒手冷不防绊脚,跌倒在地,被后面追赶的人摁住。扒手被抓住了,我代父亲做的证人笔录也受到派出所民警的夸奖,可是父亲却因拦阻扒手,遭受剧烈冲击波,眉骨撞到停在路边的自行车龙头上,鲜血淋漓,到医院缝了好几针。

父亲正义、率真、睿智,见义勇为,我由此萌发了日后从事警察职业的心愿。

10. 挂历表情意

上海科学技术大学建校初期,建立了汽车队,在校办工厂办公,管理学校除校办工厂外的所有车辆,负责校领导的上下班和工作用车。

由于上海科学技术大学远离市区的特殊情况,父亲周末回家路途上,接触最多的是车队驾驶员。

他对驾驶员有着足够的尊重,总是坐在副驾驶位上。

我曾问父亲,领导不是一般坐驾驶员背后的领导座吗?

父亲说,如果坐在后面的话,就会让驾驶员感觉仿佛不是一个层次。坐在副驾驶位上,能够拉近驾乘之间距离,更方便沟通交流。

父亲有好些车队驾驶员朋友。10年艰难岁月里,替父亲拿着帽子藏在他们口袋里的,藏起那挂脖子上细铁丝做的大牌子待大会结束再还的,大有人在。

父亲总是牵挂学校车队的驾驶员朋友。每年年底,都会准备些小礼物送给他们。离休后,更是念念不忘。

送什么呢？送挂历。他的挂历总是我想方设法收集的，然后交给他，他通过总务科科长孙平安转递的。

据说挂历的雏形是一种"讨债本"。在古罗马时代，社会上有一种专门从事放债业务的人，按月去向债户收取利息。为方便起见，他们将何月何日某人该还的债和该付的息都记在一个本子上。因为这种本子是以月为单位，按日期排列，附有记事栏，其记事方法简便明了，渐渐地被其他行业所借鉴。

香港著名英商太古洋行第二任华人买办莫藻泉上任后，兴建了一家糖厂。1884年他推出一种类似海报广告式的"月份牌"，用以宣传太古糖厂的产品。莫藻泉特意聘请设计师关惠农设计画面，内容多为花卉、吉祥人物、福、禄、寿、喜、天官赐福、迎春接福及仕女图等。凡购买太古糖者，赠送"月份牌"一帧。后来，许多厂商竞相印制免费赠送"月份牌"，并不断改进形式。随着岁月的流逝，"讨债本"和"月份牌"逐渐演变成为当今的挂历。

我猜想，父亲送挂历给他们，不是还债，而是忘不了他们曾经帮过他的一片真情吧？

父亲的感恩是一种生活哲学，是发自内心的真挚回报，是值得我们用一生去珍惜的爱的教育！懂得感恩让我们生活处处充满阳光，让整个世界沉浸在一种温馨中……

11. 读书干活

1969年4月至10月，父亲曾短期去过上海市"五七干校"，参加第九期轮训。

父亲去的上海市"五七干校"，地处奉贤。他住集体宿舍，吃集体食堂，从挑大粪、挖河泥到收割庄稼，什么农活都干。

父亲说，当时能在农田里干体力活，精神上是一种释放。大家都非常积极，抢着干活。他最大的收获是不但静心读到了许多他以往没时间、没闲心翻阅的书籍，还带着我们读书，特别是四大名著。

那时，我们家出现最多的读物是连环画小人书（至今有上千册）。连环画作品充实着我们的文化生活。我们饥渴的目光，总是如同饥饿的人见

1969年父亲（前排左二）在"五七干校"

到面包一样，被父亲带回来的封面五颜六色的小人书吸引着。它带给我们快乐和启迪，让躲在家里不敢轻易外出、恐怕遭人欺负的我们，打开了一条与外面世界连接的心灵通道，让我们看到了精彩的世界。

20世纪五六十年代，连环画创作能人辈出，优秀作品在民间快速普及。资料显示，从新中国成立到1963年的14年间，各地出版连环画达1万余种，印量超过7亿册。1963年4月，为了鼓励创作出更多好作品，文化部组织连环画评奖活动，优中选优，评出了50个绘画奖，其中金奖有6个，它们曾一度炙手可热。

其中让我们记忆犹新的是《孙悟空三打白骨精》。这是《西游记》连环画最受欢迎的作品。它的描摹惟妙惟肖，生动有趣，甚至比原著还要精彩。从发现白骨精直至将其消灭，孙悟空实际上前后打了4次，涵盖了原著第二十七回"尸魔三戏唐三藏　圣僧恨逐美猴王"及"义激美猴王""平顶山""小雷音寺"等其他章回的重要故事内容及部分情节。

那个时代，连环画的发展达到了巅峰，它不仅美化了我们的童年时光，更对文化知识的普及有着非凡的意义。在我不识字时，上海人民出版社版署名"上海市新闻出版系统'五·七'干校《孙悟空三打白骨精》创作组编绘"的40开"三打白骨精"就是自己的"珍藏"了,这是父亲给我买的。当时我对其中的人物造型、奇峰怪石、古树藤蔓、云烟瀑布、神奇的变幻和曲折的情节烂熟于心,经常看了后,加上自己的想象,添油加酱地讲给弄堂里的小伙伴们听,由此结交了铁杆小朋友。连环画承载着的不仅是我们的记忆,更散发着一个时代的温暖。

对我们家来说,《孙悟空三打白骨精》是永远看不够的。孙悟空腾云驾雾,灵动帅气,是我们心目中的英雄。他积极乐观,在取经的路上,即便经历再多艰难险阻,遇见再多的妖魔鬼怪,也不畏惧退缩,总是以昂扬的精神状态面对一切,即便失败也从不气馁,始终勇往直前。这不仅得益于他高超的本领,更得益于他坚定的取经信念。

爱屋及乌,我们喜欢孙悟空,更多是因为父亲属猴,我们心目中父亲也是一位本领神通、具有坚定意志的英雄。父亲给我们讲解连环画以外的内容,还会模仿几个动作,让我们忍俊不禁。

12. 朝鲜族老户长

1969年9月4日,根据当时市"革委会"有关"四个面向"(面向农村、面向工矿、面向基层、面向边疆)的精神,各级机关采取内部层层分配任务和压缩数字指标的方式安排人员。

上海科学技术大学工、军宣队和"革委会"成立"四个面向"领导小组,动员教职人员去梅山、黑龙江、吉林、云南等地。在"四个面向"运动中,上海科学技术大学有41位干部和工作人员被派往梅山、黑龙江、吉林、云南等地长期工作或短期慰问。

父亲积极报名。此时的他,渴望去祖国的广阔天地汲取新鲜空气。

被批准后,他到了吉林,参加了慰问团和龙组工作,先后担任副组长、组长。

我们家大哥则被居委会动员去了黑龙江大兴安岭林场筑路队。

我永远忘不了送别大哥时的那一幕:上海北站一列去大兴安岭的专列将要出发。站台上锣鼓喧天,口号声此起彼伏,多幅知识青年到农村去大有作为的条幅悬挂在醒目的地方,无数红旗在秋风中迎风招展。送行的亲

1969年父亲（后排右一）到达吉林后与人合影

1969年父亲（第三排左三）出发吉林前与同事及同事家属合影（二排右一为母亲）

友团团地围住知识青年，在不停地叮咛。好多中年妇女和稚气未脱的哥哥姐姐们脸颊上流淌着泪水。列车启动的铃声响起，口号声、锣鼓声、哭喊声混合在一起；列车慢慢地启动了，还有青年甚至是男青年从车窗里探出半个身子，搂住她（他）母亲的脖子哭喊……

父亲去的是朝鲜族最大的聚居区吉林省延边朝鲜族自治州的和龙县（现为市）。父亲在日记中记述的是他日常的工作心态，从字里行间能感受到工作开展不易的烦恼，身体吃不消的痛苦，着实令父亲有些郁闷。

但是，这一年的春节，父亲回沪探亲，我们家里却欢欣鼓舞起来。因为物资并不丰富的我们，舌尖尝到了不一样的美味！

那时粮油都是计划供应的。"延边大米"，这种大米煮起来饭还没熟，从钢精饭锅盖子底下溢出的阵阵浓烈饭香，就已经飘满了整幢房子，诱得人食欲大开；烧熟后一粒粒晶莹剔透，清香扑鼻，吃完一碗后意犹未尽，接着再添上一大碗。从没有吃过那么香的米饭，好吃的我们捧着碗不肯放。父亲说清代延边所产稻米就曾被钦定为贡米。可惜千里迢迢，父亲背回来的太少了。

"这是苹果还是梨啊？"父亲一到家，就从旅行包里拿出一个水果，让我们猜。二哥说是苹果。它看上去像苹果，还散发出一股苹果香。我抓住父亲的手，忙不迭啃了一口。说是梨，因为咬下来是汁液丰富，酸甜适度，是细嫩的梨肉味。结果我们都只猜对了一半。它叫"苹果梨"。

那些天，家里总是弥漫着一股浓浓的人参味。母亲看父亲消瘦，买了鸡回来，加上父亲带回来的人参，炖汤。那长白山的人参炖鸡味道太浓郁了，我后来一看到鸡，就仿佛闻到人参味。物极必反，嗣后我再也不吃鸡和人参了。

父亲还显示了两项技能。一是自卷烟。他在桌面上铺开一张纸，将纸抹均匀，放上一些扑鼻香的烟丝。将烟丝铺在纸上靠右或者靠左的一边，然后从一边开始卷，一圈一圈卷起来。最后将烟卷的尾巴摘掉一些，一支完整的卷烟就做好了。父亲说当地是中国重要的烟叶产区，自治州烟叶种植面积已达7000多公顷。自己卷烟对当地人来说信手拈来。二是制作泡菜——朝鲜族风味的腌小菜。父亲把白菜帮子、萝卜、大蒜等等，上好料，放进坛缸。10多天后，那腌小菜便成功了，美味让我们至今难以忘怀。

父亲还会给我们哼唱朝鲜族歌谣："阿里郎，阿里郎，阿里郎呦……"教我们说朝鲜语，妈妈是"阿嬷妮"、爸爸是"阿保机"……

幼时的我们，听着吃着闻着，以为父亲去的地方是仙境。

1970年父亲（中）与老户长（左）等合影

直到春节过后，家里来了一位和蔼可亲的白衣老人，才解开了我们心中的谜团。

这位老人是父亲他们的老户长，朝鲜族人。原来这一切的背后都来自这位慈祥的长者。

朴实、善良的朝鲜族老户长是名副其实的山里人，从没有出过大山。父亲他们特邀老户长到上海这座大城市来逛一逛。

父亲他们去和龙，落脚的地点就是老户长家。他们和老户长同吃同住，共同劳动，度过了一段艰苦又难忘的岁月。老户长手把手教他们卷烟、做腌菜。为了父亲他们回沪过春节给家人带来更多的欢乐，老户长拿着父亲他们给的钱，想方设法特地采购了这些当地特产。

1972年父亲到吉林省革命委员会人民保卫部开具《前往边境地区通行证》，到黑龙江大兴安岭林场去探望我的大哥。

大哥此时21岁，如同父亲当年从军的年龄。晚上父亲就睡在大哥帐篷里的大通铺（在泥土上铺上木板，即成床。床下泥土还长青草）上，父子俩彻夜畅谈。

1972年父亲在吉林时的留影

13. 溪水的"溪"是这么写的

父亲当年 50 岁，长子是知青，因此，他对上海赴和龙县插队的知青有着特殊的感情，看到他们犹如见到自己的儿女。

刚开始，父亲他们到知青点上时，一大帮青年会围上来，七嘴八舌。"你们慰问团带什么来慰问我们？""没带什么，只是问问你们有什么困难。""那你们能解决什么问题？""不能解决，但我们会向上面反映。""既然什么都没带，什么问题也解决不了，你们来慰问什么？"青年们本来受艰苦生活煎熬，就一肚子气没处发，终于火山爆发了。父亲他们狼狈地被轰走了，工作还没开始就结束了。

但父亲他们还是很真诚地一个一个找他们谈心。

年轻人静下心，发现父亲他们大多为中老年人，神态憔悴，看上去很疲惫。山高路远、鞍马劳顿是一个原因，更主要的是都有一颗善良的心，希望靠近他们，鼓励他们上进。知青中谁有个头疼脑热，父亲他们闻讯总是前来问候照料，还想法弄来一些药品。

青年们感怀于他们的深情厚谊，于是慢慢敞开了心扉。

接着，父亲他们利用春节回沪探亲之际，普遍对青年家庭进行家访，组织家长所在单位对生活困难的家庭酌情补助。同时，通过家长所在单位和街道里弄，把家长组织起来，进行学习、交流，发动家长多写家信，邮寄学习资料，教育鼓励子女学习知识，建设边疆。

当时好多青年家住在上海的老南市区。对老上海人来说，南市区的"弹硌路"真是再熟悉不过了。它是上海城市历史的一部分，是一种具有历史特色的路面铺设方式。由卵石、小块石材或砖块铺筑的弹硌路，在 20 世纪 50 年代达到鼎盛期，全市约有 400 条，总长达 800 公里。弹硌路渗水好，又接地气，坏了修理十分方便。不足的是硌脚，路面凹凸不平，且容易松动，走起来会有"硌脚"的感觉。为了家访，父亲他们不知道走了多少这样的弹硌路。

精诚所至，金石为开。我记得，父亲回沪探亲时曾教过当时还在念小学的我：溪水的溪，笔画这么多，记得怎么写吗？和龙县一个姓奚的姑娘说，是"三点水，撇一撇，三个麻雀叫一叫，子咕哒子咕哒，下面一个趴脚大……"

父亲他们终于取得了青年们的信任,他们的真情犹如溪水潺潺,流进了青年们的心田。

淳朴的姑娘将自己的倩影赠给父亲,在相片背后留言:"您们的脚印留在广阔天地中,您们的关怀刻在知识青年的心坎上。"

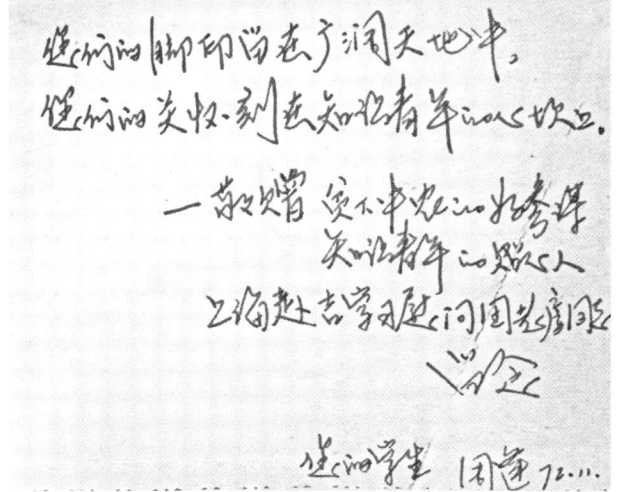

知识女青年赠给父亲的相片

14. 土豆色拉

父亲在慰问团期间,担任和龙组组长。四年里,他和组员们朝夕相处,并肩战斗,结下了深厚的战友情谊。组员们都叫刚50出头的他"老房",说父亲像部队里的"老班长"一样,以身作则、言传身教,是他们的榜样和精神支柱。面对北方冰天雪地陌生的环境,父亲用耐心、细心和爱心帮助他们适应工作生活,他们对父亲也有着特殊的亲近和尊重。每次回沪探亲,总要聚一聚,聊一聊。如果正值我放寒暑假,我就会缠着父亲,要求做他的"小尾巴",跟着去参加聚会。因而,父亲带我去过住在淮海路的、在上海音乐学院工作的陈灏阿姨、吴虹阿姨家,还去过住在华亭路3号的潘慧南阿姨家。

潘慧南阿姨在新中国成立前是上海奉贤南桥支部的一名中共地下组织成员。1951年潘阿姨进解放日报社工作,在"读者来信组"处理来信、接待读者。后来,她成为一名文艺记者,几十年记者生涯中,写出了很多精彩报道。

当年父亲与潘阿姨在慰问团同在和龙组工作。潘阿姨谈起当年解放军到达南桥,奉贤西半县得到解放。南桥党支部与部队取得联系后,应解放军9兵团20军后勤部要求,向工商界与殷实户筹措军粮19万余斤,支援南下大军解放上海;父亲介绍自己当时参军时的老部队,新四军一师就是后来的解放军9兵团20军……说起来颇有一番渊源,两人的距离立刻拉近了。

潘阿姨有两个儿子,没有女儿,看到我特别喜欢,也特别地给予了呵护。

我当时心情极度地压抑,感到孤独,可能是在童年和少年时代缺少关爱,生活几乎没有色彩,终日只能呆呆地沉浸在好不容易弄到的书里。

特殊时期前,那是一段激情燃烧的岁月。父亲忙工作,母亲专注学习,在家时间比较少。我们兄妹仨最依赖的是各自的保姆。我的保姆"四孃孃",她无儿无女,对我视如己出。她悉心呵护着我,每天给我洗衣服、做饭,送我上学。我与"四孃孃"的亲近程度几乎超越了与母亲。至今仍然记得"四孃孃"亲手做的菜包子,回味中还又香又甜。

幸福的时光总是飞快,一晃特殊时期开始,雇保姆在当时被认为是剥削阶级的东西。无奈,几位保姆依依不舍地离开了我们家。

"四孃孃"走了,我只有4岁,懵懂稚嫩,六神无主,母亲不让我们伤心于色,我一个人躲在卫生间里,偷偷哭了好长时间;不敢独自外出,恐怕遭遇冷眼。

那年跟着父亲到了潘阿姨家,看到潘阿姨的笑容,我产生了一种说不出的温馨感觉，尝到了在家没有过的滋味。

我最喜欢吃潘阿姨做的土豆色拉。看潘阿姨手打色拉酱，好奇得很，母亲从来不会做这样的菜式。

潘阿姨一边示范色拉酱制作，一边和我聊天。她说打一个鸡蛋，只取蛋黄，就可以打出整整一份的色拉酱。只见她在蛋黄中加入半茶匙盐，用勺子打散，不停地打，经过四五分钟的搅打，就可以看到雏形。她告诉我，感觉到阻力增加时要加入一勺油继续搅打，先后一共需要加入150毫升的油，也就是半碗多。手打色拉酱时手不能停，停顿时间越久，失败概率越高。如果发现色拉凝固，表面比较粗糙，气孔大，可以加一勺白醋解救。一般搅打10—15分钟即可，打至色拉酱表面有光泽，完全成为一体。

潘阿姨说，手打出来的色拉酱有一个特点就是挂勺不掉。就像人生，必须要努力、努力、再努力，碰到挫折可以修正，但只要不停，总有成功的那一天。

几位阿姨、叔叔都很开朗，都有文体爱好，吹拉弹唱样样能行。在音乐学院工作的陈灏阿姨更是不用说了。常常是随着陈灏阿姨柔和悦耳的钢琴伴奏，父亲他们有的打拍子、有的轻轻哼唱……琴声、歌声融合在一起，深深感染了我。

那情景如今回想起来，依然让人神往。

潘阿姨鼓励我，不要做书呆子，要德智体全面发展，最好学一门可以独立表演的乐器，将来走上社会，走上舞台，可以克服自己紧张的情绪，收获掌声，找到自信和快乐的资本。

究竟选择什么乐器呢？几位叔叔阿姨七嘴八舌，意见不一。有的说，当时文艺舞台上革命现代戏独领风骚、广受赞誉，其中京剧尤为耀眼，学京剧伴奏，比如京胡、京二胡、月琴等等。有的说，样板戏这种新的京剧形式，采用的伴奏形式就是中西结合。在样板戏里，有传统的京剧伴奏，也有西洋乐器的加入，比如说小提琴、钢琴甚至大型的西洋乐器，可以选择学小提琴……他们开始热心张罗，帮助寻找价廉物美的乐器，吴虹阿姨送来月琴，陈灏阿姨则弄来了小提琴。可惜后来我都没有坚持学习，半途而废。

父亲信任他们。20世纪80年代，一个纯真的时代。我临近高考，究竟学理还是学文呢？举棋不定时，父亲又带我参加他们的聚会，请各位出谋划策。这次，叔叔阿姨们异口同声，意见高度一致："学理科！"

"学好数理化，走遍天下都不怕"这句口号在特定历史时期流传已久，它传达出当年人们对知识和人才的渴望。只要有能力，就会得到认可。这些叔叔阿姨长期从事文艺或文字工作，他们对于年轻人有着更多的期望。

高考选择理科还是文科，应取决于个人的兴趣、能力和未来的职业规划，我喜欢文科，但父亲忽视了。

15. 分寸

我参加高考，最终选择了理科，这是父亲的意见。父亲把自己的意志施加在孩子身上的事，在我们家是不多的，除非他认为绝对必要。我们家家庭成员之间，互相尊重，始终保持着边界感，也就是界限和分寸。

在家庭关系里，缺乏边界感，是会引起很多痛苦的。被家人安排和管治，会让人感受束缚。家庭是讲爱的地方，而不是权力的角斗场。收起控制欲，尊重彼此的边界，才是一个家庭幸福的开始。

家人之间相处，如果总想着控制对方，事无巨细地干扰对方的决定，只会让家里流动的爱愈发稀薄。放下对家人的要求，没有了无理的约束，家人相处才会更和谐。

父亲和母亲之间存在边界。在我们兄妹仨的记忆里，父亲细腻含蓄，母亲率直；父亲多用理性判断，母亲往往凭感觉审度。当母亲发脾气时，父亲一般不说话，多数时候是暂时走开。父亲母亲没有面红耳赤吵起来过。

德国心理治疗师伯特·海灵格（Bert Hellinger）曾强调：好的家庭，一定要有界限感。因为真正的爱是尊重，不是控制，亲缘关系中永远没有上下级之分。不管是父母、伴侣还是孩子，都是与你并肩的伙伴，不是任你摆布的提线木偶。

边界感越清晰，家人之间相处才会越舒服。

彼此理解，平等沟通，卸下套住家人的枷锁，才会有温馨和睦的家庭氛围。一个家庭最好的相处模式，就是允许自己做自己，允许别人做别人。真正舒服的家庭关系，永远都是自带边界感的。

父母这种关爱但又不越界的相处理念，也深深地影响了我们兄妹。多年后，大哥大嫂的儿子本科毕业从事信息技术工作。大哥在同济大学任教，想送他出国深造，他不愿去。思前想后，他们还是决定尊重儿子的选择，他们觉得，一个人的出处去就，是一辈子的大事，当由自己抉择，家长只能陈说道理，不该干预。我的儿子延续父母的法律专业学习，本科毕业后去美国深造过。我们夫妻当时想让他考入法院，从事体制内法律工作，他不愿意。他后来在社会上闯荡，干过汽车销售、养老、地产、快消品等多个行当，辗转数年后，再考司法考试，从事律师工作。我们夫妻也不干涉，尊重他的选择。

正是这种亲而有间的边界感，一家人始终幸福美满。

在具体问题上，父亲母亲从不将他们的意愿强加在我们孩子们的头上，我不记得他们非要我们怎么样怎么样。从我们很小的时候起，大人和孩子就有了平等对话的习惯。我们经常为了一个问题争论，你说你的道理，我说我的道理，争得昏天黑地，但往往最后占上风的还是父亲母亲，这种服从并不是因为他们是家长，而是他们的道理战胜了我们。他们广征博引，观点鲜明，信息量大，知识面宽，我们很佩服。在人生阅历丰富的父亲母亲面前，我们毕竟是稚嫩的。

我们兄妹仨工作之后，对于工作上的事，父母从不多问。如果我们愿意主动跟他们说些什么，他们则显得十分高兴。他们从我们很小的时候，就把握住了很好的分寸，从不指手画脚，横加"指导"。

平等意识让我们家永远其乐融融。

对于究竟高考该学文还是学理，待我走上社会参加公安工作后，父亲经常提起，说他后悔，要向我道歉，他说当初真应该让我喜欢什么，就选择什么，不应太在意外界的评价，应该选择喜欢的和有兴趣的。他说："喜欢的就是性之所近，才是自己最相宜的。"

其实，我从来没有埋怨过父亲。

我属于幸运的一代人，赶上了最好的当口，最好的时段，做了最好的自己。我从警39年，立过二等功，获得二级巡视员（副厅级职级）。

16. 融融亲情

随着"革委会"的建立，解放军和工人宣传队的进驻，1970年上海科技大学举办半导体器件和雷达专业的试点班，招收66名"工农兵学员"进校学习，让学生接受科学技术知识的专业教育。1971年学校党的核心小组成立。1973年学校党委成立，校级、处级干部逐步被"解放""结合"，教学秩序也逐渐恢复。

父亲参加的慰问团是临时的、短期性质的。一方面，它是为了做好知青动员安置工作，代表上海市"革委会"看望广大跨省区的上海知青，了解当地对于这批知青的安置情况。另一方面，它也是出于安置干部的现实需要。

有了招收"工农兵学员"进大学学习的机会，父亲当仁不让不愿错过。他推荐并帮助了好几名在和龙县插队的上海优秀知青进上海科学技术大学学习。

1973年4月，父亲结束慰问团工作，从吉林回沪，继续回到上海科技大学工作，担任后勤组组长。

社会逐渐恢复平静，我们家的生活也进入了正常状态。

20世纪50年代，上海的工人住房条件极差。放眼工人聚居区，尽是连片的棚户与草房。无水无电，道路泥泞，秽气熏天，空气中弥漫着附近工厂的烟尘，充斥着机器噪声。

房家育英、钟英姐妹在纺织厂工作表现出色，像战士一样承担起了守护家庭的核心角色。但家中人口众多，居住条件差，只得四处漂泊。栖身父亲的"纺三里"房子，毕竟是暂住，不是长久之计。幸运的是育英不久住进了厂里提供的军工路北公房宿舍，但还是拥挤不堪。

此时，市政府狠下决心解决工人居住问题。1953年，在沪西、沪东和沪南的工厂区附近一批住宅拔地而起。这批住宅以苏联集体农庄住宅为蓝本进行设计，更符合工人住房"经济、合用"的标准，共计2 000个单元，每单元可住10户。10万工人的居住困难将得以解决。

这批新建的住宅，住宅结构以五开间为一单元，二层楼。一个门牌号住10户人家，分10个室号，楼下1—5室，楼上6—10室。一个门牌号有两个门出入，一个是1—5室的，一个是6—10室的，每个门都有合用的煤气灶、厕所。房子每户的大小不尽相同，一般1、5室及其对应楼上的10、6室房间较大。6—10室住在二楼，需经木质楼梯上下楼。在二楼一般设一个小型的储藏室，供5户人家合用。后部一层披屋，瓦屋面，楼上地面铺设木板，楼下是水泥地面。前后平齐的房屋式样既节约土地，又节省材料。这种房型设计在此后的一段时间内，还被一些新建住宅所套用，形成了俗称"二万户"类型的住宅模式。

杨树浦路 2086 号是一座 3 层洋楼，日商上海纺织株式会社旧址，2015 年被上海市人民政府公布为"优秀历史建筑"。这座洋楼，当年是国棉九厂的厂部办公室（如今是杨浦段滨江指挥部办公室）。办公楼位于国棉九厂厂区大门东侧，砖木结构，原为两层，第三层为后来加建。建筑呈新古典主义风格，平屋顶，清水红砖外墙，转角设水刷石隅石装饰。北立面中轴对称，横向三段式布局，中部主入口挑出方形雨棚，上有半圆形腰窗，顶部有带卷涡的弧形山花。南立面设有铸铁细柱外廊。

一日，正在车间忙碌的钟英孃孃被喊到了这座洋楼内。一路上，她忐忑不安，左思右想，猜不出自己有啥事需要被领导召唤。等进了办公室，听了领导的三言两语之后，她激动不已，一个劲地问："真的吗？这是真的吗？"原来，厂里分配控江二村新房子给她，没想到多年的奢望瞬间变成了现实，突然之间喜从天降，她真有点猝不及防。

钟英孃孃住进了控江二村 58 号 10 室。房间虽然不大，但住的二楼地上铺的是木地板，与白墙相衬，简约实用。二楼的邻居是工人，都充满归属感与认同感，有着共同的情感维系。正所谓"远亲不如近邻"，他们建立了温暖的港湾。平日里搭把手照看一下双职工的子女，下雨天帮着隔壁人家收进晾在外面的衣物，或者是与邻居分享一下纯手工自制的馄饨、粽子，哪怕是围坐在一起拣菜、"嘎山胡"（聊天），也是一种简单的快乐。就这样，你来我往中，几家人的感情不断升温。经常围着一张桌子吃饭，说说笑笑，气氛别提多热闹了。

天长日久，58 号二楼的 6、7、9 室，成就了房家育英、钟英、瑞英三孃孃以及崇庆叔叔，一共 4 段美满姻缘。于是育英孃孃家有了浔、重、国梁三姐弟；钟英孃孃家有了钟、锋、铮三兄妹；瑞英孃孃家有了敏、捷两姐妹；崇庆叔叔家有了靖梅、旭松姐弟。

当年育英孃孃有了浔、重两女儿，父母有了大哥二哥两儿子。据说父亲和育英孃孃兄妹俩还开玩笑："互换一个，儿女双全！"试想，如果佳话成真，那这个世上就没有我什么事了。

我家大哥是这辈孩子中的老大。他上初中时暑假经常骑车去江湾游泳池游泳，有时顺便到 58 号 10 室停一停、玩一玩，就看到几家小孩坐在地板上一起玩耍、嬉戏，场面欢乐温馨。

孃孃、姑父熟知大家庭里每个孩子的嗜好，适时准备美味佳肴满足孩子们的味蕾：浔浔喜欢的甜酒酿，还有那些形象化的、孩子一听就爱上的西瓜蛋（划过几刀像西瓜纹路的卤蛋）、楼梯笋（剖开来的嫩笋，内里像楼梯）、棒头肉（带骨的肋排），所有的孩子们都喜欢的炒甜饭……

58号不只是一个以门牌号命名的地方，更是孩子们魂牵梦萦的所在。那里的每一个角落，都留存着他们童年时与伙伴嬉笑打闹的足迹，每一间老房子，都承载着邻里间温暖质朴的情谊。岁月流转，但每逢佳节，58号10室的记忆便如潮水般涌来，那是家的味道，是无法割舍的亲情。这份眷恋与回忆，口口相传，在暖阳下，呵护每一个房家孩子的心。

1961年宗亲房家全家福

那些年，过年是充满温情和欢乐的时刻。除夕夜，必看完中央电视台的春节联欢晚会才睡。初一醒来已是上午九十点钟，吃完了饺子，就听到门铃响起，门外传来欢声笑语："哥哥嫂嫂，我们来拜年啦！""陪嫂嫂打麻将啦！"几位嬢嬢姑父、叔叔婶婶齐齐上门，给父母亲拜年。

初一习俗，本应给本家族的老辈人拜年，嬢嬢叔叔们给父母拜年，虽然是同辈之间的热闹互动，但也蕴含着对父亲的尊重和感恩之情。

嬢嬢叔叔们知道母亲喜欢打麻将。他们特地来陪母亲打麻将，既是娱乐,也是亲近。

于是,大年初一,我们家麻将骨牌声轻响,笑声满堂,父亲心情格外欢畅。

17. 正月初二生日

钟英孃孃属牛,正月初二生日。当时在纺织厂"翻三班",虽然她连自己正常的生物钟和生活规律都不能维持,但她是"社牛",伶牙俐齿、爱说爱笑,于是姐妹弟兄外甥女包括隔壁邻居的往来频率增加了许多。性格温和宽厚的德清姑父则有一手祖传的厨艺,过年家庭聚会时露出的身手让人惊艳。品尝了他烹饪的菜肴,才让人深深体会到,做饭不是为了垫饥、生存,而是一件很快乐的事情,可以享受到艺术品创作的乐趣,可以有滋有味地享受生活,品味生活。

大哥至今还清楚地记得当年钟英孃孃和德清姑父结婚时请客的场景。大哥和其他孩子在新娘新郎隔壁的一桌,对着美味佳肴狼吞虎咽,邻居都惊讶他吃饭特多。

钟英孃孃对己苛刻对他人慷慨,最喜欢热闹。她和德清姑父的家温馨、祥和、简单、欢乐。

那些年,每年的正月初二是钟英孃孃的生日,也是大家庭聚会的日子。

正月初二还是冬日,钟英孃孃家,无论是控江二村58号10室还是后来搬迁的开鲁新村居所,总是被装点得喜气洋洋。她家黄棕色的五斗橱上,必有用暗藕粉色的长脚果盘装的瓜子、长生果、糖、什锦果和每年必有的柿饼,以及堆得高高的各种冷盆和半成品菜。

孩子们最向往的是五斗橱上堆积的蛋糕,那时候蛋糕并不流行,平时难得一见,只有春节或过生日才是探亲访友的标配。但钟英孃孃家的蛋糕从来是分享的:常常是过了正月初二,蛋糕就踏上了奇妙之旅,游到同济孃孃家,又来到通北路孃孃或者崇庆叔叔家。

为了那道每次品尝都让大家心驰神往、那美味久久不散的"炒甜饭",德清姑父大年夜就开始自制豆沙。他将赤豆浸泡后煮熟,再用纱布袋挤去水分,加入白糖、猪油,不加任何东西,慢慢地炒制,得到细腻的豆沙,装在铝饭盒里放在窗外的"天然冰箱",可以保存一周。年初二那天,他将蒸熟的糯米和豆沙再一起翻炒。甜豆沙容易粘锅，猪油多放又会很腻，但德清姑父制作的这道爱心点心"炒甜饭"，即便客人冷盘热菜已吃得饱饱，只要这道"炒甜饭"上桌，肯定光盘，居然吃完盘底清清爽爽，没有油。

生日吃面寓意长寿和健康。在钟英孃孃的生日当天，大家特别愿意吃上那碗象征对女主人祝福的长寿面，因为面里有排骨。那时食物和资源有限，要合理分配给所有人，国家采用了各种票证的方式来界定购买力：购买大米需要粮票，购买肉类需要肉票，购买布料需要布票，购买粮油需要油票……正月初二的长寿面里的排骨，是把几家的肉票集中一两个月才得到的。

大家那叫一个馋啊！至今每当夜深人静，那美食的香气，总能穿越梦境，馋得我直流口水。

年初二的团聚，父亲母亲总带着我们前往。育英、瑞英孃孃，崇庆叔叔也率全家来聚，最高峰人数超过30人。有了好邻居，客再多也容纳得下。钟英孃孃家早早地做了预案。邻居家慷慨借出预备自家吃团圆饭的圆台面和凳子。

当夜色终于铺满了大地，桌上摆满了各式各样的菜肴，有鱼有肉有虾，有蔬菜还有全家福汤，每一道菜都寓意着吉祥如意，就像是大地奉献的最丰盛的礼物，承载着家人们深深的爱意。

作为寿星，按照民间历来形成的老规矩，钟英孃孃理当坐在主位上，这个座位通常是面对门的，象征着主角的地位，但只要父亲出席，孃孃叔叔们总是安排父亲坐主位。钟英孃孃忙前忙后张罗，甚至都来不及坐下。

双向奔赴，这是一个网络流行语，用来形容良好的关系最恰当不过。父亲望着灯光映照下温暖如春的亲人们，虽然一如既往貌似威严，但内心深处的那片柔软渐次舒展开来。父亲需要精神养分，而亲情就是其中的一种，它像水与空气一样不可缺少。

我年龄小挑食，也因为父亲和孃孃叔叔们的偏爱，总被安排在父亲身边，受到特别照顾。那时的我被孃孃叔叔多方褒奖，飘飘然不知所以。

大家齐聚一堂，热热闹闹，欢声笑语洒满了屋子。这时候，长辈们会开始讲述家族的往事，讲述着家族在风雨中的坚守，讲述着祖辈们的智慧和勤劳。那些久远的故事像是从岁月长河中缓缓驶来的船只，带着历史的厚重感。我记忆中，房家长辈从来没有用话语来教育后辈如何处事做人，但家庭和睦、亲情至上的价值观，以及对生活的明白、对世事的洞察，深刻、精辟。

岁月的年轮缓缓驶过，2018年钟英孃孃辞世，但那些年初二的记忆却如同一幅幅永不褪色的画卷，成为后辈灵魂深处最温柔的慰藉。

18. 长长的红围巾

1982年，母亲单位为我们家安置了控江路到底、靠近军工路的广远新村住房。该新村是由上海广播器材厂（新华无线电厂曾经的厂名）和上海远洋渔业公司联合集资而建的，命名便从这两家单位名称中各取一字，为"广远"。

房子新却是毛坯房。父亲母亲都没有装修的概念。那日，母亲带着二哥和我站在空荡荡的新房里，水泥地上还留着刚刚扫帚扫过的痕迹。阳光从窗户斜斜地照进来，在墙上投下一道道斑驳的光影。母亲伸手摸了摸粗糙的墙面，指尖沾了一层白灰，叹了一口气道："没有装修公司，马路边甚至连蹲着等活儿的木工师傅都没有，要刷墙铺地板打家具，那就得自己动手。可家里谁有这个能耐呀！"

"嫂嫂！"门口传来一声呼唤。探头一看，只见几位姑父带着工具来了。

"这墙得先刮腻子。"正说着，表姐夫们也来了。

那个年代，装修请不到工程队，只能自己动手。热情的房家姑父、叔叔，几乎所有的男人，工余休假纷纷加入，铺地板贴瓷砖，合作默契用心精细。以手巧著称的姑父，亲情担当了"装修总指挥"。浴缸装不上，没关系，自己用瓷砖和水泥砌一个；衣柜没有，没关系，自己吊顶做一个。虽是简单的吊顶、贴壁纸、铺地板砖，可作为全家老少关心的重点工程，叮叮当当忙碌了好些天。尘土飞扬中，"装修工"们的衣裳被汗水打湿了一身又一身。

母亲忙不迭端上精心烧制的红烧肉。"装修工"们吃着红烧肉，不说自己劳累辛苦，反夸母亲烧的红烧肉是一绝……

装修好以后，我们一家欢天喜地搬进了这套用亲情一点一点装修起来的新居。父亲周末从嘉定回沪，忍不住夸奖亲戚们如部队战士一般给力。

随着时光流逝,"二万户"房子已经被拆了,嬢嬢叔叔们也早已拥有了各自的住房。嬢嬢们随之有了属地区别:住在同济新村的育英嬢嬢,被叫作"同济嬢嬢";住在开鲁新村的钟英嬢嬢,被叫作"开鲁嬢嬢";住在通北路的瑞英嬢嬢,被叫作"通北路嬢嬢"。崇庆叔叔风华正茂,厂里工作告一段落后,担当了海事大学学生辅导员。于是他在和同济大学工作的新龙姑父、科技大学工作的父亲碰面时,有了新的探讨话题。

老屋情怀依然难以忘却。房家兄妹的情谊源远流长。他们互相牵挂,无论谁家婚丧红白事还是添丁加口、病痛抚慰,从不错过。

父亲90岁后,心脏装了起搏器,开始常住华东医院。嬢嬢叔叔们住在杨浦,离得较远探望不便。他们就经常打电话嘘寒问暖。后来父亲开始耳背,育英嬢嬢听觉也不灵敏了,钟英嬢嬢住进了护理院,大家在电话里沟通不便,需要旁人辅助传递,但彼此还是牵挂依旧。

父亲从医院请假回家过年时,获悉育英嬢嬢脑梗康复,刚回到同济新村家中休养。多日不见面不闻声,父亲心急火燎,坚持上门探望。育英嬢嬢的住所是老房子,虽是二楼,但一楼到二楼的楼梯笔直不转弯,且扶手是水泥铸就。父亲上下楼梯困难,一手拄着拐杖,一手扶着冰冷的水泥扶手,一个台阶一个台阶登上去,步履蹒跚,颤颤巍巍……我夫妇在父亲的身后护卫,着实捏了一把汗。

父亲百岁生日时,比他小12岁,属相同是猴的育英嬢嬢到华东医院探望。老兄妹俩都围上了长长的红围巾,乐呵呵。那一天,戴着红色标识的两对老夫妻还开开心心合了影……

如今照片上的老人仅剩母亲一人在世,不禁让人感叹时光荏苒,岁月变迁。但家族血亲情谊就像长长的红围巾,绵软温暖。

2020年12月父亲与育英嬢嬢

2021年父亲（右一）母亲（右三）与育英嬢嬢、新龙姑父合影

19. 为招生工作把关

1977年9月至1978年3月，父亲在上海市高校招生办公室政审组担任组长。这一职位通常由具有丰富的政治审查经验和较高政治觉悟的人员担任，需要具备较强的政策理解能力、沟通协调能力和问题处理能力，同时还需要具备较高的政治敏感性和责任心，以确保招生工作公平、公正和透明。

1966年到1971年，大学停止招生。1972年到1976年，大学采取"自愿报名，群众推荐，领导批准，学校复审"的办法招收工农兵学员。招生的基本原则遭到破坏，导致了"读书无用论"盛行，教育质量严重滑坡，国家建设所需的各种专门人才青黄不接。

1977年9月，国家教育部在北京召开全国高等学校招生工作会议，决定恢复已经停止了10余年的全国高等院校招生考试，以统一考试、择优录取的方式选拔人才上大学。恢复高考的招生对象是：工人农民、上山下乡和回乡知识青年、复员军人、干部和应届高中毕业生。

恢复高考，全社会欢欣鼓舞，符合条件的青年踊跃报名。考生什么年龄、什么模样的都有，大的三四十岁，小的十六七岁，很多人已经结婚生子,仍然赶来报名。

恢复高考第一年,政审工作带上了浓浓的时代烙印。

当时,考生在报名表上只填写最基本的个人资料,政审是在报名之后进行的,而且政审不会影响考试,只要报了名就可以参加高考,但政审结果会影响录取。

父亲他们认认真真开展这项工作,他们把考生政审认同于组织审查。考生报名后,负责发出考生的政治情况调查表,通过邮寄的方式发到考生的父母或直系亲属所在的单位、街道等等,对方填写后再收回,随后安排工作人员对考生情况逐一审核并作出结论。

父亲当年说,他倡导抛弃过去"左"的那一套思路,像龚自珍在《己亥杂诗》中写道:"我劝天公重抖擞,不拘一格降人才",聚天下英才而用之,不拘一格选人才。

20. 担任大学副校长

1978年3月,父亲婉辞了市高招办留任政审工作,回到上海科学技术大学,继续在生产器材处担任处长。

1980年1月10日,中共上海市委任命父亲为上海科学技术大学副校长。同时被任命的还有殷保津叔叔,他被任命为上海科学技术大学党委副书记。

父亲说,组织上重用他,培养他,让他担任大学副校长是对他最大的信任,他必须不辜负组织期望,尽心尽力做好自己的每一项工作。

当时实行党委领导下的校长分工负责制。

1978年,中共中央召开的全国教育工作会议,通过了《全国高等学校暂行工作条例》,同年10月,教育部通知试行上述条例。该条例将原"高教六十条"中规定的高等学校实行党委领导下的以校长为首的校务委员会负责制、系党总支对行政工作实行保证和监督的领导体制,改为"高等学校的领导体制,是党委领导下的校长分工负责制"。系一级实行"系党总支委员会(或分党委)领导下的系主任负责制"。修改后的"高教六十条"还强调:学校党委支持以校长为首的全校行政指挥系统行使职权,并督促和检查他们的工作。

当时,上海科学技术大学的校长均由上海市有关领导兼任(粉碎"四人帮"后,第一任校长杨士法、第二任校长金柱青,均系上海市科学技术委员会主任,其中杨士法担任校长不久,就被任命为中共上海市委副书记、上海市副市长)。市级有关领导兼任校长,学校可以得到领导机关和有关部门更多的关心与支持,为解决学校建设和发展中的重大问题,创造了非常有利的条件,起到了专职校长往往起不到的作用。但是,兼职校长因为本身工作繁忙,不能经常召开校长办公会议,讨论学校行政工作中的问题,组织副校长实施行政任务。这就需要强化党委在学校工作中的领导作用,并且代替校长行使部分职权。

父亲担任分管行政的副校长期间,学校正实行党委领导下的校长分工负责制。学校通过每周一次党政联席会议(党委副书记、纪委书记、副校长参加)的形式,讨论学校工作中的问题(讨论特别重要的问题,兼职校长参加。如不能参加,由党委主要领导或副校长及时与校长沟通),并由党委进行分工,组织实施。各副校长在实施任务的过程中,主要向党委负责。

父亲每次参加党政联席会议都认认真真准备,而后紧抓实干、踏踏实实实施各项任务。他为学校的发展付出了诸多心血,取得了非常明显的成效。

上海科技大学地处嘉定,父亲连一周回一次市区的家都不能保证。我求学期间放寒暑假了,想父亲了,去嘉定父亲学校探望,发现工作时的父亲,步履矫健,快步如飞,自己要用小跑步的速度才能勉强跟上父亲走路的步伐。

父亲负责分房以及其他涉及财权利益的工作,恪守纪律和制度,从不越雷池一步,哪怕擦边球也不打。

那时,随着大哥回沪,我们家有了过年合家欢的气氛。无论是在家还是在饭店,包括父亲常住华东医院后,全家四代人小年夜欢聚,父亲总会美酌两小杯黄酒,笑眯眯地加点一道"青青白白"(青菜百叶)的小菜,告诫我们,做人必须清清白白。

父亲担任上海科学技术大学副校长(后因年龄原因改任顾问)期间,与时任上海科学技术大学的党委书记张远达交流顺畅。张远达有个女儿张静,与我年龄相仿,我们一见如故。1982年暑假,张远达带上海科学技术大学一队人马去浙江富阳考察,父亲在其中。张静和我随行。父亲们开会交流,女儿们在宾馆房间里等候。当时除了学校体育课的垫子,我还没见识过那么软的席梦思床垫。两个丫头乐开了怀,像幼童一样在床上蹦蹦跳跳……

第七章　晚年的父亲

1. 桑榆未晚

1984年1月,父亲满63岁,正式离休了。

世界仅有中国有离休。它是中国针对已退出工作岗位的、中华人民共和国成立前参加革命的老同志设立的一种优越的社会保障措施,也是涉及干部政策的一项制度。

离休干部界定范围包括:① 1949年9月30日前参加中国共产党所领导的军队干部;② 在解放区参加革命工作并脱产享受供给制待遇的干部;③ 在敌占区从事党的地下革命工作的干部;④ 1948年底以前享受当地人民政府制定的薪金制待遇的干部;⑤ 1949年9月21日前参加民主党派,以后一直拥护共产党、坚持革命的干部。

父母亲均符合离休条件,光荣享受离休待遇。

在父亲眼里,离休是一段新征程的开始。他担任了校老干部工作领导小组副组长。他仍然每天坚持读书、看报、关心国家和学校的发展,家事国事天下事事事关心,积极参加所在离休党支部的组织生活会,为学校工作献计献策。

父亲一次次参加原上海针织厂、国棉十八厂、华丰印染厂厂史编纂;回嘉定参加原上海科技大学老同事们的各项活动。父亲踏访战争年代奋战过的老区土地,重温往昔峥嵘岁月。

父亲说战友们都是英雄,曾经和他同吃同住的那么多人,有的连名字也没有留下,他们中的许多人在今天看来都年轻得只能称为孩子。作为战争的幸存者,父亲非常怀念他们。

人老了,很多事情记不得了,但他们却像是刻在了父亲的记忆里,那

2009年父亲参加原上海科技大学老同事活动

1985年父亲参加原上海针织厂活动

么清晰。每当父亲回忆起硝烟弥漫的战斗情景,心情总是特别激动。父亲总说,新中国来之不易,今天的生活来之不易,这是烈士们用鲜血换来的。父亲怀念他们,也觉得所有活着的人都应该记住他们。

他曾动情地说:"如今的好日子,真是以前做梦都想不到的,这么好的国家、这么好的党,我们有什么理由不爱?"

他说:"离开了工作岗位,仍然是党员,党员的身份永远不退休,党的工作永远没有二线。"在他的心里,"只要还有呼吸和心跳,就应为党做一些些力所能及的工作"。

他积极参加社区党日活动,给学生们讲述他和他战友的故事,教育下一代。

父亲参加原上海科学技术大学校史编纂时发言

他始终为上海大学的快速发展感到十分骄傲和自豪,希望学校建设好,发展好。每年学校有领导和同事来探望时,他就根据自己以往的工作经验和学习心得,提出建设性意见。

他特别提议,在组织生活内容中,添加如何加强子女教育,怎样正确对待人生,倡导丧事从简等问题的讨论。

他热衷公益事业,逢灾必捐款,认为国家有难,理应守望相助。有捐款证书的有几十笔,匿名的更无以计数。2020年3月,父亲已百岁高龄了,还委托我为抗击新冠疫情捐款5 000元,这是他生前最后一笔捐款。

1987年12月,父亲被中共上海市教育卫生工作委员会评为离休干部先进个人。

党和国家没有忘记他,父亲享受副省(部长)级医疗待遇。

父亲有时间休养身心了。90岁之前,几乎一年被组织上安排去无锡华东疗养院(上海市保健医疗中心)疗养一次,多则几个月,少则10天、20天。那里的自然环境、疗养设施以及适合老年人的活动让他感到舒适和愉悦。父亲喜欢去那里放松身心。

2005年父亲在交流会上发言

2011年原上海市老干部大学副校长沈治探望父亲

华东疗养院坐落在无锡著名的太湖风景区内大箕山上。山水相依，绿树成荫，曲径通幽。夕阳斜照，林深荫翳。他每天在高低不平的山路、错落有致的湖边小道、花草丛林中散步，不知不觉就过万步。

在华东疗养院疗养时，允许家人探望。我们得以与父亲同乐。

父亲告诉我们，华东疗养院大箕山山脊有三峰，北端第一峰就是华东疗养院大楼的所在地，6幢黄墙青瓦的二层楼房掩映于绿荫丛中。顺地势登高至二峰，峰顶古松疏林之间，筑有一六角小亭，名曰"眺远"。三峰四周松涛呼啸，名"听涛亭"。山南有巨矶立于湖边，逶迤伸入湖中，与太湖三山相对，是著名的"好望角"。

父亲最喜欢好望角。沿山径往下往前，就看到几块大礁石，一直延伸到太湖里，踏上礁石，纵目远望：天空就在头顶，湖水轻漾身边，沙鸥飞掠，绿苇随风摇曳，船只往来交织……大箕山附近太湖流域，地形复杂，适合游击战。当年父亲和他的新四军战友们在这一带利用地形优势与日军周旋。父亲在这里，随意一瞥，当年的情景，那隐于时间的隐秘符号，便会出现在眼前。

每次我们去，父亲总是在食堂里点上"太湖三白"和无锡肉骨头招待我们。共餐时，他总是一边吃一边说，当年食物短缺、物资匮乏是常态，他和他的战友们只能依靠简单的食物维持生存，这些美味佳肴是当年难以想象的奢望。要感恩当下的幸福生活，珍惜来之不易的和平与安宁。

来华东疗养院的老同志，从年龄上可分成3个层次：九十为稀，八十为主，六七十为辅。父亲戏称为"老中青三结合"。每次父亲一入院就要接受评估、检查、备查三步曲式备案。2010年，父亲90岁时，他又独自去了无锡华东疗养院。没想到入院检查时，医生发现他的心脏跳动每分钟只有40次，属于严重的心动过缓，应该及时到医院进行治疗。于是，立即通知我们，并连夜派出救护车，送父亲回沪，住进了华东医院。

自此，父亲装了心脏起搏器，常住华东医院。

党和组织的恩情深似海，滋养着父亲的家国情怀。

2. 消失的可可奶香

父亲这一辈子，坎坷艰辛。新中国成立后，工作中为提神而大量吸烟，烟瘾极大，每天要抽两包到两包半烟。他从"大前门"烟抽起，烟不离手。特殊时期后，他爱抽凤凰牌卷烟。那时的凤凰牌卷烟有一股经典的可可奶香气味。因此，他每周末回沪，家人不用听他发声，远远闻见凤凰牌卷烟的可可奶香气味就知道他到家了。

离休时，父亲做了一次体检，诊断出身体一大堆毛病。除了心血管问题，还患有高血压、冠心病、慢性气管炎肺气肿。父亲年轻时，冬天胸闷喘不上气，必须到室外小跑运动才感觉舒服。医生告诉他吸烟有百害而无一利，让他必须戒烟。父亲同意了。他说到做到，丢掉了所有的香烟、打火机、火柴和烟灰缸，坚决拒绝香烟的诱惑，经常提醒自己，只要再吸一支烟，就会使戒烟计划前功尽弃。

父亲确实做到了。他从此没有碰过一支烟。我们再也没闻到那凤凰牌卷烟的可可奶香气味了。

但酒是父亲终生所爱，一直到99岁，家人给他提前庆祝100岁的家宴上，他还笑眯眯地喝了两小杯黄酒。

他年轻时酒量好，白酒饮多杯不醉，有"闷酒缸"的雅号。中年时，在节假日的餐桌上必喝白酒。晚年时改喝黄酒。他说，黄酒是用粮食作为主原料制作的酒，酒的味道香醇，营养价值高，有助于吸收，促进消化，可以暖身暖胃，冬天喝黄酒是最好的。但是喝黄酒时，最好用热水烫一下，口感会更好。二哥给他买了陶瓷温酒器。于是，餐前经常见他将黄酒放在温酒器里，烫酒壶、暖酒壶，放入热水中烫热。冬天准备好小暖酒锅，加入黄酒，加入姜片，枸杞，直接用火加热煮。

父亲生前常说，冬季饮服黄酒，可活血祛寒、通经活络，能有效抵御寒冷，预防感冒，尤其黄酒中加点姜片煮后饮用，既可活血祛寒，又可开胃健脾。但黄酒加热时间不宜过久，否则酒精都挥发掉了，会淡而无味。

医学实验证明，适量饮酒，对人体有兴奋作用，可使血管扩张、循环加强、精神振奋、解除疲劳、促进睡眠、和肺助气、强心提神、活血通络。适量饮酒与养生保健、防病治病确实有着密切的联系。

3. 大蒜爸爸

人生一世寿为福，长寿是每个人的梦想。活多久算是长寿？世俗称，

"60 小寿，80 大寿，100 超寿"。这种划分难言科学，却也代表了一种观点，长命百岁是大多数人对寿命的高追求了。

什么是长寿？古人云：人生七十古来稀，活到 70 岁就称有寿，俗称寿翁。活到 80 岁为长寿，俗称寿老。活到 90 岁以上为超长寿，俗称寿仙。活到 100 岁以上为人瑞，俗称瑞寿翁。

父亲从没有过寿的习惯。他一直认为，他的那么多战友年纪轻轻就牺牲在硝烟弥漫的战场上，他能在安定的环境中过上平安喜乐的生活，是幸存者。

爷爷奶奶去世早，父亲的长寿非遗传。

民以食为天，寿以食为先。父亲的饮食起居日常作息习惯是：

第一餐，每天早上 6 点起身，漱口洗脸后，先喝一杯温开水。稍做他自创的活动操后，7 点吃一个肉包或花卷、一个煮鸡蛋和一杯牛奶，有时吃半个糖醋蒜等酱菜。早饭后坐上两站公交车去青松城老干部活动室看书读报。

第二餐，中午 11 点半左右吃，主食是面条或饺子。菜肴主要是红烧肉或鱼加蔬菜。饭后听半小时京剧，然后小憩 1 小时。起身后，散散步，出门溜达参加活动或在家看电视。

第三餐，下午 5 点半左右吃，主食是杂粮粥。饭后，雷打不动看电视新闻。8 点半左右洗澡，9 点准时上床，揉肚子 100 次，10 点睡觉。

父亲没有食用保健品的习好。对他而言，一日三餐和生活规律更重要。他每天都吃面条，必须放醋，而且是镇江醋，其他醋他都不喜欢，认为没有香味。他爱吃茄子，清蒸茄子，百吃不厌，他说因为茄子中有维生素 P。

他还爱吃芝麻大饼。吃起芝麻大饼，他会诙谐地拍一下桌子，因为他老是给我讲穷书生吃芝麻大饼的故事。穷书生家境贫寒，节衣缩食，每天常在小铺子花两个铜板吃两个芝麻饼。他老坐在破旧八仙桌上，细嚼慢咽，慢条斯理地又吃又画，并不时地拍两下桌子，将中指放到舌头上舔。舔着写着，反复无穷，引起了店小二的兴趣。小二凑近细看，原来书生在拾吃桌面上的芝麻，"啪啪"两声，芝麻震出桌缝。

父亲最爱吃大蒜。每顿必吃，开始他老吃生蒜，后来觉得生蒜辛辣，改吃糖醋蒜。

父亲还会烧大蒜拿手菜。

母亲娘家的姨外孙女翠华，家住江苏省盐城市大丰区裕华镇。裕华镇是一个充满历史和文化底蕴的地方。父亲在新四军第6师16旅时曾经在那里战斗过，留下了深刻的印记。同时，那里也是著名的大蒜之乡，盛产优质大蒜。翠华定居上海后，逢年过节回家乡，带来的农副产品中总少不了大蒜。对父亲来说，这份礼物既实用又富有意义。父亲拿到手，总要亲手制作"淮扬早茶"风格的"大蒜干丝"，让我们食用。他先将生姜细细地切成丝，放糖腌制；然后把握好大蒜和干丝成熟度：大蒜，整根烫，蒜竿脆脆的，但是不生不辣，过了则绵软缠牙。干丝，入口软，不能太生，否则有那种梗着的感觉，也不能煮太久，易糊掉。倒上酱油、芝麻油、白砂糖，最后再加一点油炸花生米。父亲做的"大蒜干丝"，干丝的绵软、大蒜的脆爽，外加花生米的酥香和生姜丝的辣，综合成丰富而饱满的口感。

父亲的这道拿手菜，简简单单，现如今，不管是擅长烹饪的大嫂、二嫂还是我，都难以复制出当年的味道。

大蒜食用后，确实有些异味。我每每闻到蒜味就叫父亲"大蒜爸爸"。

于是"大蒜爸爸"专门找来资料"教育"我。

父亲说有些人认为大蒜只是一种调味品，没有必要把它当作食物来吃。特别是，它的味道非常刺激，吃起来总觉得不舒服。事实上，大蒜是一种非常有营养的东西，大蒜对老年人的好处很多。

母亲的长寿与大蒜无关。

母亲年轻时经常饿一顿饱一顿影响了她的胃，有一阵子她甚至以烂糊面养胃，她不喜欢大蒜之类对胃有刺激的食物。

我以为，父亲母亲之所以长寿，原因之一是因为他们不论生活环境、健康状况如何，都表现出了积极乐观的生活态度。

积极的心态能够增强免疫系统功能，减少炎症反应，更不容易患上心血管疾病、糖尿病和癌症等慢性疾病。一项关于百岁老人的研究发现，约90%的百岁老人表示，他们对生活充满了热情和积极的态度，而仅有10%的人认为他们的长寿与严格的健康生活方式有关。心理学家还发现，心态积极的人在面对压力时，能够更好地调节情绪，减少压力对身体的负面影响。

综观父亲的百年人生，他在处理压力时确实有其独特的方法，他通常能够迅速找到问题的积极面，从中寻找机会和希望。这种积极的思维模式让他在面对挑战时，能够保持冷静和乐观，不会被挫折打倒。

此外，良好的心态让父亲具有较高的自我价值感和生活满意度，更容易找到生活中的乐趣和意义。这样的生活态度不仅提高了他的生活质量，还延长了他的寿命。

父母长寿原因之二是他们饮食规律。良好的饮食规律，是指在日常生活中饮食有节，早、中、晚三餐的时间、数量，以及种类相对稳定。

4. 自己动手

父亲晚年，终于有时间为自己缝纫了。他兴致勃勃地购买了衣料，为自己做了几套春夏秋冬的西服（他称之为改良西服），乐滋滋地穿上向家人炫耀。

他一边展示自己裁制的西服，一边就裁剪服装所用的剪刀、尺子等物品，向我讲述红帮裁缝的故事。

父亲什么事情都想着自己做，包括家务活、购物、洗衣服等等，他说其中有非常多的乐趣，值得付出一定时间，还能起到锻炼身体的作用。

母亲认为流水不腐，户枢不蠹。生命在于运动。人也是这样，需要经常地活动才能保持健康，益寿延年。她54岁开始学练太极拳，不管刮风下雨，每天早上5点必起。劳动和运动给她注入了生命活力。

父亲不赞成传统的运动方式，他认为养生贵在有动有静，动静结合。人体本身无时不进行着动静交替：夜临则眠，日出即起；久坐思立，久立思坐；久动欲静，久静欲动。每一器官和功能亦都有其动静交替的规律。一动一静，都有利于人体健康。

5. 爱听京剧

爱听京剧是父亲的人生乐趣之一，也是他最重要的一项爱好。晚年，大哥给他买过"随身听"，我也送过他小收音机。于是衡园家中总是呈现这一幕：午后，阳光轻柔地穿过窗户，丝丝缕缕地洒在小小的机器上，折射出缕缕暖光，微风不燥，父亲坐在藤椅里，悠然自得地摇晃着脑袋，跟着旋律哼唱京剧，享受着独有的宁静与悠闲，颇为自得其乐。这是他的惬意时光。

父亲回忆当年在上海打工时，发了工钱经常去上海的"三马路""四马路"闲逛。他告诉我们，上海的四马路，即福州路。赫赫有名的南京路，上海人称之为大马路；向南一条马路九江路，就叫二马路；再向南，即汉口路，则叫三马路；依次类推，福州路叫四马路，广东路叫五马路。

"上海文化一条街"四马路（福州路），从西面的人民广场延伸至外滩的海关大楼，全长1.5公里，拥有书店300多家，如254号内的北新书局和黎明书局、279号的文化书局、300号的上海书局、326号的大众书局、379弄12号的上海书报杂志社以及380号的中国图书杂志社等。这些地方拥有很多进步书籍，好多书他都津津有味地读过，是他在孤岛时期认识世界的启蒙读物。他说不知为什么，一进入那些书店，闻到那迷人的书香，整个人就沉浸其中不能自拔。

那时他买不起书，翻翻看看书，然后沿着四马路逛到四马路与云南南路的转弯角的大新舞台（后改为"天蟾舞台"）——旧上海最大的京剧舞台。周信芳、盖叫天曾在此挂头牌演出过，后来梅兰芳、李万春、姜妙香等名角也从北京南下在此献艺。他花最便宜的二毛门票钱，坐三楼散座，一样能欣赏到梅兰芳、程砚秋、马连良、周信芳、谭富英、李万春、张君秋等众多名角的戏。

他告诉我们，扮演女性形象的青衣角色一般都是端庄、严肃、正派的人物，行动比较稳重，大多数是贤妻良母，或者是贞节烈女之类的人物，以唱功为主，动作幅度较小；花旦则以性格活泼或泼辣的中青年女性的形象为主，比较放得开。扮演男性角色的老生唱和念白都用本嗓（真嗓）。他最喜欢"大花脸""包黑头"，勇猛、刚正、忠直。

对父亲而言，战争年代戎马倥偬、和平年代工厂和大学管理的责任如山，离休后才有了充裕的时间。京剧就像刻在他基因里的密码，被唤醒了，他可以安然地来爱他所爱了。

6. 养花养虫怡情

父亲从年轻时就特别钟爱侍弄花草。

在霍山路时，我们家住的是独门独户的石库门房子，家里有一个大大的晒台。父母从附近公园里寻来泥土，一桶桶拎上楼，捡来碎砖，在晒台上砌了花圃,种上了月季、菊花、石榴和喇叭花等,好像一个大花园。我小时候"办家家"就是采摘月季花朵,"烧"出一道道"美食"。

20世纪80年代初的一年年初,父亲清除了晒台花圃的杂草和石块,翻耕土壤,埋上了家里打死的老鼠,作为添加的有机肥料,提高了土壤的肥力,弄来优质葡萄品种,种了下去。他嘱咐我们葡萄喜欢湿润的环境,要适量浇水,保持土壤的湿润度,但不能过量浇水,以免造成根部腐烂。母亲对葡萄做了修剪和整形,去除病虫害和枯萎的枝条,保持树冠的通风和光照。父亲又把一些无名小枝剪掉,告诉我要优中选优,优质枝条等它蓄势待发。慢慢地叶子不断长大,五一左右葡萄开花了,接着开始结果实——一串串小葡萄娃。随着天气越来越热,葡萄也越来越大,绿油油的一串串挂满枝头。端午节后葡萄就慢慢地变紫,慢慢地成熟。父亲告诉我,要选晶莹透亮的吃,酸酸甜甜的美味极了。越往后葡萄越来越紫就越甜。

不料葡萄引来了邻居馋娃,几个男孩爬墙过来偷采。为了防止孩子们偷采时不慎摔跤,父母忍痛把所有葡萄一股脑儿全部采摘下来,然后分送左邻右舍。

搬入广远新村新家后,父母在阳台上种起了昙花。昙花是一种非常美丽的花卉,别名为"月下美人",属于仙人掌科昙花属。它的花大而美丽,在开花期间,带来满满的视觉享受。昙花成了父母的心头好。可是昙花展现美姿秀色,总是在夏秋节令繁星满天、夜深人静时。花开四五个小时后,便会闭合、凋萎。于是我夫妇常常在昙花一现时被父母召唤回家,拍照留念。

父亲说,养花不仅是闲情逸致,而且是一种益康、益智、益寿的行为。

养花需要进行移盆、换盆、松土、施肥、浇水、剪枝等劳动,这就需要全身较均衡地不停运动,从而达到全面锻炼身体的目的。

养花还需要科学知识,需要多学习、多动脑、多实践。

父母精心培育花卉,每天莳花弄草,洒下了汗水,盛开的花朵给他们带来了无穷无尽的快慰。

父亲还喜欢养虫。每年冬天,他都会去花鸟市场买金蛉子。他的兜里总会揣一两个养着金蛉子的小盒子。只要周围安静,他的兜里就会传来清脆的"铃铃"声，那是金蛉子的叫声。

冬天的虫子都怕冷，给它们保暖最好的方式就是揣在怀里，焐在胸口。父亲给金蛉子的盒子做过好几件"棉袄"，用厚实的灯芯绒布加上棉花的夹层。不过，"棉袄"不会自发热，所以父亲总是把虫子焐在身上。

养虫也是中国源远流长的传统文化。"螽斯振振，瓜瓞绵绵"，通过翅膀振动、摩擦发声的鸣虫一直被赋予着美好的寓意，自唐宋起，养虫听叫就是中国的民俗文化之一。冬怀鸣虫，为父亲的晚年生活增添了不少独有的情趣。

7. 四代同堂

父亲65岁时，孙子出生，父亲乐开了怀，终于拥有了第三代。

父亲当仁不让拥有了取名权。他想给孙子取一个重复率不高的名字。他说孩子上学后，如果一个班里有几个重名的孩子，容易给孩子先入为主的观念，且如果已经有另一个人叫同样的名字，那么别人会将两个同名的人进行比较。如果两个同名人同时出现，会让孩子十分尴尬，因为一喊名字，两个人都会回应，无法给别人留下深刻的第一印象。但又不能给孩子取太过于复杂、生僻的名字，免得看到名字的人，不知道孩子的名字怎么读。

取什么名字呢？当时大哥大嫂还在安徽绩溪工作，孩子是在上海出生的，因此小名就为"申生"。

大名呢？按房家辈分秩序"国可文庆定永立春秋"，孩子是"永"字辈。我们"定"字辈，除了大哥的名字是隐含木的意思，其余的楠、桦和崇庆叔叔家的梅、松，都符合老祖宗要求"姓房有木"的意思。房家长辈都是"说文解字"的高手，旭松生日是9日，又是男孩子，长辈起的名就是"象形"的"旭"字。父亲认为新时代了，不能墨守成规，应该把永字巧妙地隐含在孙子的名字里，于是取名为"劬"。劬字五行属性为木，会意字。从力，古文字形体像古代耕田用的木制农具，表示用这种农具耕地很花力气；从句，句有弯曲义，表示劳作时身体多弯曲，像模像样。本义是劳苦、勤劳。

父亲69岁时，我怀孕了。父亲兴致勃勃地想了好多名字。彼时，我住在延吉东路,产期在冬天。父亲说不管男女,取小名"冬东"。大名起啥呢?我丈夫这一辈,有堂兄弟 4 人,前面 3 位兄长已有了 4 个女孩,限于计划生育政策,不能再生,寄希望于我生个男孩。父亲说如果我生个女孩,就叫"嘉懿"(一次性);男孩叫"嘉劼",有个"力"字,顺延兄长"劭"字,寓自强不息、品德高尚、美好之义。我当时还不高兴父亲的重男轻女,实际上父亲是站在我的角度,设身处地感受我的环境,为我着想。幸好后来生了男孩,皆大欢喜。

孙子婚后有了歆之;外孙结婚有了瑜珩。于是 96 岁时,父亲拥有了重孙女;97 岁时,有了重孙。至此,父亲是和睦幸福四世同堂的老人了。

就像老舍《四世同堂》中所说,母亲的心是儿女们感情的温度表。母亲儿女双全,子孙满堂,她最欣慰的是能够见到自己的重孙。

2025 年春节,母亲搂着两个活泼可爱的重孙

对我们而言,母亲是天下最好的母亲。她以坚韧不拔的毅力和乐观豁达的心态,拥抱了世界。如今,她身体硬朗,精神矍铄,脸上总是挂着和蔼可亲的笑容,仿佛岁月在她脸上留下的不是沧桑,而是智慧与慈爱的印记。

母亲的四世同堂不仅是我们家庭的荣耀,也成了她所在单位的佳话。母亲 99 岁,是年龄最长的退休员工;母亲党龄 83 年,单位里几个党员加起来都没她的党龄长。航天八院和八〇二研究所的领导经常来看望她,年轻的党群处处长曹培培每次都拉着母亲的手,叫"奶奶"。

8. 最后的岁月

父亲在上海华东医院东 16 楼住了多年。

2004 年 5 月起，父母曾住肇嘉浜路我家。看着我宽敞明亮的住宅，他多次表示不能在这套房子里留下自己过世的痕迹，因此他经常去上海华东医院和江苏无锡华东疗养院。2010 年，他 90 岁了，节假日女婿接他回家，或带他逛公园赏花享受美食。2017 年，他 97 岁，医生不允许他出院，他就住华东医院东 16 楼。

父亲晚年常说："我将来不会给子女添麻烦的，80 岁后会常住华东医院老干部病房。"确实，国家给予他的医疗待遇逐年提高，直至 100 岁后给予"副省（部）级医疗待遇"。

2011 年上海大学党委副书记鲁雄刚到华东医院探望父亲并赠书

我们常去华东医院老干部病房探望，目睹了东 16 楼病房医生、护士每天的工作状况。他们精湛的专业技能，对工作的高度责任感，对待病人热情和蔼的态度以及紧张忙碌的专业工作过程，令我们赞叹不已。

病房的主任宫玲、副主任高艺以及原来历任的主任和床位医生，在父亲住院期间，不论多忙，都经常到病房仔细询问病情，耐心查体，并根据父亲的具体情况，及时调整治疗方案。缪岚医生、周全医生，作为父亲的床位医生尽职尽责，服务态度优良，和蔼可亲，总是与我们病人家属畅所欲言，有商有量，最大程度延续了父亲的生命，减轻了他的痛苦。

还有那些有着天使般笑容的护士们，由于父亲生命的最后阶段烦躁不安、神志不清，给护士们增添了许多额外的麻烦，但是护士盛伟、蒋文俊、钱静珏、周丽、朱雯、周文怡、朱桑妍、毛新宇，每天从上班开始，总是面带微笑，话语轻柔，细致体贴，让病人和家属深感安慰与放心。护士长奚洁更是尽职尽责，严格要求每一位护士和护工。正是因为奚洁护士长的严格要求，每名护士和护工工作能力强，手法熟，动作轻，点滴之处体现了很高的专业素养，让每位病人都感受到春天般温暖。

作为子女，我们无法亲手照护，只能请人代劳。这种情况下，父亲余生的生存质量与护工的工作品质息息相关。

从一开始，我们兄妹就把护工视为平等的合作伙伴，希望各尽其职，共同努力，让父亲在生命余下的时间里得到良好的照顾。

父亲的护工中，他最满意的是夏素玲。她来自安徽泾县，1963年出生，在华东医院做了20多年护工。脾气最温柔、被父亲失智后漫骂仍不生气的王素荣，是夏素玲的表妹。她俩自尊、自信、乐观，照护水平很高，把陪护父亲到生命的终点视为责任和自己的功德。

9. 倒计时的日子

光阴荏苒，岁月流逝。

父亲年过百岁之后，不再说话。他的目光依然清澈明亮，脸上依然常含着微笑，听人说话时，也有应对的表情。他心里什么都明白，但就是不开口。我们兄妹仨曾无数次探望父亲，花更多时间去陪伴父亲，坐在父亲的床头，拉着他的手对他说话。父亲看着我们，微笑着点头或者摇头。

2021年下半年，父亲101岁，生命进入了倒计时。彼时，他对世界和亲人已完全陌生，病床上仅剩下一副枯槁的躯壳。他经常沉浸在睡梦中，偶尔睁开眼，眼睛已不如之前睁得大，目光滞缓木然。父亲看着我们，我们亦望着他。父子（女）相看，无言无泪，彼此不忍离开眸子里的身影。

我们轻轻握着他的手，慢慢地温热。

他的目光终极之处是哪儿呢？

那是长江北岸中堡镇的大纵湖，那里有湖水流淌的沙沙声；那是商丘路前店后厂的裁缝铺，那里有少年的目光炯炯；那是硝烟弥漫的战场，那里有战友在被服厂夜以继日勤奋劳作做军服；那是特殊时期的历次集会，那里有……更深的夜里，它们会无声地划进他的梦中。大半个世纪一个人，这个人的命运在走动在起伏。

父亲的生命之火油枯灯灭，我们不能逆转，但精神世界永远相通。

2021年10月19日凌晨5点21分，我们敬爱的父亲走完了他坎坷而又绚丽的一生，永远离开了我们。

2021年10月21日，在上海龙华殡仪馆银河厅，举行了父亲的遗体告别仪式。洁白的鲜花墙象征父亲清廉一生。仪式间，循环播放的是父亲生前最喜欢听、最喜欢哼唱的《新四军军歌》和《抗大校歌》。庄严肃穆的灵堂前，那个曾经总是带着慈祥笑意的父亲，身盖党旗，安眠在鲜花翠柏之中。

日辉已落，月光已伤。和父亲相处的一切已成过往。我们内心的哀伤随着泪水从眼眶止不住地向外流淌。在告别仪式上，我们子女用他最熟悉、最喜爱的《新四军军歌》和《抗大校歌》，送别了父亲。

在"东进，东进，我们是铁的新四军"的旋律声中，我们强忍泪水，壮怀激烈……所有在场的亲友们，都懂得了什么是化悲痛为力量……

厚重的哀伤沉淀在礼堂里，那光辉的灵魂却不断上升，父亲播撒的火种也将在这片土地上永远燃烧，永不熄灭。

父亲生前单位的领导在追思词中特别指出：

"房明毅同志身上所展现出来的老一辈共产党人艰苦奋斗、无私奉献、敢为人先的精神，是融入血脉中永不变色的'红色基因'。人奔西土，音容宛在。房明毅同志虽然离我们而去，但他的音容笑貌，他的爱国精神、宽厚美德、敬业奉献精神，永远是我们做人的楷模、学习的榜样！"

组成生命本体的每一条血肉的丝丝缕缕，每一处细胞的点点滴滴，如刀割离舍，让我们感受到父亲那个与我们生命息息相关的人已经不在人世间了。痛楚的完全降临是目睹他完整的血肉之躯化成灰烬，尚且温热的骨灰分装在鲜红的丝绸口袋中！

在那一刻我们泪如泉涌。

死神未能掠走一切，青春的富有活力的父亲还活在我们心中。我们花了三年时间，才慢慢适应父亲已经不在了的这个事实。有些特别深、特别痛的情感，是无法言说的。

梁晓声在《人世间》中有这么一段话：如果最亲的人去世了，最初你不会那么痛，因为你缓不过来，反而最难过的是在之后的时光里，会在某个不经意的瞬间想起他时，看见他曾经爱吃的美食，用过的杯子，鼻子一酸泪流满面，想起他在该有多好……

10. 向陈毅军长报到

青浦福寿园是上海著名的墓园，1994年建园。这里专门建立了人文纪念公园，多位上海名人安息其中。

2005年，上海市新四军历史研究会和上海福寿园在此共同兴建了"新四军广场"。它是传承新四军革命精神、弘扬革命传统的教育基地；是缅怀新四军领导和广大指战员的纪念之地；是融人文景观和自然景观于一体的红色旅游基地；是新四军老战士及其家属的长眠之地，永远安息之地。

新四军广场占地5 000多平方米，由新四军战士主题雕塑、新四军纪念墙、烽火台、纪念园区等组成。广场主体部分是一面坐北朝南、长达48米的新四军纪念墙，上面嵌了铜板《新四军军歌》、新四军活动地域示意图，以及新四军1938年到1941年的战斗序列表。截至2024年，已有近9 000位新四军战士的英名被刻于纪念墙上。第二部分是雕塑，由新四军战士石雕和少先队员向新四军战士献花的铜质雕像组成。第三部分是一座烽火台，熊熊燃烧的火炬，象征着燃烧的岁月和永远不灭的爱国之焰、民族奋斗之焰。第四部分是纪念园区，是新四军先烈和老战士百年后相聚的安息之地。曾在新四军担任过重要职务的陈毅、叶挺、粟裕、罗炳辉、彭雪枫、高敬亭等都在广场前塑有雕像，形成了新四军广场主要英雄人物的纪念群像。

父亲的名字被刻于西面纪念墙上，母亲的名字被刻于东面纪念墙上。

父亲生前来过数次。每次来，他都在纪念墙上寻觅老战友的名字，抚摸着名字喃喃自语，轻声呼唤着，俯首沉思，悲痛满怀，回忆一起出生入死的岁月，久久不愿离开。这段壮阔的历史中，英勇的战士幸存30万人，其中上海的战士有1.8万人。

父亲受殷宝津之邀，在这里买下墓地。百年后安息于此，是他的心愿，为的是要和他曾经出生入死奋勇杀敌的战友们在一起。

2013年，陈毅元帅夫妇的骨灰迁葬在新四军广场。陈毅《梅岭三章》里写道"此去泉台招旧部，旌旗十万斩阎罗"（到了阴曹地府他还要领着战士和阎王爷斗争，还要干革命）。当年10月12日新四军广场的纪念活动主题就是"向陈毅军长报到"。

2021年12月4日，父亲落葬在园区内，与战友相伴。"入土为安"，"向陈毅军长报到"，对他老人家而言有了更为丰富和实在的内涵。

而今，新四军研究会和福寿园在每年10月12日新四军成立纪念日这一天，都会举行不同主题的纪念活动。新四军建军逢5周年、10周年的纪念日，新四军主要领导的诞辰百年日，以及国家重大纪念日等重要节点，广场上都会举行规模隆重的活动。长明火和新四军战士雕像前，英名诵读，祥云传递，火红火红的加厚红地毯上，军人列队正步走来，青少年集体敬礼献花……军乐队奏响《新四军军歌》，雄壮的乐曲声一遍遍在上空回响。

我和丈夫每年都在上海新四军历史研究会六师分会争取名额，积极要求参加新四军建军纪念日活动，同时把参加活动的情况告诉给住在福寿园新四军广场九泉之下的父亲。靖梅去福寿园给她公公扫墓时，特地去了新四军广场。新四军广场的墓园里一排排的墓碑整整齐齐，像一支沉默的军队。她寻找父亲之墓，墓碑上的名字一个接一个从她眼前掠过，终于停在父亲的墓前。父亲墓碑上的照片是他开怀大笑的留影，是我们兄妹仨从集体照里翻拍出来的。父亲不是个特别爱笑的人，但总是把最好的东西留给别人。

我们会经常来看他，给他讲讲家里的事，让他知道，虽然他离开了人世，但永远在我们心里。

附：《开国将士风云录》记载

房明毅主要业绩：

1926年起在私塾从《三字经》《百家姓》《千字文》《大学》《中庸》开始学习，因家庭贫困，缺少经济来源，学习时断时续；1934年15岁即因到上海学徒做工中断学业。1941年12月因太平洋战争爆发赴苏中参加新四军一师一旅（叶飞同志的部队）政治部战地服务团为团员，而后调旅供给部被服厂当工人、工间间长。1942年至1943年初在抗大九分校学习期间任一队文书。1943年春在新四军六师十六旅供给部工厂任缝纫组长、技术负责人、鞋厂负责人。1944年底在苏浙公学学习。1945年在苏浙军区供给部筹备被服厂任技术负责人。1946年工厂改属华中军区供给部，任工厂管理处工务科科员、政治部职工干事（搞国营工会筹备工作），企业化时，任"五一"服装公司经理。自卫战争开始后，任华中军区直属供给部筹备工厂公务股长，后并入山东军区供给部被服总厂任工务科科员、公务股长。豫东战役后，调豫皖苏二军分区工厂任被服厂厂长、槐店鞋厂厂长。外线出击后总厂撤销，调华东野战军一纵二师六团任财经组长。部队南下后在华东财经办事处（丹阳）学习。1949年5月，接管国营上海针织厂任联络员，后任军代表兼副厂长。1952年上半年，调上海国棉十八厂任第一副厂长。1956年至1957年在中央纺织工业部干部管理学校学习。1957年下半年，调上海公私合营华丰纺织一厂任公方第一副厂长。1960年4月起，调上海科学技术大学任器材处副处长、行政处处长、后勤组长、后勤处处长。1978年起，任上海科学技术大学副校长。1980年起，改任上海科学技术大学顾问。1984年1月，正式离休。1942年参加苏靖太战役，1947年后参加豫东战役、淮海战役、渡江战役均获奖章。

房明毅同志在几十年的革命生涯中，对党忠心耿耿，对革命无限忠诚，共产主义信念坚定不移，为民族独立和人民解放，为社会主义建设呕心沥血，竭尽全力，做出了很大贡献。战争年代，他转战南北，出生入死，勇敢作战，屡立战功。和平建设时期，他以身作则，忠于职守，兢兢业业，勤奋工作，充分表现了一个共产党人的品质和风格。他具有很强的党性和组织纪律观念，胸襟坦荡，光明磊落，服从组织，尊重领导。他具有很强的群众观念，团结同志，关心部属，联系群众，平易近人，在工作中善于走群众路线。他具有高尚的思想品德和严谨的工作作风，一身正气，两袖清风，淡泊名利，廉洁奉公，大公无私，为人正派，始终保持和发扬艰苦奋斗的政治本色和我党我军的优良传统。

（2007年8月中国工人出版社出版）

附：《上海大学》校报有关报道

"我只想给国家争口气"
——专访抗战老兵房明毅

记者 王奇

房明毅，1920年12月出生，江苏人。1941年12月参加革命工作，1944年9月加入中国共产党。新中国成立后，他曾任上海国营针织厂等工厂厂长、上海科技大学副校长等职。

见到房明毅老人，是在华东医院的病房里。他正靠在椅子上，白色的被褥裹着他，满脸的皱纹和老人斑记载了他的岁月。房明毅已经95岁高龄，但依旧很自信地说："别看我老了，但是当时的事情我还记得一清二楚。"从上海的一名纺织工人，到抵抗日本侵略者的战士，再到新中国经济、教育的建设者，他经历了很多，做了很多。

艰难岁月，为抗击日寇斗志昂扬

"我打日本人，总结起来就是因为三件事。"虽已年至鲐背，房明毅老人却仍然思维清晰，能够准确地记起七十多年前发生的事情。"第一，曾经看到有个日本小鬼站在马路中间大骂，把中国人还有路上的车都骂停了。我觉得小日本太霸道了。"他一边讲这个故事，一边用手比画着那个日本小孩的身高。"第二，当时我想穿过外白渡桥，从公共租界去北边，结果被日本宪兵暴打一顿。第三，太平洋战争爆发后，日本在上海强征青年人去日本当矿工，我觉得不能再待下去了，所以就想办法跑出了上海。"老人笑着解释，"当时真的是没办法了，觉得日本人欺负我们太厉害了，就想着一定要跑出去，不管做什么，能打鬼子就行。"

离开上海后，房明毅遇上了新四军，但是他上前线杀敌的愿望却没有实现。由于他是纺织工人，拥有一定的技术基础，组织安排他加入抗大九分校，发挥自己的特长，保障新四军的后勤补给。

房明毅所在的抗大九分校从来就没有固定的校舍，更谈不上去食堂吃饭、进宿舍睡觉。有时为了粉碎敌人"分进分出"的进攻，避开正面偷袭，他们一夜辗转几处宿营地。农民的打谷场是战士们的课堂，每个人不超过三公斤的背包（内装有小被、换洗衣物）是最舒服的"软座"椅子，在泥地上写字的树枝是最简单的写字工具。哪位学员如果拥有一支钢笔，在房明毅他们看来，简直就是奢侈品了。学员们的全部家当中，还有一支没有几发子弹、连来复线都磨光了的老套筒步枪。

尽管如此，学员们依然斗志昂扬，既要完成军事、政治、文化的学习任务，又要与敌人展开反扫荡、反清乡的斗争。在日伪敌人碉堡林立的缝隙中穿插，谋求生存与发展。他们多次在险要的环境中渡江。"当时南京附近是伪政府的'首都'，也是日本人定下的'绥靖模范区'。他们越是说这里镇压得好，我们越是要往里面钻。"

为了保证前线的战士们能够穿上军装，房明毅和他的战友们必须从百姓的家中借机器，然后利用缴获的布料，手工制作服装。"我们当时真的很艰苦，既要随着部队到处转移，又要保障部队的后勤补给。"战事趋于平静时，他们就和百姓一同织布裁衣；敌人清乡扫荡时，房明毅就和战友们一起制作军装。一件件崭新的新四军军服就这样从敌占区被生产了出来。

南京城下，鱼水情深没齿难忘

在挺近南京的路途中，由于人多船少，抗大九分校的学员们无法在一天之内全部渡江。一部分同志就来到扬中县八桥东门的一个小渔村隐藏。这一夜正是农历除夕，虽然生活艰难，但是农民还是希望有个太平年、丰收年。有的农民在门上贴了红对联,有的正在守岁。为了不惊动当地群众,学员们静悄悄地进了村,在农民家的屋檐下悄悄地坐下。虽然大家肚子都饿了,还冷得浑身发抖,但是没有一个同志去敲群众家的门,只是静静地坐在自己的背包上。同志们坐在那儿,纷飞的雪花就在他们身上积了起来,远远地望去,就像一个个雪人。

  天渐渐地亮了,雪也越下越小。大年初一早晨,老百姓开了门。先一看,门口一群穿灰制服的大兵,吓一跳;再一看,这些大兵秋毫无犯、和蔼可亲,身上、头上沾满了雪花,又一喜——只有共产党领导的新四军(群众称四老爷)才能够有这样的纪律!老百姓纷纷出来,有的拉着战士进屋暖和,有的干脆端上一碗汤圆。热腾腾的汤圆,热乎乎的照护,顿时驱走了严寒。"多亏了老百姓的汤圆啊!"说到当时的新四军和百姓的关系,房明毅非常自豪。"那种鱼水之情的场景虽然已经过了六十二年,但是在我的脑海中映出来,就像刚刚发生过一样,让我感动不已。"房明毅感慨道,"我们可千万不能忘记养我们、育我们的父老乡亲,不能忘记我们的队伍是人民的队伍、人民的子弟兵啊!"

  到达南京后,部队在青龙山上驻扎,正对着南京城。"当时我们在青龙山的山顶,晚上看城里的灯光非常清楚(可能是由于当时实施了灯火管制)。可以说,南京城就在我们眼皮子底下。"但是提及部队的战绩时,房明毅脸色一沉。

  在抗战中后期,南京附近是敌我拉锯区。虽然山底下就是南京城,部队却不能开展任何进攻行动。"我们的武器实在太差了。枪不行。"老人不无遗憾地说。"那个时候我们的枪都是老套筒(汉阳造),中正步枪都是很稀罕的。"房明毅介绍道。汉阳造步枪的射程只有日军三八步枪的一半,而且"打五六发枪管就不能用了"。这样的武器在和日军的正面交火中处于绝对劣势,因为不能对日寇进行连续射击——打几枪就跑尚可将就,如果真的和日军打起来,这样的武器就不堪使用了。房明毅所在的抗大九分校,枪支弹药更加不足,很多人拿到的第一件武器是大刀片子,几百个人的部队,只有哨兵才能分到一支汉阳造步枪。在巨大的装备差距前面,新四军只能选择对日伪军队开展游击战,不断消耗敌人有生力量——即便如此,几年时间里还是有一大批战士英勇牺牲。

"其实我运气挺好的,被分配到了后勤单位。如果在前线,给我几条命,你现在都不可能见到我了。"老人笑着说道,目光却转到了别处。

转业地方,尽全力建设新中国

1949年,上海解放。房明毅从军队转业到地方,继续从事纺织工作。

当时,国民党讥讽共产党人"只会搞军事、搞政治,不会搞经济建设",还断言"上海是个大染缸,红的进去,黑的出来"。房明毅和他的同事们铆足了劲儿,要用事实证明,共产党人能够建设出一个更好的新中国。

1949年到1960年之间,房明毅先后担任过多家国营纺织厂的厂长。"当时其实也是缺人,他们觉得我多少懂一点技术,就让我去当厂长了。"工厂规模不小,有3 200多号人,房明毅就怕自己管不过来。但是,他还是尽职尽责,努力经营。"当时我们只能用下脚料做毯子,工厂里全是'飞花',呼吸都不舒服。苏联专家就嘲笑我们,说这样的工厂十几年前就被苏联淘汰掉了。"他回忆当时援华苏联专家的评价,"我们觉得他这样说太欺负我们。但是技术差距在这儿,我们只能努力学习他们,尽量为国家争口气。"

1958年,上海科学技术大学筹建。两年后,房明毅从工业部门转到该校任副处长,后升到副校长。

在上海科大建立初期,科研、生活条件非常简陋,领导、师生需要一起"挖地洞、自己养猪",而中国科学院上海分院的教授们,也只能挤公交车往返于市区和嘉定。但是,就是在这样的条件下,上海科大被建立起来,为新中国的工业、国防建设提供了一大批优秀的科研人才和至关重要的科技成果。

"毛泽东同志提出来,务必使同志们继续保持谦虚、谨慎、不骄、不躁的作风,务必使同志们继续保持艰苦奋斗的作风。这个我是很赞同的。工作上,我也是能做多少做多少,给国家争口气。"

采访后记

由于种种原因,采访在尚未完成之时就被迫终止。房明毅老人还有很多故事未及讲述。短短的三十分钟时间里，他展示了自己平凡但崇高的抱负：给国家争口气。这个目标超越时空，让老人奋斗了一生。

采访过程中，房明毅老人还曾落泪。抗日战争，数千万人伤亡。他也失去了不少战友，也有更多的战友在战斗中负伤。"很多受伤的人，缺胳膊少腿的，真的很可怜。他们应该得到更好的对待。"

采访中，他一直强调："我现在没用了，只能靠国家养着，靠人民养着。"他从未提及，自己为国家付出了一辈子。

（原载于 2015 年 5 月 18 日《上海大学》"不能忘却的记忆"纪念抗日战争胜利 70 周年"我校抗日战争时期参加革命的离休干部亲历"）